Constanze Scheib

Mordshochzeit, Herrschaftszeiten

Die gnä' Frau ermittelt

Roman

Oktopus

Für den Blick hinter die Verlagskulissen:
www.oktopusverlag.ch/newsletter

Am Ende des Buches befindet sich ein Glossar.

Ein Oktopus Buch bei Kampa

www.oktopusverlag.ch
Umschlaggestaltung: Lara Flues, Kampa Verlag
Umschlagmotiv: © iStock / CSA-Printstock
Satz: Tristan Walkoefer, Leipzig
Gesetzt aus der Stempel Garamond LT / 240130
Druck und Bindung: Friedrich Pustet, Regensburg
Auch als E-Book erhältlich
ISBN 978 3 311 30070 0

»Aber am schönsten ist es daheim.«

Victor Fleming, Der Zauberer von Oz (1939)

Personenregister

Helene Ehrenstein, die gnä' Frau
Oskar Ehrenstein, ihr Mann
Marie Muskat, ihr Dienstmädchen

Bewohner des Herrenhauses:

Ladislaus Trentner, Senior der Wolldynastie
Sigismund Trentner, sein Sohn, Bräutigam
Else Trentner, Braut
Jolanthe Trentner, die Großmutter
Fanny, die Haushälterin
Die Köchin
Diverse Dienstboten

Gäste:

Victoria Marhold, die Ex-Freundin des Bräutigams
Joe, Hippie, Freund der Braut
Die Zwillinge Susanne und Simone bzw. Gwendolyn und Cecily, Freundinnen der Braut
Erwin Delpke, Freund der Braut
Die drei Professorenwitwen
Der Griesgram
Frederick, der Pianist
weitere Gäste

1

Power to All Our Friends

Samstag, 16. 6. 1973, 13 Uhr 30
Landstraße

Marie, bitte stellen'S das Radio lauter!«

»... *konnten die menschlichen Überreste, die am 13. Juni in einem Explosionskrater neben der Südautobahn entdeckt wurden, bislang nicht identifiziert werden. Derzeit ist die Polizei auf der Suche nach Zeugen und bittet die Bevölkerung um Mithilfe. Und nun zum Wetter ...*«

Frau Ehrenstein ließ sich in den gepolsterten Sitz des Opel Admiral zurücksinken und runzelte die Stirn. Sie verfolgte die Geschichte gebannt, seit die Gendarmerie letzte Woche nach einer Explosion in einem Feld vor den Toren Wiens Leichenteile gefunden hatte. Es gab zahlreiche Spekulationen – war es ein Unfall, ein Anschlag oder Suizid? Es überraschte sie nicht, dass die Ermittler noch nicht herausgefunden hatten, wer das Opfer war. Nicht nur, weil laut Berichten bloß einzelne Körperteile gefunden wurden. Sondern auch, weil sie in den letzten eineinhalb Jahren einen ziemlich guten Eindruck von der Arbeit und den Fähigkeiten der Ordnungshüter gewinnen konnte, und dabei war das Vertrauen der gnä' Frau etwas erschüttert worden.

Sie spürte einen eindringlichen Blick und wandte sich zur Seite. Ihr Mann taxierte sie mit zusammengezogenen Augenbrauen, um den Mund ein harter Zug. Dennoch glaubte sie, mehr Neugier als Vorwurf aus seiner Miene herauszulesen. Er hatte erst vor zwei Monaten von ihrem geheimen Doppelleben als Hobbydetektivin erfahren und beobachtete sie jetzt immer ganz genau, wenn in den Nachrichten von Verbrechen die Rede war. Als hätte sie bei jedem Mord in Wien die Finger im Spiel. Als hätte sie das Bedürfnis, jedes kriminelle Rätsel zu lösen. Nun, wenn er sich sorgte, dass sie aus dem Auto springen würde, um Ermittlungen über explodierende Menschen anzustellen, täuschte er sich. Dieses Wochenende würde sie feiern.

Elektrische Gitarrenklänge dröhnten durch das Gefährt, und Alice Cooper verkündete mit Überzeugung: »No more Mr. Nice Guy«.

»Drehen'S wieder leiser, Marie. Ich denke, meine Frau hat gehört, was sie hören wollte.« Oskar löste den Blick wieder von seiner Frau. Einzelne Härchen hüpften im Fahrtwind des offenen Fensters aus seiner zurückgegelten Frisur, während er auf die vorbeigleitenden grünen Felder sah.

»Vielen Dank, Marie!«, fügte die gnä' Frau rasch hinzu. Ihr gefiel nicht, dass Oskar auf Höflichkeit vergaß, wenn er mit den Angestellten redete. Insbesondere, da er sonst so großen Wert auf Etikette legte.

Das Dienstmädchen nickte kurz mit einem sanften Lächeln und faltete die Hände wieder im Schoß. Sie saß vorn neben dem Chauffeur, der in seiner Uniform schrecklich schwitzte. Die gnä' Frau war froh, ein ärmelloses Blumenkleid zu tragen.

»Haben die Trentners dir noch eine aktualisierte Gästeliste geschickt? Hat vielleicht noch jemand abgesagt?«

Oskars Frage war so betont beiläufig, dass Frau Ehrenstein schmunzeln musste.

»Nein, also gehe ich davon aus, dass alle, die eingeladen sind, auch kommen.«

Sie wartete auf eine Erwiderung, ein Seufzen oder wenigstens ein Schulterzucken, doch er blickte weiter starr wie eine Statue aus dem Fenster. Der erfrischende Fahrtwind wurde schwächer, als das Auto abbremste. Sie kamen an einem ovalen Schild vorbei, auf dem in verschnörkelten Lettern *Willkommen in Traiskirchen* stand. Darauf war eine schwarze Katze mit aufgestelltem Buckel abgebildet. Die gnä' Frau fragte sich nicht zum ersten Mal, ob das der Abschreckung dienen sollte. Heute kam es ihr wirklich wie ein schlechtes Omen vor.

Auf jeden Fall würde es nicht mehr lange dauern, bis sie da waren. Frau Ehrenstein kannte die Strecke gut. Sie besuchten Oskars Freunde ein paar Mal im Jahr, außerdem kam sie hier vorbei, wenn sie auf dem Weg zur Römertherme in Baden war. Gern ließ sie sich mit ihren Freundinnen im warmen Wasser treiben und genoss die Ruhe. Für Entspannung würde sie dieses Wochenende aber vermutlich keine Zeit finden.

»Ohnehin viel zu heiß für die Therme«, murmelte sie.

»Was hast du gesagt?«

»Dass'd dir nicht so schrecklich viel Sorgen machen brauchst. Es wird schon werden! Außerdem hätte es schlimmer kommen können. Deine Eltern beglücken uns wenigstens erst am Sonntag.«

Ihr Mann ließ nur ein ungeduldiges »Hrrmpf« hören. Der gnä' Frau, die nicht direkt betroffen war, fiel es leicht, die ganze Sache mit Humor zu nehmen und wie eine Seifenoper zu betrachten: eine nicht standesgemäße Hochzeit mit Potenzial für einen Skandal. Oskar fehlte dazu der Abstand.

Sie hatten im Wohnzimmer ihrer Villa in Hietzing schon ausgiebig über das Thema gesprochen. Sie mit einem Gläschen Whisky, er mit Brandy, musikalisch untermalt von Lou Reed. Sie hatte ihren Mann nicht beschwichtigen und nur mit Mühe überreden können, die Einladung zu diesem Wochenende überhaupt anzunehmen. Immerhin heiratete sein bester Freund nur einmal im Leben.

»Ma, is des a Pestsäule? So wie die unsrige?«, fragte Marie erfreut und deutete aus dem Fenster. Das war die erste nennenswerte Sehenswürdigkeit seit dreißig Minuten. Sie fuhren gerade über den Hauptplatz von Traiskirchen, in dessen Mitte hinter einer steinernen Balustrade die reichlich verzierte Dreifaltigkeitssäule in den Himmel ragte. Frau Ehrenstein lächelte. Wiener mussten, sobald sie die Grenzen ihrer Stadt überquerten, immer zwischen »unser« und »derer« unterscheiden.

»Na, oba unsrige is höher. Und bröckelt a net so. Fehl'n da paar Figuren?«

Und vergleichen mussten die Wiener auch immer. Denn so gern sie über ihre Stadt motschkerten, sie war selbstverständlich besser als jede andere.

Ein erneutes »Hrrmpf« von Oskar ließ Marie verstummen und die Hände wieder artig in den Schoss legen. Frau Ehrenstein begann sich über die Stimmung ihres Mannes zu ärgern. Insbesondere wenn er ihre heimliche Vertraute angrantelte. Die junge Frau war nicht nur eines der Dienstmädchen in der Villa Ehrenstein, sie war vor allem die Gefährtin und rechte Hand der gnä' Frau bei ihren Morderermittlungen. Doch davon wusste ihr Mann nichts.

Sie war kurz davor, ihn darauf hinzuweisen, dass sie dankbar sein konnten, Marie dabeizuhaben. Das Dienstmädchen tat ihnen einen Gefallen, indem sie bei der Hochzeitsfeier einsprang. Doch die gnä' Frau riss sich zusammen. Vor den Bediensteten zurechtgewiesen zu werden, würde seine Laune auch nicht verbessern, außerdem versuchte sie, Verständnis aufzubringen. Oskar war seit seiner Kindheit mit dem Bräutigam befreundet und empfand dessen Missachtung der Konventionen als belastend. Obendrein war es nicht sehr taktvoll, die Ex-Freundin zur Hochzeitsfeier einzuladen. Da waren die Gäste der blutjungen Braut, ein Haufen Hippies, fast das geringere Problem für Oskars konservative Weltanschauung.

An den Umständen konnte sie nichts ändern, also wippte sie stattdessen zu Cliff Richards »Power to All Our Friends«, das gerade im Radio lief, mit den Zehen. Eigentlich eine Frechheit, dass er dieses Jahr beim Songcontest damit nur den 3. Platz geholt hatte. Nachdem ihm 1968 schon der Sieg verwehrt worden war, wäre er fünf Jahre später eine Genugtuung gewesen.

»Himmelherrschaftszeiten. Was miachtlt da so?« Marie verzog angewidert das Gesicht und kurbelte hektisch das Autofenster hoch. Was wenig brachte. Ein beißender Geruch nach geschmolzenem Plastik breitete sich im Fahrzeug aus.

»Das geht gleich vorbei«, sagten Frau Ehrenstein und ihr Mann gleichzeitig im selben gelangweilten Ton. Sie sahen einander an und mussten lächeln. So oft hatten sie diesen Satz ihrem Sohn Willi vorgebetet. Für einen Moment verflog die Anspannung. Oskars hochgezogene Schultern sanken herab, und die senkrechte Falte zwischen seinen Augenbrauen glättete sich. Sie nickte ihm aufmunternd zu. »Es wird schon werden«, wollte sie ihm damit noch mal mitteilen. Das Wochenende konnte ja gar nicht so schlimm enden, wie er befürchtete.

»Das ist nur die Reifenfabrik, Marie. Die von Semperit. Je nachdem, wie der Wind weht, kriegt ma den Gestank ab. Und da drüben ist übrigens die Blaschke-Fabrik.« Die gnä' Frau deutete zum Fenster hinaus.

»Ah, geh, die von derer Kokoskuppeln?«

»Genau die, wenn der Wind von der anderen Seite kommt,

riecht's nach Schokolade und Zucker. Und wenn ma Pech hat, kriegt ma beides gleichzeitig ab, und das ist dann … nicht so angenehm.«

Wie versprochen, verflog der Gestank nach kürzester Zeit. Sie ließen die charmante Ortschaft hinter sich, vor ihnen erstreckten sich wieder die Felder, und auf einer Anhöhe konnten sie schon das Herrenhaus der Familie Trentner aufragen sehen. Bereits aus der Ferne wirkte es imposant, zwei Stockwerke hoch und mehr als doppelt so breit wie die Ehrenstein'sche Villa. Mit seinen zwei Türmchen und einem Gelbton, der bei gewissem Licht fast golden schimmerte, wirkte es fast wie ein kleines Schloss. Ein Wäldchen grenzte direkt an das Anwesen, Rhododendronsträucher in sattem Violett säumten die Auffahrt. Es erinnerte die gnä' Frau immer an Manderley, das Anwesen aus Alfred Hitchcocks *Rebecca.* Wobei die Vorgänge dort um einiges dramatischer waren als bei den Trentners. Jedenfalls unter normalen Umständen.

Die Familie wohnte seit Generationen hier, beinahe ebenso lange war sie mit den Ehrensteins befreundet. Oskar war schon als kleiner Bub häufig hier zu Gast gewesen. Wenn er seine Eltern im benachbarten Baden besuchte, legte er auf dem Weg regelmäßig einen Stopp bei den Trentners ein. Nicht aus Pflichtgefühl, sondern weil er sie aufrichtig mochte. Dementsprechend nahe ging ihm die Aufregung um die plötzliche und skandalumwitterte Hochzeit.

Er trommelte auf sein Bein, als sich das Auto die lange Auffahrt hochschlängelte. Schon von Weitem konnten sie den Gastgeber erkennen, der aus dem riesigen Haus gekommen war, um sie zu begrüßen. Normalerweise erfüllte dieser Anblick Frau Ehrenstein mit Vorfreude, doch heute hatte er einen eigenartigen Beigeschmack. Eine Hochzeit war ein freudiger Anlass, rief sie sich in Erinnerung. Und sie würde sich hüten, die junge Braut vorzuverurteilen, denn das taten die Leute mit ihr selbst viel zu oft. Nein, sie würde unvoreingenommen an dieses Wochenende herangehen. Die Aussicht auf gutes Essen und reichlich Alkohol – und das mit ihrer Gefährtin Marie in der Nähe – bestärkte sie noch in ihrem Optimismus.

»Was, glaubst du, ist da passiert?«, fragte Oskar unvermittelt. »Bei dieser Explosion? Ich nehme an, du hast dir dazu schon deine Gedanken gemacht.«

Da lag er völlig richtig. Sie hätte ihn gern mit ihren Theorien von dem bevorstehenden Wochenende abgelenkt, doch das Auto kam bereits zum Stillstand. Gleich würden die Türen aufgerissen werden.

»Ich denke, das hat nichts mit uns zu tun, und darüber sollten wir froh sein.«

2

Liz Taylor als Braut

Samstag, 14 Uhr
Vor dem Anwesen der Trentners

Ich bin so froh, dass du da bist! So froh!«

Sigismund fiel Oskar um den Hals, und der war sichtlich nicht davon angetan. Nicht, weil er seinen Jugendfreund nicht mochte, nicht einmal, weil die Umstände des Wochenendes so prekär waren. Oskar war generell kein Freund von übermäßigen Gefühlsbekundungen in der Öffentlichkeit, und er war auf keinen Fall ein Umarmer.

Nachdem er wieder freigegeben wurde, brachte er sein Einstecktuch in Ordnung, richtete sein Sakko und sagte schlicht: »Ich freu mich auch.«

Seine Miene zeigte nicht den Hauch einer Regung, und sein Ton war dermaßen emotionslos, dass Frau Ehrenstein schmunzeln musste.

»Vielen Dank für die Einladung, Siggi! Ihr habt aber auch ein Glück mit dem Wetter, nicht wahr? Die Feier wird doch im Garten stattfinden?«

Die gnä' Frau lenkte die Aufmerksamkeit auf sich, um ihren Ehemann vor weiteren Gefühlsausbrüchen zu bewahren.

Sigismund deutete den Handkuss nicht an, wie es in feineren Kreisen eigentlich üblich war, sondern packte Frau Ehrensteins Hand und drückte mehrere feuchte Küsse darauf.

Sie widerstand dem Impuls, sie zurückzuziehen, und warf ihrem Mann einen irritierten Blick zu. Der zuckte nur leicht mit den Schultern und sah unglücklich drein. Sein Jugendfreund war normalerweise nicht so überschwänglich und … unkontrolliert. Ein besseres Wort fiel ihr nicht ein. Sigismund stammte wie Oskar aus einem sehr reichen Elternhaus, war mit den Regeln der Etikette für die feine Gesellschaft groß geworden. Zwar war Siggi immer der Lockerere von beiden gewesen, aber dieses Benehmen war neu. Auch äußerlich hatte er sich verändert. Die hellen Haare waren länger als sonst, seine Koteletten nicht gestutzt und die Hosenbeine leicht ausgestellt.

All das war äußerst untypisch für Sigismund Trentner, den einzigen Erben der legendären Woll-Trentners. Sie begann zu verstehen, warum Oskar sich so sehr gegen diesen Besuch gesträubt hatte. Irgendetwas stimmte hier nicht.

Der Chauffeur der Ehrensteins schnaufte laut, als er die Koffer der gnä' Frau aus dem Kofferraum hievte. Zwar würden sie nur zwei Nächte bleiben, aber sie brauchte nicht nur Garderobe für die Hochzeitsfeier, sondern auch für das Abendessen, das Frühstück, das Mittagessen, die Jause und eventuell für Spaziergänge im Wäldchen. Accessoires und Schuhe mussten selbstverständlich jeweils angepasst werden. Abgesehen davon hatte sie ein paar Krimis eingepackt, die brauchte sie zum Einschlafen, und sie wusste nie, worauf sie Lust haben würde. Also waren eine Agatha Christie, eine Patricia Highsmith, ein Konsalik – das waren immer solche Wälzer! – und ein Raymond Chandler mit dabei. Da sie vermutlich nicht mehr nach Traiskirchen zum Einkaufen kommen würde, hatte sie noch einige Schachteln ihrer Gauloises-Zigaretten eingesteckt und einen Flachmann voll mit Lagavulin, ihrem liebsten Whisky. Der half nämlich auch gut beim Einschlafen.

Alles in allem stellte der Chauffeur neben Oskars Reisetasche drei randvoll gestopfte Koffer von Frau Ehrenstein ab und wartete dann ergeben. Schwitzend und mit rotem Gesicht, dennoch saßen Uniform und Kappe immer noch akkurat. Oskar teilte ihm erneut mit, dass er sie am Montagmorgen um Punkt neun Uhr abholen sollte. Mit dem – deutlich leiser geäußertem – Nachsatz, dass er sich in der Villa Ehrenstein bereithalten solle, falls sie sich früher meldeten.

»Haben Sie nur die kleine Tasche?« Die Haushälterin der Trentners, eine zarte Blondine Mitte vierzig, war an Marie herangetreten. Ihre Miene war offen und ihr Ton liebenswürdig. »Sehr gut, wir gehen hinten beim Dienstboteneingang rein. Dann zeig ich Ihnen Ihr Zimmer, wir haben einen eigenen Trakt, und Sie kriegen auch gleich eine Uniform. Ich bin mir sicher, Sie werden sich bei uns wohlfühlen, wenn Sie etwas brauchen, können Sie sich immer an mich wenden.«

Die Haushälterin mit den großen, blauen Engelsaugen arbeitete erst seit knapp fünf Jahren im Haus. Die gnä' Frau versuchte, sich an ihren Namen zu erinnern. Da war was mit Barbra Streisand … Genau, wie in *Funny Girl*, ihr Name war Fanny. Anders als bei den Ehrensteins wurde die Haushälterin hier mit Vornamen angesprochen.

»Bitte kümmern Sie sich gut um unsere Marie, Fräulein Fanny!«

Frau Ehrenstein hätte ihrer heimlichen Vertrauten am liebsten die Hand gedrückt und einen Schmäh mit ihr gemacht. Auch wenn sie das Wochenende im selben Haus verbringen würden, lagen hier Welten zwischen der Herrschaft und den Dienstboten. Daheim in Hietzing konnten sie sich leicht zwischendurch treffen, beim Wäscheaufhängen oder Bügeln. Manchmal setzten sie sich auch abends im Wohnzimmer zusammen, um bei einem guten Gläschen Whisky über Filme oder Mordfälle zu plaudern.

Marie kannte sie gut genug, um ihre unschlüssige Miene zu deuten. Sie lächelte Frau Ehrenstein beruhigend und voller Wärme zu, und kurz bevor sie ums efeuberankte Eck bog, zwinkerte sie noch einmal spitzbübisch. Nein, die gnä' Frau war sich sicher, dass sie dieses Wochenende irgendwie einen Weg finden würden, ein wengerl Zeit miteinander zu verbringen. Für derlei Heimlichkeiten hatten sie beide mittlerweile ein Talent entwickelt.

»Helene?«

Oskar musterte sie stirnrunzelnd, und sie fühlte sich ertappt.

Irgendwann würde sie ihrem Mann beichten müssen, dass Marie bei ihren Ermittlungen als ihre rechte Hand agierte. Und irgendwann würde sie auch mit ihm über den Kuss reden müssen, den sie vor ein paar Monaten beobachtet hatte. Aber alles zu seiner Zeit.

Staub wirbelte auf, als der Chauffeur mit dem Auto davonfuhr. Vermutlich wartete er noch, bis das eiserne Tor des Anwesens hinter ihm lag, ehe er die Kappe vom Kopf riss und die Krawatte lockerte.

»Wo bleibt Else nur? Ich möchte sie euch gern vorstellen. So gern vorstellen!«

Siggi wischte sich mit einem weißen Stofftaschentuch den Schweiß vom Gesicht und wirkte von einer Sekunde auf die andere nicht mehr fröhlich und gerührt, sondern zutiefst unglücklich.

»Gleich kommt sie, gleich. Mach dir nur keine Sorgen, mein Junge!«

Ohne Eile tauchte aus dem Hausinneren Siggis Vater auf. Er trug einen hellen Leinenanzug, der den Temperaturen angemessen war, und als Farbakzent ein burgunderrotes Seidentuch um den Hals. Wenn auch schon etwas in die Jahre gekommen, sah Trentner senior immer noch fesch aus und legte besonderen Wert auf seine Garderobe. Er tätschelte seinem Sohn den Arm, bevor er sich an die Ehrensteins wandte.

Ladislaus Trentners Anwesenheit entspannte nicht nur seinen Sohn, sondern auch dessen Gäste. Seine gelassene und gefasste Art vermittelte Ruhe, wo immer er auftauchte.

»Enchanté, meine liebe Helene« – bei seinem Handkuss berührten die Lippen nicht einmal ansatzweise ihre Haut –, »darf ich dir sagen, dass du hervorragend ausschaust. Du übrigens auch, Oskar. Das Leben scheint euch zu bekommen.«

»Ich freue mich sehr dich wiederzusehen, Ladislaus!«, sagte die gnä' Frau herzlich. »Und das Kompliment muss ich dir zurückgeben. Du siehst sehr fesch aus in deinem neuen Rollstuhl!«

Die ausgeprägten Falten um seine Augen wurden tiefer, und er strich mit seinen kräftigen Händen den glänzenden Stahl der Greifreifen entlang.

»Oh, das ist ein Prachtstück, findest du nicht? Ich hab ihn letztes Jahr bei einer Messe gesehen und musste ihn sofort haben! Der ist so wendig!«

»Aber wo ist denn jetzt meine Else? Wo?«, rief Siggi, dessen Stimmung schon wieder zu kippen drohte. Frau Ehrenstein fühlte sich an ihren Sohn Willi im Alter von zwei Jahren erinnert, als er in seiner Trotzphase den gesamten Haushalt in Geiselhaft genommen hatte. Bei einem vierundvierzigjährigen Mann erwartete sie so etwas für gewöhnlich nicht.

»Sie wollte sich nur noch die Nase pudern, Siggi. Damit sie vor deinen Freunden auch annehmbar aussieht, nicht wahr?« Ladislaus tätschelte den Arm seines Sohnes ununterbrochen, als wäre der ein verängstigtes Pferd.

»Ist das annehmbar für euch?«

Eine Erscheinung schritt mit ausgebreiteten Armen aus der Eingangstür. Frau Ehrenstein musste für einen Moment die Augen zusammenkneifen, als Sonnenlicht auf tausende Pailletten traf. Die Braut trug einen ärmellosen Hosenanzug, der an eine Discokugel erinnerte, der Stoff schmiegte sich an ihre ausgeprägten Rundungen, und der tiefe Ausschnitt verbarg gerade mal so die große Büste. Sie verharrte in dieser Haltung und blickte in die Runde, als erwartete sie Applaus. Frau Ehrenstein war tatsächlich kurz davor, in die Hände zu klatschen, denn dieser Auftritt verdiente Anerkennung. Sie fragte sich, ob Else im Haus gelauscht und nur auf ein gutes Stichwort gewartet hatte.

»Else, meine Göttin, mein Ein und Alles!«

Siggi umarmte seine Verlobte überschwänglich und führte sie an der Hand zu den Ehrensteins wie ein Kleinod, das er vorzeigen wollte. Der große Altersunterschied war unübersehbar. Das war eines der kleinen Skandälchen um diese Hochzeit. Ein anderes war natürlich, dass die beiden sich erst seit Kurzem kannten und die Braut keine standesgemäße Herkunft nachweisen konnte.

Oskars Miene hatte sich in eine undurchdringliche Maske verwandelt, als er die Braut begrüßte und einen Handkuss andeutete. Wenn er seine Gefühle nicht offenbaren wollte, konnte er das auf Knopfdruck, worum ihn Frau Ehrenstein beneidete. Erst letztes Jahr hatte sie hinter diese Schutzmauer blicken dürfen und einen freundlichen und humorvollen Menschen entdeckt. Nach fast zwölf Jahren Ehe hatten sie nun ein freundschaftliches Verhältnis aufgebaut, das weniger auf Liebe oder Leidenschaft als auf gegenseitigem Respekt basierte.

»Ach, Oskar, ja, der liebe Oskar, von dir hab ich schon so viel gehört!« Else sprach jedes Wort gedehnt und bewusst aus, als hörte sie es zum ersten Mal. »Ich hoffe, du bist nicht pikiert, wenn ich dich duze. Siggi spricht von dir wie von einem Bruder. Also gehörst du ja praktisch zur Familie.«

Elses Ansprache brachte Oskars schmales, höfliches Lächeln keinen Moment ins Wanken. Falls er mit dem aufgezwungenem Du nicht einverstanden war, ließ er sich das nicht anmerken.

Daraufhin glitt die Aufmerksamkeit der Braut zu Frau Ehrenstein, die ganz hypnotisiert war von den langen, aufgeklebten Wimpern und den blitzblauen, fast violetten Augen. In Kombination mit dem schwarzen hochtoupierten Haar erinnerte die Aufmachung an eine etwas fülligere Version von Liz Taylor.

»Helene, wie schön, dich kennenzulernen! Siggi, wieso hast du nicht erwähnt, dass Helene eine wahre Schönheit ist?« Ihre tiefe Stimme mit dem leicht rauchigen Timbre und die Bedächtigkeit ihrer Worte schienen dem Satz besonderes Gewicht zu verleihen. Die gnä' Frau, die Komplimente eigentlich gewohnt war, spürte, wie sie errötete. Sie war selbst überrascht, dass sie sich plötzlich wie ein Schulmädchen vorkam, und plapperte drauflos, um die Peinlichkeit zu überspielen.

»Ach, das ist wirklich zu freundlich von Ihnen, äh, von dir, wollte ich natürlich sagen. Das kann ich nur zurückgeben, also das Kompliment. Du siehst nämlich auch sehr gut aus, wirklich sehr … Das Wetter, ja, das Wetter, wie ich gerade vorhin schon zu Sigismund, also Siggi, deinem Verlobten, also, wie ich vorhin schon gesagt habe, ist das Wetter wirklich hervorragend und bestens geeignet für eine Hochzeit im Freien.«

Die Männer sahen sie verwundert an. Immerhin kannten sie Frau Ehrenstein für gewöhnlich als Meisterin der eleganten Konversation.

Else lachte melodiös. »Ach, Helene, wie recht du hast!

Ein vorzügliches Wetter. Aber, bitte nimm's mir nicht übel, in einer Sache muss ich dich korrigieren. Siggi ist nicht mein Verlobter ...«

»Ähm, Else, vielleicht sollten wir das später ...«, warf Ladislaus rasch ein, doch Else unterbrach ihn mit einer ausschweifenden Geste.

»Siggi ist nicht mein Verlobter, er ist längst mein Ehemann!«

3

Eine mörderische Pink Lady

Samstag, 14 Uhr 15
Garten

Die Trentners führten ihre Gäste durch den Salon und hinaus auf die Terrasse. In einem Pavillon im Garten tummelte sich schon ein illustres Grüppchen. Drei Personen scharten sich um ein Tischchen in der Mitte, auf dem mehrere Gläser und ein paar Teller mit Horsd'œuvres standen. Steinerne Treppen führten hinunter auf den Rasen, und Frau Ehrenstein war noch vor den anderen auf der letzten Stufe angekommen. Ein junger Mann mit Haaren bis zu den Ellbogen und einer runden schwarzen Sonnenbrille warf rasch eine selbstgedrehte Zigarette über das Geländer des Pavillons, als er sie sah.

Oskar und Siggi warteten auf Ladislaus, der mit seinem Rollstuhl auf einer sanft absteigenden Rampe neben den Stufen hinunter in den Garten kam. Die gnä' Frau wollte es ihnen gleichtun, doch plötzlich spürte sie im Rücken Elses warme Hand, die sie auf dem gepflasterten Weg durch das Gras nach vorne schob.

»Helene, darf ich dir meine besten und engsten Freunde vorstellen? Joe und die Zwillinge. Ihr Lieben, das ist die schöne Helene. Die Frau von Oskar, dem besten und engsten Freund von meinem Siggi.«

»Grüß dich, ich bin die Gwendolyn.«

»Und ich die Cecily.«

Die Zwillinge, die unschwer als solche zu erkennen waren, kicherten im gleichen Tonfall. Zwei junge Frauen, die einen ähnlich frechen Kurzhaarschnitt wie Goldie Hawn in *Die Kaktusblüte* und identische orange Minikleider mit violettem Blumenmuster trugen. Sie nippten gleichzeitig an ihrem Cocktail und wiegten die Hüften zu »Woodpecker's Music« vom österreichischen Sänger Wilfried, das aus einem tragbaren Radio dröhnte.

Der junge Mann mit den langen Haaren stürzte auf die gnä' Frau zu. Er trug weite Glockenhosen und ein wallendes rotes Hemd mit einem schwarzen Gilet darüber. Seine spinnenbeinartigen Finger tanzten knapp vor Frau Ehrensteins Gesicht. »Helene, Helene, sag amal, kann ich … ich mein, darf ich dich malen?«

»Ähm, nein, danke.«

Vor nicht allzu langer Zeit wäre Frau Ehrenstein mit so einer bunten Ansammlung von Menschen, die so ganz anders waren als die Leute in ihrem gewohnten Umfeld, überfordert gewesen. Aber mittlerweile hatte sie bei ihren Ermittlungen schon diverse Hippies kennengelernt, also schockierte sie das nicht sonderlich. Für die Trentners, die für gewöhnlich mit der gehobenen Gesellschaft und Politprominenz verkehrten, war das vermutlich ein eher neues Erlebnis. Die gnä' Frau griff sich ein Lachsbrötchen und nahm sich vor, als Nächstes das russische Ei zu probieren.

»Joe, jetzt lass doch die Helene erst einmal ankommen. Bring uns lieber etwas zu trinken. Du lebst doch nicht enthaltsam, meine Liebe? Nein? Gottseidank nicht. Heute und morgen wollen wir nämlich feiern, nicht wahr?«, flötete Else.

»So isses, wir bringen Leben in die alten Gemäuer hier. Zeit wird's, gell?«, verkündete eine der Zwillinge, und die Zweite ließ gleich darauf ein schrilles »Wohooo!« folgen.

Frau Ehrenstein war froh, dass sie bereits einen rosa Cocktail mit dem schillernden Namen Pink Lady in der Hand hatte, als die Männer beim Pavillon ankamen. Es schien, als hätten sie die kurze Zeit unter sich genutzt, um ein paar Worte auszutauschen. Keine erfreulichen, wie an ihren Mienen unschwer zu erkennen war. Mit einem Rumpeln manövrierte Ladislaus seinen Rollstuhl die zwei breiten Stufen hinauf. Bei diesem Modell gab es hinter den zwei großen Rädern jeweils zwei kleinere, die mit einem breiten Band verbunden waren, was Frau Ehrenstein an ein Raupenfahrzeug erinnerte. Ladislaus hatte mehrere Rollstühle für unterschiedliche Gelegenheiten, und sie war immer schon von der Vielfalt und der Technik dahinter fasziniert gewesen. Er hatte einen Faltbaren, einen Leichten, einen Wendigen, der für Sport geeignet war und einen, der sich mit Hebeln fortbewegen ließ. Ladislaus hatte ihr auch erzählt, dass es bereits motorisierte Modelle gab und er es kaum erwarten konnte, einen zu ergattern.

Else glitt wie auf Schienen auf Oskar zu und stellte ihre Freunde mit überbordender Grandezza und eleganten Gesten vor, während sie allen ein Getränk in die Hände drückte. Joe nahm erfreulicherweise Abstand davon, Oskar zu fragen, ob er ihn malen dürfte.

Die Cocktailgläser lagen angenehm kühl in der Hand, das Kondenswasser glitt träge an ihnen herab, während sich alle schweigend gegenüberstanden. Nicht einmal der vorhin so redselige Ladislaus sagte etwas. Er hielt seinen Tom Collins ungetrunken im Schoß und blickte freundlich, aber abwesend hinauf in die Runde. Aus dem Radio erklangen die Les Humphries Singers mit »Mexico«, und die Zwillinge bewegten lautlos die Lippen zum Text. Frau Ehrenstein beschloss, das Konversations-Ruder in die Hand zu nehmen.

»Wer kommt denn noch? Wenn ich das richtig verstanden

habe, kommen viele erst morgen zur Hochz…, also, zur Feier. Aber ihr erwartet heute auch noch Gäste, oder? Lernen wir noch deine Familie kennen, Else?«

Siggi drückte sich wieder eng an seine Braut, als bedeutete jeder Zentimeter zwischen ihnen unglaubliche Pein, und antwortete betreten: »Oh nein, leider. Elses Vater lebt nicht mehr, und ihr Bruder ist geschäftlich in Wien festgehalten worden. Leider, leider.«

»Ah geh, wer weiß, vielleicht schafft er's noch!«, rief Joe fröhlich dazwischen.

Siggi fuhr unbeirrt fort. »Aber sonst kommen einige natürlich, das wird schön werden, so schön! Einen Harfenisten haben wir auch! Oder haben wir uns doch für den Pianisten entschieden, haben wir das? Oh, und ein paar Freunde von Else sollen auch kommen, ich weiß zwar nicht genau wer oder wie viele …«

»Ach, mein Schatz, mein Lieber, mein Herz«, gurrte Else in sein Ohr. »Da lassen wir uns überraschen. Ist das nicht das Schönste im Leben? Wenn man nicht weiß, was als Nächstes auf einen zukommt? Die Freude, die Erregung, die Ekstase!«

»Victoria Marhold kommt auch noch, nicht wahr?«, ergänzte Ladislaus sachlich, und Elses verzückte Miene entgleiste. Für einen Moment konnte man erahnen, dass hinter der eleganten jungen Frau mit der gewählten und langsamen Sprechweise noch etwas anderes steckte. Etwas Giftiges, meinte die gnä' Frau.

»Das ist allerdings keine Überraschung«, sagte Else eisig und löste sich von Siggi, um sich dem Tischchen mit den Horsd'œuvres zu widmen.

Frau Ehrenstein bemühte sich um einen versöhnlichen Ton. »Ich finde es schrecklich lieb von euch, Victoria einzuladen.«

Man hätte auch schrecklich unpassend sagen können, aber das verkniff sie sich. Dass Siggis Ex-Freundin auch kommen sollte, war einer der Hauptgründe gewesen, warum Oskar am liebsten auf dieses Wochenende verzichtet hätte. Nicht, weil er ein Problem mit ihr persönlich hatte, sondern weil dieses Aufeinandertreffen zwangsläufig unangenehm werden musste. Insbesondere weil Victoria selbst knappe fünf Jahre auf diesen Antrag gewartet hatte, den dann ganz plötzlich Else bekam.

»Das war die Idee von der Oma, weißt, Helene? Die is da oben nimma so ganz«, erklärte Zwilling Nummer eins mit lautstarker Vertraulichkeit.

»Geh, das kannst doch nicht so sag'n«, wies ihre Schwester sie zurecht.

»Na, stimmt's, oder hab ich recht?«

»Meine Mutter hat Victoria eingeladen, weil sie für lange Zeit ein Teil der Familie war und sie es für angebracht hielt«, rief Ladislaus in bestimmtem Ton dazwischen und brachte die Zwillinge damit zum Schweigen. Er klang nicht böse oder tadelnd, das war nicht seine Art. Eher wie ein bemühter Lehrer, der geduldig versuchte, etwas zu erklären. »Victoria hat ihre Mutter schon als Kind verloren, nicht wahr? Siggis Großmutter konnte den Gedanken nicht ertragen, dass sie hier von einem Tag auf den anderen nicht mehr willkommen sein sollte. Außerdem spricht unter erwachsenen Menschen nichts dagegen, auch nach dem Ende einer Beziehung ein freundschaftliches Verhältnis zu pflegen, nicht wahr?«

»Pfff, freundschaftlich, das klingt ja leiwand.« Zwilling Nummer eins lehnte sich jetzt praktisch an die gnä' Frau. Ihrem Atem nach zu urteilen, waren schon diverse Pink Ladies in sie geflossen. »Wenn eine der andren mim Hamdrahn droht, wie *freundschaftlich,* glaubst, ist das, Helene, häh?«

»Umbringen? Wer will wen umbringen?« Oskar trug das erste Mal, seit sie im Garten angekommen waren, etwas zum Gespräch bei. Doch Ladislaus schüttelte nur den Kopf, leicht lächelnd, als wäre das Ganze ein Missverständnis, und Siggi wischte sich mit seinem Taschentuch unentwegt den Schweiß aus dem Gesicht, ohne jemandem in die Augen zu blicken.

»Also, die Sache ist so, Oskar. So heißt du doch, oder?« Joe richtete seine kleine runde Sonnenbrille und warf mit einer gekonnten Handbewegung seine langen Haare nach hinten. »Die Ex, also die Victoria, hat beim letzten Mal gesagt, dass sie der Else eher den Hals aufschlitzt, als dass sie zulässt, dass sie sich den Siggi krallt. Verstehst so weit? Drum sind wir da. Also jetzt schon so früh. Wir müssen sie ja beschützen, die Else. Außerdem: Darf ich deine Frau malen?«

»Wie bitte?« Oskar war so betroppezt, dass ihm fast der Tom Collins aus der Hand rutschte. Doch Frau Ehrenstein – die sich von mörderischen und blutigen Dingen nicht so schnell aus dem Konzept bringen ließ – fiel ein anderes Detail auf.

»Was soll das bedeuten, beim letzten Mal?«

»Naja, da waren sie bei den Pferden, da wo ma wetten kann«, erklärte Joe mit ungeduldiger Selbstverständlichkeit.

»Bei der Hundert-Jahr-Feier von der Trabrennbahn Krieau, um genau zu sein. Ein wunderbares Spektakel. Und wir wollen die Begegnung mit Victoria nicht ganz so aufbauschen, nicht wahr?«, sagte Ladislaus mit einem milden Lächeln.

»Jedenfalls«, fuhr Joe ungerührt fort, »war auf einmal die Ex da und hat der Else Vorwürfe gemacht, verstehst so weit? Von wegen, dass sie eine Goldgräberin wäre, in die Richtung. Dann ham sie sich halbert prügelt, und die Ex wollt die Else umbringen. So hammas gehört, jedenfalls.«

»Diese … Person macht mir keine Angst«, erklärte die Braut betont ruhig. »Sie soll es nur wagen. Dann könnte mir auch niemand etwas vorwerfen, wenn ich ihr an die Gurgel gehe. Und schön langsam zudrücke.« Anschaulich zerquetschte sie das Horsd'oeuvre, das sie in der Hand hielt, und ließ die Überreste zu Boden bröseln.

Frau Ehrenstein musste das erst sacken lassen und griff nach einem Brötchen mit Crème Fraîche und Karotten. Auch die anderen hatten nichts hinzuzufügen. Zwilling Nummer zwei verscheuchte ein paar lästige Gelsen, Ladislaus nippte an seinem Tom Collins und Oskar starrte Siggi an, der wiederum nur Augen für Else hatte, die ihm jedoch den Rücken zudrehte. Das Radio begann zu rauschen, und Zwilling Nummer eins drehte an einem Knopf hin und her. Man hörte Musikfetzen von einer Mozart-Oper, dann Kindergesang, schließlich einen Nachrichtensprecher, von dem man zunächst nur abgehackt einzelne Wortfetzen verstand:

»Morgens … 3. Wiener Gemeindebezirk … Verhör … versteckte Pistole … aus dem Fenster … mehrere Verletzte … ein toter Polizist«

Die Stimme wurde lauter, als die junge Frau schlussendlich die richtige Frequenz fand.

»Der Verdächtige konnte mit der Explosion letzte Woche neben der Südautobahn in Verbindung gebracht werden und befindet sich seit seiner Flucht aus der Rennwegkaserne auf freiem Fuß. Die Wiener Bevölkerung wird zur Vorsicht aufgerufen.«

»Schalt das ab!« Elses Ton war so scharf, dass die junge Frau zusammenzuckte und sofort Folge leistete. Die Nerven der Braut mussten blank liegen. Ihre Hochzeitsfeier stand wirklich nicht unter dem besten Stern.

»Gut, dass wir nicht in Wien sind, oder? So gut!« Siggi

ließ seiner Aussage ein paar halbherzige Lacher folgen, die offensichtlich die Stimmung auflockern sollten. Bei Frau Ehrenstein verstärkten sie eher das ohnehin schon mulmige Gefühl. In Wien ein bombenlegender Mörder auf der Flucht. In Niederösterreich zwei mordlustige Frauen, die sich um einen Mann stritten. Sie hätte statt dem verfluchten Flachmann gleich ihren ganzen Vorrat an Whisky einpacken sollen.

Ladislaus räusperte sich und stellte sein halb volles Glas aufs Pavillon-Geländer. »Solche grässlichen Gedanken gehören doch nicht zu so einem schönen Wochenende. Wisst ihr, ich habe letztens einen Artikel gelesen über die Kraft der positiven Einstellung …«

Frau Ehrenstein hörte Ladislaus' Versuch, das Gespräch in eine andere Richtung zu lenken, nur mit halbem Ohr zu, weil aus dem Inneren des Hauses eine vertraute Gestalt auftauchte. Marie war aus ihrer Privatkleidung in eine Uniform geschlüpft. Ein schwarzes Kleid aus schwerem Stoff, eine lange weiße Schürze, die hinterm Nacken zusammengebunden wurde, und ein kleines weißes Häubchen, das auf ihrem dunkelbraunen Haar festgesteckt war. Die Uniform im Ehrenstein'schen Haushalt war weniger streng, lediglich eine Halbschürze über dunkler Kleidung. Frau Ehrenstein konnte es kaum erwarten, Marie in einem ruhigen Augenblick all die Neuigkeiten zu erzählen. Falls die Feierlichkeiten tatsächlich eine mörderische Wendung nehmen sollten, war sie doppelt froh, ihre Vertraute an ihrer Seite zu wissen. Das Dienstmädchen würde vermutlich die Augen verdrehen wegen der Kalamitäten der feinen Herrschaft.

Jetzt war da eher Konzentration in ihrem Gesicht zu lesen, während die junge Frau ein Tablett mit einer Wasserkaraffe und einem Eiskübel die Stufen von der Terrasse in den Garten hinuntertrug. Die abrupt von einem tiefen Stirnrunzeln abgelöst wurde, als Marie aufblickte. Sie schien am Pavillon vorbei in das kleine Wäldchen zu schauen.

Frau Ehrenstein konnte es jetzt auch hören, ein dumpfes Stampfen und das Knacken brechender Äste.

»Aber Herr Trentner, red ma doch nicht über positive Einstellung, ohne über Psychopharmaka zu reden. Das wär sonst unwissenschaftlich, verstehn'S so weit?«

»Kommt ... kommt da irgendwas?«, unterbrach Frau Ehrenstein Joes Fachsimpelei und starrte ins Dickicht hinter ihnen.

Alle verstummten und folgten ihrem Blick. Die Geräusche wurden lauter, und plötzlich wusste die gnä' Frau, was es damit auf sich hatte.

»*Irgendwas* ist hier wohl der richtige Ausdruck«, zischte Else leise.

Ein großer schwarzer Hengst brach durchs Geäst und sprang über die kegelförmigen Buchsbäume, um knapp vor Marie zum Stehen zu kommen. Diese schreckte mit einem Aufschrei zurück, und die Wasserkaraffe zerplatzte klirrend auf dem gepflasterten Weg.

Ladislaus seufzte. »Mit dem Auto wäre es vielleicht einfacher gewesen, Victoria, nicht wahr?«

Aber mit Sicherheit nicht so spektakulär, dachte die gnä' Frau mit bumperndem Herzen.

4

Clint Eastwood greift an

Samstag, 15 Uhr
Gartenpavillon

Die Haushälterin Fanny eilte händeringend aus dem Herrenhaus, mit zwei jungen Dienern im Livree im Schlepptau. Sie beäugte den glänzend schwitzenden Hengst argwöhnisch, während sie eine Art Satteltasche von Victoria entgegennahm.

»Herkules braucht was zu trinken und frisches Heu. Schaut's, dass ihr ihn gut trockenreibt!«

Das Pferd ließ sich folgsam von den Burschen wegführen, und die zierliche Fanny folgte mit der großen ledernen Tasche.

»Alles in Ordnung?«, flüsterte Frau Ehrenstein. Sie reichte Marie das heruntergefallene Tablett und bemühte sich, mit ihren offenen Sandalen nicht in die Nähe der zahlreichen Glassplitter der zerbrochenen Karaffe zu kommen. Der Eiskübel lag im perfekt gestutzten Gras auf der Seite, die Eiswürfel begannen bereits in die Erde zu sickern.

»Ois gut. Machen'S Ihnen nur kane Gedanken, gnä' Frau. Hab mich nur bissl g'schreckt.«

»Da waren Sie nicht die Einzige.«

Joe hatte sich seinen Cocktail über das rote Seidenhemd geschüttet. Die Zwillinge tupften ihn von beiden Seiten mit kleinen Papierservietten ab. Else empfand das scheinbar als den richtigen Augenblick, um das Radio wieder einzuschalten. David Cassidy sang knarzend und rauschend »I Am a Clown«. Siggi legte schützend den Arm um seine junge Frau, die aber keineswegs wirkte, als bräuchte sie Schutz. Eher eine Tollwutimpfung.

»Victoria, wie immer um keinen großen Auftritt verlegen, nicht wahr?« Ladislaus ließ den Rollstuhl sanft die Stufen hinuntergleiten. »Es ist schön, dich wiederzusehen!«

Sie kam ihm entgegen. Mit den hohen Reitstiefeln erinnerte ihr Gang fast an den eines Soldaten. Sie nahm mit einer schwungvollen Bewegung ihren Helm ab und deutete Bussis auf Ladislaus' Wangen an. Ihre Haare waren zu einem französischen Zopf geflochten und reichten ihr bis zu den Schulterblättern. Die Farbe war irgendwo zwischen blond und rot anzusiedeln. Sie war schlank, aber durch die Reiterhosen waren Muskeln zu erahnen, außerdem war sie ziemlich groß. Sie überragte sogar Oskar um ein paar Zentimeter. Frau Ehrenstein hatte Victoria schon ein paar Mal getroffen, doch ihre äußerlichen Eigenheiten wurden ihr erst jetzt – im Vergleich zu Else – so richtig bewusst.

»Ich danke dir, Ladislaus. Ich freu mich auch, dich zu sehen. Ich muss zugeben, ich war überrascht, als mich die gute Jolanthe angerufen hat. Aber warum nicht, hab ich mir gedacht.«

Die Worte kamen rasch und hart, ihr Ton hatte etwas Sachliches und Endgültiges. Ganz im Gegensatz zu Elses gedehnter und bedeutungsschwangerer Redeweise. Ja, die beiden Frauen waren wie Tag und Nacht, anders konnte man es nicht ausdrücken. Marie meinte immer, jeder Mann hätte einen bestimmten Typ Frau, aber hier konnte Frau Ehrenstein wirklich keinen feststellen.

»So, wen muss ich schlagen, um etwas zu trinken zu bekommen?«

Sie hieb mit der Gerte auf ihren Lederstiefel. Der Knall ließ alle im Pavillon zusammenzucken, und sie lachte, tief und kehlig. Ihre ohnehin geröteten Wangen wurden dabei noch dunkler. Victorias rüde Art und ihre Vorliebe für Pferde hatten Frau Ehrenstein oft an die junge Prinzessin Anne aus dem britischen Königshaus denken lassen. »Ihre königliche Unhöflichkeit« wurde sie von den Klatschblättern genannt. Siggis Ex-Freundin nahm kein Blatt vor den Mund und war eher barsch, aber niemand störte sich daran, weil sie reich war und aus gutem Hause stammte. Elses Verhalten hingegen war betont fein und damenhaft, und doch würde sie über ihre Herkunft nicht hinwegtäuschen können.

Die Zwillinge und Joe starrten Victoria an wie paralysiert. No, sehr beruhigend, dass sie zu Elses Schutz da sind, dachte sich die gnä' Frau belustigt. Siggi wich Victorias Blick aus, als wäre sie Medusa, also entschied sich Oskar, die Sache in die Hand zu nehmen. »Hier hast du einen Tom Collins, Victoria.«

»Oskar, altes Haus, auf dich kann man sich wie immer verlassen!« Beschwingt griff sie sich das Glas und trank es in einem Zug zur Hälfte aus. »Das braucht Eis. Wie könnt ihr bei dieser Hitze nur warme Cocktails servieren? Unter mir hätt's das nicht gegeben!«

Ihr Blick fiel pointiert auf Else, die kampfeslustig das Kinn nach vorne reckte. Die gnä' Frau entschied sich dazwischenzugehen. »Ich fürchte, das Eis ist verunfallt.«

Victoria fuhr herum, als nähme sie Frau Ehrensteins Anwesenheit erst jetzt wahr. Ihr Blick war durchdringend, beinahe bedrohlich. Die gnä' Frau fühlte sich genötigt, weiter auszuholen. »Das Eis, es ist in die Wiese gefallen und geschmolzen. Wegen dem Pferd, hauptsächlich.«

»Und wer, bitte schön, sind Sie?«, fragte Victoria mit donnernder Stimme.

»Ich bin Helene. Helene Ehrenstein. Die Frau von Oskar. Wir haben uns schon ein paar Mal getroffen, Victoria«, antwortete sie perplex. Siggis Ex-Freundin hatte mit der rauchenden und filmverrückten gnä' Frau nie viel anfangen können. Aber dieses abweisende, fast feindselige Verhalten war neu. Vermutlich gefiel ihr nicht, dass die gnä' Frau sich eingemischt hatte. Und dem Pferd die Schuld an den abhandengekommenen Eiswürfeln gegeben hatte.

»Dann scheinst du wohl keinen bleibenden Eindruck hinterlassen zu haben. Was das Eis angeht: Vielleicht sollte sich dieser Haushalt weniger schreckhafte Dienstmädchen zulegen.«

»Das ist *mein* Dienstmädchen«, sagte die gnä' Frau zwischen zusammengebissenen Zähnen.

»Das erklärt natürlich alles.«

Jetzt war es an Marie, zwischen die beiden kampfeslustigen Damen zu gehen.

»Verzeihn'S untertänigst, gnädige Frau, des war mei Fehler. Sie ham wirklich a scheens Roß! Ich fürcht, ich bin halt Pferde net g'wohnt. Ich komm aus Wien, wissen'S?«

Ein verständnisvolles Raunen ging durch die Anwesenden, als wäre es ganz klar, dass sich jemand aus Wien ein wenig anders verhielt. Als müsste man Mitleid mit einer Wienerin haben, die aus ihrem gewohnten Habitat herausgerissen worden war.

»Ich fürcht, es wird a no a bissl dauern, bis ma wieder Eis ham, die Herrschaften. Es is nämlich a so: Des war des letzte.«

»Was soll das bedeuten?« Ladislaus' Frage klang geduldig und ein wenig amüsiert, als ob das Wiener Dienstmädchen sich noch in diesem niederösterreichischen Haushalt zurechtfinden müsste.

»Gnädiger Herr, des haaßt, des kaner Eis g'macht hat und

des erst jetzt im Tiefkühler hart werd'n muss, verstehn'S? Oiso des Wasser.«

Marie klang so zerknirscht, als wäre sie selbst für diese Katastrophe verantwortlich und nicht erst vor knapp einer halben Stunde hier angekommen. An einem heißen Sommertag mit dem Haus voller Gäste war es aber auch ein Unding, nicht genügend Eis vorbereitet zu haben. Die gnä' Frau fragte sich, wo eigentlich der Butler war, der normalerweise einen Blick auf die Unzulänglichkeiten der freundlichen Haushälterin Fanny hatte. Er hätte sich um solche Details gekümmert.

Victoria lachte dröhnend und schlug sich mit der Reitgerte auf die Stiefel, wie ein anderer auf seinen Oberschenkel geschlagen hätte. »Na, ihr habt's da einen Haushalt beieinander. Seit Kurzem. Na, dann werd ich euch halt retten, in die Stadt reiten und neues Eis holen. Wird nicht lang dauern. Warme Getränke sind mir nämlich ein Graus!«

Frau Ehrenstein stellte sich fasziniert vor, wie Victoria in Traiskirchen einritt und ihren großen schwarzen Hengst vor einem Greißler festmachte wie Clint Eastwood in *Fremder ohne Namen*.

»Nicht so schnell!« Else machte nach jedem Wort eine bedeutungsschwangere Pause und schritt dabei engelsgleich die Stufen des Pavillons hinunter. Siggi hing ihr am Rockzipfel wie ein treues Schoßhündchen.

Victoria wirbelte herum und stemmte die Fäuste in die Hüften. Die wegstehende Gerte erinnerte an den aufgestellten Schwanz einer angriffslustigen Katze.

»Ich fahre selbstverständlich selbst in die Stadt. Mit meinem Cabrio bin ich nicht nur schneller, das Eis stinkt dann auch nicht nach Pferd«, verkündete Else in ihrer gedehnten Ausdrucksweise, die Arme über der voluminösen Brust verschränkt.

»Aber, mein Herz, mein Engelchen, das ist doch nicht nötig. Das ist so so nicht nötig.«

»Siggi hat recht, Else. Das soll einer der Dienstboten erledigen, nicht wahr?« Ladislaus stellte sich mit seinem Rollstuhl zwischen die beiden Frauen und wirkte so wie eine Kreuzung aus Prellbock und Ringrichter.

»Ich mache das!« Elses eisiger Ton erlaubte keinen Widerspruch, die blitzblauen Augen durchbohrten aber nicht ihren Schwiegervater, sondern die Ex-Freundin ihres Mannes.

Flirrte die Luft zwischen den beiden wegen der Hitze oder flogen da tatsächlich Funken? Der jungen Braut würde es sicherlich guttun, ihren erhitzten Kopf im Fahrtwind des Cabrios zu kühlen. Die gnä' Frau war sich der Gefahr bewusst, in solch einer Situation die Aufmerksamkeit auf sich zu lenken. Aber irgendwer musste die Spannung ja auflösen. »Ich finde, das ist eine gute Idee. Es muss ja auch nicht viel Eis sein. Gerade genug, um uns über den Nachmittag zu bringen.«

Alle starrten sie an. Sie spürte, wie sich Marie näher an sie heranschob. Vermutlich, um im Zweifelsfall vor sie zu springen, sollte sich eine der Frauen auf sie stürzen.

Else warf einen Blick über die Schulter auf ihre Freunde, die immer noch stumm und tatenlos im Pavillon standen. Aus dem Radio erkannte man durch das Rauschen »Crocodile Rock« von Elton John.

»Dann mach ich mich lieber schnell auf den Weg«, sagte sie, hakte sich bei Frau Ehrenstein unter und zog sie mit sich. »Und die Helene nehm ich mit. Bei mir hat sie nämlich einen bleibenden Eindruck hinterlassen.«

»Aber … ähm …« Die gnä' Frau warf ihrem Mann und ihrer Vertrauten einen letzten verzweifelten Blick zu. Beide hatten denselben Gesichtsausdruck aufgesetzt: baff und besorgt.

5

Kokoskuppeln mit Würmern

Samstag, 15 Uhr 30
Auf der Straße nach Traiskirchen

Elses harte Miene wich einem leichten Lächeln, als sie den Motor aufheulen ließ und die Landstraße in atemberaubendem Tempo entlangbrauste.

»Meine Freunde«, rief sie über das Dröhnen des Motors, »haben mir nicht sonderlich beigestanden. Gerade eben. Genausowenig wie mein Mann. Du bist die Einzige mit Rückgrat in dieser Partie. Deswegen wollte ich dich unbedingt besser kennenlernen. Du nimmst mir doch nicht übel, dass ich dich ein wenig entführt habe, meine liebe Helene?«

Frau Ehrensteins Herz machte einige Hüpfer, als die junge Frau einen Traktor überholte und ihnen eine Ente – also das Auto, nicht das Tier – hupend entgegenkam. Doch Else führte das Cabrio elegant und ohne spürbare Hektik wieder zurück auf ihre Fahrbahn und begann vor sich hin zu summen. Die gnä' Frau konnte gut verstehen, dass Else von Joe und den anderen enttäuscht war. Dennoch mutmaßte sie, dass das nicht der einzige Grund war, warum die Braut ausgerechnet sie auf diesen Ausflug mitgenommen hatte. Sie war wohl auf der Suche nach Verbündeten aus Siggis Kreisen. Dass Victoria und Frau Ehrenstein nicht die besten Freundinnen waren, war wohl mehr als offensichtlich geworden.

Else parkte schwungvoll gegenüber einer Lederfachhandlung in der Otto-Glöckel-Straße. Das grellrote Cabrio wirkte etwas deplatziert neben den in matten Farben gehaltenen Autos der Einheimischen. Ein Renault, ein Käfer oder Opel parkten hier, aber nichts, was weiter aus der Reihe fiel. Ganz im Gegensatz zu Else mit ihrem glitzernden Hosenanzug und ihren Stöckelschuhen. Sie schnappte sich eine silberne Handtasche von der Rückbank und war schon einige Schritte gegangen, ehe Frau Ehrenstein die Cabriotür zugeschlagen hatte.

»Willst du das Auto nicht absperren?«, fragte sie und beeilte sich, der jungen Frau nachzukommen.

»Ist hier nicht nötig, meine liebe Helene. Wir sind hier nicht in Wien.«

In dem Schaufenster einer Papierhandlung entdeckte die gnä' Frau den neuesten Simmel, *Die Antwort kennt nur der Wind*, auf dessen Erscheinen sie schon lange gewartet hatte. Außerdem ein paar äußerst schicke Notizbücher, die sich gut für ihre Fallnotizen eignen würden. Frau Ehrenstein nahm sich vor, bei der Heimfahrt am Montag noch hier beim Adlitzer stehen zu bleiben.

»Mahlzeit, Herr Stöhr!«, zwitscherte Else im Vorbeigehen. Der angesprochene Mann war gerade dabei, die Zoohandlung zuzuschließen, erwiderte ihren Gruß aber freundlich.

»Wohin gehen wir eigentlich? Haben die Geschäfte nicht schon zu?«, fragte Frau Ehrenstein.

»Der Ort schließt am Samstag um zwölf. Aber ich weiß, wo wir Eis kriegen.«

Sie überquerten eine Straße und steuerten auf ein Kaffeehaus zu, das den gleichen Namen wie die hiesige Kokoskuppelfabrik trug: Blaschke. Else hüpfte drei Stufen hinauf und fand sofort einen freien Tisch.

Frau Ehrenstein zögerte nur kurz. Zwar warteten im Herrenhaus alle auf sie, allerdings war es sicher eine gute Idee, den erhitzten Gemütern etwas mehr Zeit zu geben, sich abzukühlen, und Frau Ehrenstein war neugierig, etwas mehr über die Braut zu erfahren. Außerdem duftete es hier köstlich nach Schokolade, Fett und Kaffee.

Ein Mädchen mit Spaghettiträgerleibchen und kurzen Shorts unter der Schürze umarmte Else und drückte ihr Bussis auf die Wange, ehe sie die Bestellung aufnahm.

»Schatzerl, ich hätt gern einen Milchkaffee und eine Kokoskuppel. Du hättest doch auch gern eine, nicht wahr, Helene?« Dabei strich sie über Frau Ehrensteins Oberschenkel. Die war so überrascht, dass sie nur betroppezt nicken konnte.

»Also zwei Kuppeln und zwei Milchkaffee! Und Michi, meine Liebe, ich bräuchte noch Eiswürfel und zwar einen ganzen Haufen. Es ist schon wieder passiert. Ja, jetzt schau halt nicht so. Was soll ich machen?«

Als Else die Hand von ihrem Schenkel nahm, fiel es Frau Ehrenstein wieder leichter, klar zu denken. »Also kommt das häufiger vor? Dass die Eiswürfel vergessen werden? Ich hatte angenommen, das wäre eine Ausnahmesituation.«

»Oh, Eiswürfel, Getränke, Weckerl fürs Frühstück, such's dir aus.«

Frau Ehrenstein war schon oft zu Gast bei den Trentners gewesen, aber so eine Häufung an Unzulänglichkeiten war ihr noch nicht aufgefallen. Auch wenn Fanny nicht die aufmerksamste Haushälterin war, normalerweise fehlte es an nichts.

»Ich weiß, was du denkst. Früher war alles besser. Das kann ja nur an der neuen Frau im Haus liegen.«

Else sagte das ohne Vorwurf und ohne die Bissigkeit, die sie vorhin Victoria gegenüber an den Tag gelegt hatte. Dennoch war Frau Ehrenstein von ihrer direkten Art so überrascht, dass sie nach ihrer Perlenkette griff, um sich wieder zu sammeln.

»Das habe ich nicht gedacht«, sagte sie schließlich, auch wenn das nicht ganz der Wahrheit entsprach. »Aber ich bin doch verwundert. Wie kann es sein, dass bei einem so großen und alteingessenen Haushalt auf einmal die Zügel so schleifen gelassen werden?« Fanny war immerhin schon einige Jahre dort, daran konnte es nicht liegen.

»Natürlich liegt es an dieser Haushälterin«, sagte Else in entspanntem Ton, als hätte sie Frau Ehrensteins Gedanken gelesen. »Sie ist – und ich versuche das jetzt höflich auszudrücken – eine komplett unfähige Funsn.«

»No, schön, dass du höflich geblieben bist.«

Else lachte glockenhell und tätschelte Frau Ehrensteins Oberarm.

»Ach, Helene, du bist so goldig und rein. Ich freu mich so, dass wir hier miteinander sitzen und plaudern können! Was diese Haushälterin angeht, es ist leider so, sie ist unfähig. Seit der Herr Gurnhofer das Haus verlassen hat, ist es nur offensichtlich geworden.«

Der Butler war also tatsächlich ein für alle Mal weg. Und es war noch kein Ersatz gefunden worden. Das erklärte, warum die Qualität des Haushalts auf einmal litt.

»Warum hat er das Haus verlassen?«

»Er war alt«, antwortete Else ungewohnt kurz angebunden.

»Und die anderen Dienstmädchen? Warum herrscht da so eine plötzliche Knappheit?«

»Ich weiß nicht, ob ich es Knappheit nennen würde. Ah, da kommt ja der Kaffee und die Kokoskuppeln. Michi, du Engel, du einzigartiger Schatz, ich danke dir! Sag, wie geht es deiner Mutter?«

Else tratschte mit der Kellnerin, und Frau Ehrenstein beschlich der Verdacht, dass dahinter eher der Wunsch steckte, das Thema zu wechseln, als das Interesse an der Mutter. Irgendwas war faul im Hause Trentner, um Shakespeare zu zitieren. Und sie war sich ziemlich sicher, dass das mit der frischgebackenen Ehefrau zu tun hatte.

Die gnä' Frau biss in die Kuppel und war für einen Moment benommen von der Süße der verschiedenen Schichten aus Kokosflocken, Creme und Schokolade. Auf der Heimfahrt würde sie auch noch ein paar Kuppeln für ihren Sohn Willi mitnehmen. Das heißt, natürlich nur, wenn sie überhaupt bis Montag bleiben würden. Sie hoffte, dass sie mit Else das größte Explosionsrisiko aus dem Hause Trentner entfernt hatte. Aber es konnten in der Zwischenzeit Dutzende andere Eklats geschehen sein, und Oskar wartete eventuell schon mit den Koffern in der Auffahrt. Wenigstens hatten sie noch nicht ausgepackt.

Die Kellnerin löste sich von Else. Frau Ehrenstein versuchte es mit einem neuen Thema.

»Du scheinst die meisten hier zu kennen?«

»Ich bin hier geboren und aufgewachsen. Mein Vater hat sein ganzes Leben im Semperitwerk am Fließband gearbeitet. Beim Stöhr, dem vom Zoofachgeschäft gegenüber, hab ich mir früher was dazuverdient. Mit Tubifex, hast du davon schon mal gehört?«

Die gnä' Frau schüttelte fasziniert den Kopf. Sie konnte sich kaum vorstellen, dass die glamouröse Else mit ihrer gestelzten Ausdrucksweise als Jugendliche durch die Straßen Traiskirchens geschritten und als Aushilfe in Geschäften gearbeitet hatte.

»›Die Wirm‹, haben wir immer dazu gesagt. Das sind rötliche Würmer, so klein, dass du sie kaum als solche erkennen kannst. Sie werden an Fischhändler als Futter verkauft. Du saugst sie vom Flussboden auf, mit einer Art Staubsauger, aus der Mur oder der Donau. Und der Schlamm wird in mehreren Waschvorgängen gelöst, bis ein roter Tubifex-Klumpen übrig bleibt. In so Tassen, wie bei der Goldwäsche. Weißt du, was ich meine?«

»Ansatzweise.« Frau Ehrenstein war froh, die Kokoskuppel schon aufgegessen zu haben. Der Gedanke an einen Klumpen aus Würmern ließ Übelkeit in ihr aufsteigen. Sie versuchte, nicht allzu fassungslos zu klingen. »Und … das hast du gemacht?«

Else strich über den roten Lippenstiftabdruck, den sie auf ihrer Tasse hinterlassen hatte. Ihre Stirn war leicht gerunzelt, um ihren Mund lag ein harter, entschlossener Zug. »Manchmal muss man sich die Finger ein wenig dreckig machen, um etwas zu erreichen.«

Sie hatte im Schlamm gewühlt, um etwas Geld zu machen. Die gnä' Frau musste an Victorias Worte denken: Eine »Goldgräberin« hatte sie Else genannt. Ein Vorwurf, den sie vermutlich nicht nur mit Elses Jugend, sondern auch mit ihrer Herkunft rechtfertigte.

»Wieso habt ihr heimlich geheiratet, Siggi und du? Und so rasch?«, fragte sie unvermittelt. Abgesehen von der Antwort interessierte sie Elses Reaktion. Würde sie so giftig werden wie bei Victoria?

»Mein lieber, leidenschaftlicher Siggi hatte es so eilig. Nicht, dass mich ihm einer wegschnappt. So hat er es ausgedrückt. Außerdem war es nicht heimlich, immerhin waren Ladislaus und der Standesbeamte auch anwesend. Im Grunde ist so eine Hochzeit ja etwas sehr Intimes, findest du nicht?«

»Und was ist mit diesem Wochenende? Warum so tun, als würdet ihr jetzt erst heiraten?«

»Dieses Wochenende findet einfach die kirchliche Trauung statt und eine Feier für Freunde und Familie, damit wir unser Glück mit allen teilen können. Für uns macht es ja keinen Unterschied mehr. Für andere … eventuell schon.«

Frau Ehrenstein ging davon aus, dass es für Siggi und seinen Vater wohl doch einen Unterschied ausmachen musste. Sonst hätten sie bei der Einladung erwähnt, dass es sich bei dem Paar nicht mehr um Verlobte, sonder frisch Angetraute handelte.

Die kirchliche Trauung war wohl für Jolanthe, Siggis neunzigjährige Großmutter, wichtig. Sie war zutiefst gläubig und traditionell. Außerdem bissig und ehrlich bis weit über die Schmerzgrenze. Die Ex-Freundin zur Hochzeitsfeier ihres Enkels einzuladen, hatte zudem etwas Boshaftes. Frau Ehrenstein war sehr interessiert an Jolanthes Meinung zu den Vorgängen im Hause Trentner. So, wie sie die alte Frau kannte, würde sie diese auch bereitwillig und lautstark kundtun.

»Hier ist dein Eis! Ist nicht schrecklich viel, aber wir brauchen halt auch noch was.«

Die Kellnerin hielt Else ein gut gefülltes Plastiksackerl hin. Es strahlte eine derartige Kälte aus, dass die gnä' Frau es am liebsten an sich gedrückt hätte.

»Das passt schon. Danke, Michi, mein Engel, meine Liebe! Grüß mir den Stefan, bitte! Wollen wir, Helene?«

»Soll ich …?« Frau Ehrenstein kramte auf der Suche nach ihrem Geldbörserl in ihrer Handtasche, aber die Kellnerin winkte lachend ab. Als wäre es das Lächerlichste der Welt, für Kaffee und Kokoskuppel zu bezahlen.

Else ging voraus, drehte sich am Treppenabsatz aber noch einmal abrupt um. Sie lehnte sich an den Wandvorsprung, stemmte eine Hand in die breite Hüfte und legte den Kopf kokett schief. Man konnte es nicht anders sagen, sie posierte.

»Bei all deinen Fragen hast du eine vergessen, meine entzückende Helene.«

»Und zwar?«

»Ob ich Siggi aus Liebe geheiratet hab.«

Frau Ehrenstein fand diese Frage nicht sonderlich interessant. Sie verband Heirat nicht unbedingt mit Liebe. Was zugegebenermaßen hauptsächlich mit ihrer eigenen Ehe zu tun hatte, aber grundsätzlich wurde das in ihren Kreisen nicht als Voraussetzung gesehen. Dennoch gab sie bereitwillig das von ihr erwartete Stichwort.

»Hast du?«

Mit einem Mal wurde es still im Café. Besteckgeklapper, Lachen und Gespräche verstummten. Nicht einmal die Kaffeemaschine zischte. Als lehnten sich alle mit angehaltenem Atem nach vorn.

»Natürlich habe ich das! Er ist die Liebe meines Lebens!«, verkündete Else erhaben, drehte sich um und schritt die Stufen hinunter.

Als Frau Ehrenstein ihr folgte, meinte sie hinter sich von der Kellnerin ein unterdrücktes Lachen zu hören.

6

Ein Fremder in der Pampa

Samstag, 16 Uhr
Landstraße

Frau Ehrenstein blieb für einen Moment die Luft weg, als sie hart in den Sicherheitsgurt gedrückt wurde. Sie befahl der halb verdauten Kokoskuppel, an ihrem Platz zu bleiben, und versuchte herauszufinden, warum Else so plötzlich abgebremst hatte.

Die kurvige Landstraße führte an einem Waldstück entlang. Ein Auto steckte mit den Vorderreifen im Straßengraben fest, ein junger Mann mit wildem dunklem Haar stand daneben und wischte sich die Hände an seinen Hosen ab. Seinen Gesichtsausdruck konnte die gnä' Frau nicht gut erkennen, aber als er bemerkte, dass sich Elses Cabrio langsam näherte, winkte er. Das Auto kam ihr irgendwie bekannt vor. Ja, das war die weiße Ente, die sie beim Überholmanöver bei der Herfahrt fast gestreift hatten. Hatte er vor Schreck das Lenkrad zu schnell herumgerissen?

»Kennst du ihn?«, fragte sie Else. Das Autokennzeichen begann mit einem *N*, er stammte also aus Niederösterreich. Vielleicht kam er aus Traiskirchen. Oder aus einem ganz anderen Winkel. Immerhin war Niederösterreich das größte Bundesland Österreichs.

»Nein, aber ich glaube, ich pack ihn ein und nehm ihn mit nach Hause.«

Sie zwinkerte Frau Ehrenstein zu und schwang die Beine aus der geöffneten Autotür. »Na, wo liegt denn das Problem?«

Wenn Else Erfahrung mit kleinen roten Würmern in Zoofachgeschäften hatte, konnte sie vielleicht auch Autos reparieren, warum nicht? Die gnä' Frau konnte die junge Braut noch nicht richtig einordnen. Und um ehrlich zu sein, gefiel ihr das.

»Er bewegt sich kein bissl. Ich fürcht, die Vorderachse is im Arsch.« Der Mann fuhr sich mit der Hand durch seine dichten dunklen Locken und wirkte dabei äußerst hilflos.

Zum Zustand des Autos konnte die gnä' Frau nicht viel sagen. Bei einer Reparatur würde sie nichts tun können, nichtsdestotrotz stieg sie ebenfalls aus dem Cabrio. Mit gefalteten Händen brav sitzen zu bleiben und zu warten, war so rein gar nicht ihre Art.

Die Grillen zirpten im hohen Gras, aus den Tiefen des Waldes war leises Vogelgezwitscher zu hören. Keine anderen Autos waren hier im Moment unterwegs. Sie waren ganz allein in der Pampa mit einem Fremden.

Else schien darüber nicht besonders besorgt zu sein. Sie tippte mit ihren Stilettos einmal kurz gegen seinen Kotflügel und sagte: »Dann würde ich sagen, Sie steigen bei uns ein und kommen einfach mit.«

Andere Männer wären Else vermutlich ohne weitere Fragen bereitwillig in die Arme gehupft. Doch dieses hilflose Exemplar betrachtete sie nur argwöhnisch.

In irgendeinem Film hatte Frau Ehrenstein gesehen, wie ein Auftragskiller von der Rückbank aus den Fahrer erdrosselt hat. War das ein James Bond mit Sean Connery in der Hauptrolle gewesen? Vielleich *007 jagt Dr. No*?

»Oder wir rufen einfach einen Abschleppwagen für Sie«, platzte es aus der gnä' Frau heraus. Die Vorstellung, einen

Fremden vom Straßenrand aufzulesen, machte sie nervös. Sie hatte zu viele Thriller gesehen, um das für eine gute Idee zu halten.

»Sie müssen meine liebe, schöne Helene entschuldigen. Sie weiß halt nicht, dass Sie ohnehin auf den Weg zu uns waren.«

»War ich das?«, rief der Mann.

»War er das?«, rief gleichzeitig Frau Ehrenstein.

Else verdrehte die Augen, lächelte aber gnädig, als sie auf die Tür der Ente zeigte. Die gnä' Frau ging um das Auto herum, um zu sehen, was sie meinte.

Frederick Albert, Konzertpianist

stand da in großen Buchstaben auf dem Blech. Kleine schwarze Noten tanzten um den Namen.

Die gnä' Frau brauchte ein paar Sekunden, um eins und eins zusammenzuzählen. »Oh, ist das der Pianist, den ihr für das Wochenende gebucht habt?«

»Wie fein, dass du nicht nur lieb und schön bist, sondern auch klug, meine Helene. Sie waren auf dem Weg zu unserer Hochzeit, Frederick. Ich darf Sie doch Frederick nennen, oder?«

Überrumpelt war wohl ein untertriebener Ausdruck für den Zustand des Mannes. Sein Mund stand offen, er blickte von Else zu Frau Ehrenstein und stammelte: »Ihre Hochzeit?«

»Nicht unsere, Sie Dummerchen. Obwohl ich mich glücklich schätzen könnte mit so einer wunderbaren Braut! Na, was meinst, Helene? Nein, es geht um die Hochzeitsfeier dieses Wochenende von mir und Sigismund Trentner, dem Erben des Trentner-Woll-Imperiums«, fuhr Else ungerührt fort. »Wir nehmen Sie jetzt einfach mit, und von dort rufen Sie einen Abschleppdienst. Was meinen Sie, Frederick?«

Seine gerunzelte Stirn glättete sich, und er nickte eifrig. »Oh, aso, versteh. Wenn das so ist, komm ich gern mit.«

Frederick steuerte schon auf das Cabrio zu, als Else ihn zurückpfiff.

»Haben Sie denn kein Gepäck? Ich meine, Sie wollen doch in diesem Aufzug nicht auftreten?« Sie ließ ihren Blick dezidiert von unten nach oben gleiten, und er sah an sich herab, als würde ihm erst jetzt bewusst, dass er Kleidung trug.

»Oh, ja. Ich mein, nein, natürlich nicht. Also, meine Sachen müssten im Kofferraum sein, nehm ich an. Oh, natürlich, da ist ja mein Koffer. Und mein Anzug. Leiwand.«

»Künstler«, flüsterte Else Frau Ehrenstein im Vorbeigehen belustigt zu. Der war es aber egal, ob der Fremde Pianist, Anhalter oder Tubifex-Vertreter war. Sie würde ihn sicherheitshalber genau im Auge behalten.

7

Von Grantscherben und Fetzenschädeln

Samstag, 16 Uhr 20
Herrenhaus der Trentners

Die Haushälterin Fanny stürzte ihnen entgegen und riss Else das Sackerl mit den Eiswürfeln praktisch aus der Hand. In der Zwischenzeit waren noch einige Gäste angekommen, und das Eis war bitter nötig, wie sie erklärte. Im Davoneilen beteuerte sie noch, wie leid ihr alles tat und dass es nie wieder vorkommen würde. Else rief ihr hinterher, sie solle warten und den Pianisten mitnehmen. Doch Fanny war bereits im Haus verschwunden.

»Herrschaftszeiten, diese Frau. Ladislaus mit seinem großen Herzen muss auch jedes Sozialprojekt bei sich aufnehmen. Wie auch immer, lieber Frederick, dann bringe ich Sie einfach hinein. Irgendjemand wird schon wissen, wo Ihr Zimmer ist.«

Frau Ehrenstein nutzte die Ablenkung und stahl sich die Treppen hinauf. Wenn sie sich jetzt wieder in den Garten zum Cocktailempfang begeben würde, müsste sie alle begrüßen und würde von einer Plauderei in die nächste fallen. Alles schön und gut, aber vorher musste sie sich frischmachen. Ihr Blumenkleid war zerknittert und durchgeschwitzt. Sie spürte förmlich, wie ihre Wangen und Nase glänzten. Nur eine halbe Stunde, um sich aufzupolieren, bevor sie wieder in ein Gespräch oder sonst etwas verwickelt wurde.

Die Stufen knarzten leise, als sie neben Ladislaus' Treppenlift hinaufschritt. Die strengen Blicke der verschiedenen Trentners auf den riesigen Gemälden schienen Frau Ehrenstein dabei missbilligend zu verfolgen. Ihr angestammtes Zimmer lag im ersten Stock, unweit des Treppenabsatzes. Sicherheitshalber klopfte sie an und steckte erst dann den Kopf hinein. Als sie ihre Koffer vor dem breiten Himmelbett mit dem blumigen Überwurf entdeckte, seufzte sie erleichtert. Sie wollte sich schon die Kleider vom Leib reißen, um sich gebührend zu restaurieren, da hörte sie die Stimme ihres Mannes aus dem Nebenzimmer.

Die Ehrensteins hatten zu Hause in Hietzing getrennte Schlafzimmer. Beide fühlten sich wohler so, und seit sie mit ihrem Sohn Willi einen Erben fabriziert hatten, bestand für ein gemeinsames Ehebett kein Anlass mehr. Bei ihren Übernachtungen hier im Herrenhaus der Trentners hielten sie es ebenfalls so. Weder Ladislaus noch Siggi hatten das je hinterfragt oder kommentiert. Noch ein Grund, warum die gnä' Frau sich hier immer wohlgefühlt hatte. Sowohl Oskar als auch sie wurden hier einfach angenommen.

Frau Ehrenstein war eigentlich davon ausgegangen, dass sich ihr Mann bei der Cocktailgesellschaft unten im Garten aufhielt. Dementsprechend neugierig war sie, als sie sich zu seiner Zimmertür schlich. Mit wem unterhielt er sich? Vielleicht Ladislaus? Oder gar Victoria? Eventuell wollte er ihr ins Gewissen reden und nahelegen, sich auf ihren Hengst zu schwingen und nach Hause zu reiten. So wie John Wayne, dem Sonnenuntergang entgegen. Aber die Art, wie er sprach, in Verbindung mit den Pausen dazwischen, legte nahe, dass er telefonierte. Die Worte konnte sie nicht verstehen, hörte aber, dass seine Stimme sehr angespannt klang. War das vielleicht der Theaterdirektor Felix Hall am anderen Ende der Leitung? Aber dann wäre sein Ton bestimmt sanfter und liebevoller, so wie sie es in dessen Büro erlebt hatte, kurz nach dem Fall der erpressten Primadonna.

Plötzlich wurde es still im Zimmer. Frau Ehrenstein wog noch ab, ob es wohl nur eine Pause im Gespräch war oder dessen Ende, als Oskar die Tür aufriss. Sein überraschter, fast geschockter Gesichtsausdruck verriet ihr, dass er sie nicht ertappen wollte, sondern lediglich auf dem Weg hinaus war.

»Ich bin gerade zurückgekommen und wollte nach dir sehen.« Die gnä' Frau war entzückt, wie locker und selbstverständlich sie bei dieser Lüge klang. Und gar nicht ertappt.

Oskar seufzte und ließ sie eintreten. Es kribbelte ihr auf der Zunge, ihn geradeheraus zu fragen, mit wem er telefoniert hatte. Doch dann würde ihr Lauschangriff auffliegen. Außerdem würde er sie anlügen, falls es Felix gewesen war. Sie musste endlich dieses Gespräch mit ihm führen, damit er wusste, was sie wusste. Was nicht viel war, aber genug.

»Alles in Ordnung?«, fragte sie stattdessen. »Du wirkst noch aufgebrachter als vorhin.«

Unwillkürlich blickte er in den großen Spiegel neben dem Schrank. Der Anblick schien ihn nicht sonderlich zu schockieren, dennoch sank er in den Sessel vor dem alten Sekretär. Frau Ehrenstein setzte sich auf den Bettrand.

»Du meinst, abgesehen davon, dass sich die Ehefrau und Ex-Freundin meines ältesten Freundes gegenseitig Morddrohungen an den Kopf werfen und dieses Wochenende in ein Blutbad ausarten könnte?«

Sarkasmus entsprach normalerweise überhaupt nicht Oskars Naturell, aber in letzter Zeit schien er auf den Geschmack gekommen zu sein. Sie ging davon aus, dass er das von ihr hatte.

»Meinst du wirklich, man muss die Drohungen der beiden Damen ernst nehmen?«

»Mir macht das schon Sorgen. Aber du hast mehr Erfahrung mit diesen Dingen. Sag du's mir.«

Frau Ehrenstein dachte an Victorias aggressive Art und die harten Schläge mit der Gerte auf ihre Stiefel. Und an Elses Bereitschaft, sich die Finger schmutzig zu machen, um ihr Ziel zu erreichen.

»Wenn ich bei meiner Detektivarbeit eines gelernt habe, dann, dass jeder zu einem Verbrechen fähig ist. Und man es niemandem ansieht. Vielleicht kann es wirklich nicht schaden, wenn wir ein Auge auf die beiden haben.« Sie zuckte mit den Schultern und betrachtete ihn besorgt. »Aber ist noch etwas passiert, als ich weg war? Du wirkst so mitgenommen.«

»Ich habe gerade mit meinen Eltern telefoniert«, sagte er schließlich im Tonfall eines Grabredners.

»Oh, natürlich. Wenn's weiter nichts ist, Gotteseidank!« Frau Ehrenstein war die Erleichterung anzuhören, und Oskar sah sie so überrascht wie argwöhnisch an. »Entschuldige, für ein Wengerl dachte ich, es wär etwas Schlimmes passiert. Also noch Schlimmeres.«

Natürlich fühlte er sich nach einem Telefonat mit den beiden schlecht. Jedem emotions- und vernunftbegabten Wesen würde es so gehen. Oskar wusste, dass sie seine Eltern für empathielose Grantscherben hielt. Aber er war mit dem Grundsatz erzogen worden, dass Eltern geehrt und gewürdigt werden mussten, egal, wie bösartig sie sich verhielten.

»Ich musste sie doch darauf vorbereiten, dass die beiden bereits verheiratet sind und das morgen nur noch Formsache ist. Wenn Sie das erst erfahren, wenn sie morgen hier ankommen …«

»… werden sie dir die Schuld geben.«

Oskars Eltern würden ihm auch die Schuld am Kalten Krieg, Chruschtschows Schuhwurf und der Watergate-

Affäre geben. Egal, was er tat, es war nie genug und grundsätzlich minderwertig. Dass er ihnen extra noch Bescheid gab, war vorauseilender Gehorsam, denn sie würden ihm so oder so ein schlechtes Gewissen einreden.

Er dachte offensichtlich ähnlich, denn er ließ den Kopf hängen und wirkte auf einmal sehr zerbrechlich. Früher war er immer darauf bedacht gewesen, vor ihr die perfekte Fassade eines Menschen, der nichts an sich ranließ, aufrecht zu erhalten. Es rührte sie, dass er ihr mittlerweile genug Vertrauen entgegenbrachte, um auch seine schwachen Momente mit ihr zu teilen.

»Es wird schon werden, Oskar.« Er hob müde den Blick, und sie lächelte ihm aufmunternd zu. »Eineinhalb Tage und dann sind wir wieder zu Hause in unserem Wohnzimmer. Du mit deinem Brandy, ich mit meinem Whisky.«

»Und wir schauen uns irgendeinen schlechten Krimi an …«

»Oskar Maximilian Leopold Bonifaz Ehrenstein, ich hab dir mein Lebtag noch keinen schlechten Film gezeigt.«

Dass sie sich so aufrichtig echauffierte, brachte ihn zum Schmunzeln. Doch das währte nicht lang. »Was hat er sich dabei nur gedacht?«

»Augenscheinlich nicht sonderlich viel«, antwortete Frau Ehrenstein. »Aber … ich weiß, es ist unüblich, und Siggi hat sich nicht an die Etikette gehalten. Aber ist das alles denn wirklich so schlimm?«

Der Blick ihres Mannes erinnerte sie an den Abend damals, als sie aus Bequemlichkeit Rotwein aus einem Wasserglas trinken wollte: schockierte Fassungslosigkeit.

»Das hat nicht nur mit Etikette zu tun, Helene. Auch wenn es mehr als geschmacklos ist, seine langjährige Freundin aus gutem Hause von einem Tag auf den anderen zu verlassen. Für ein Mädchen ohne Stammbaum, das noch dazu fast halb so alt ist. Und auch noch heimlich zu heiraten und sich wie ein Pubertierender aufzuführen.«

»No, jetzt bin ich aber gespannt, was noch kommt.«

»Siggi hat eine Verantwortung seiner Familie gegenüber. Ohne Geschwister muss er nicht nur den Namen, sondern das ganze Imperium samt den Fabriken und Ländereien verwarlten. Auch wenn es in deinen Augen nicht sonderlich romantisch wirkt, es ist von außerordentlicher Wichtigkeit, wer hier einheiratet. Die Familie ist dabei auch entscheidend. Außerdem muss die Person erst in die Gesellschaft eingeführt werden. Sich beweisen.«

Frau Ehrenstein fand das alles ziemlich antiquiert. Immerhin schrieben sie das Jahr 1973, und die Leute heutzutage hatten einen ganz anderen Zugang zu Partnerschaften. Aber ihr war klar, dass diese Dinge in Oskars Welt und in der der Trentners wichtig waren.

»Was sagt Ladislaus zu der ganzen Sache?«

Anders als zu seinem eigenen Vater hatte Oskar ein fast liebevolles Verhältnis zum Oberhaupt der Trentners. Während er sich in seiner eigenen Familie wie ein menschgewordener Fehler vorgekommen sein musste, war er hier immer freundlich aufgenommen worden.

»Du weißt ja, wie er ist. Er versucht zu akzeptieren und zu unterstützen. Glücklich ist er nicht, aber er hat Siggis Wohlbefinden ja immer über sein eigenes gestellt. Wenn er ihm nur einmal so richtig die Leviten lesen würde …«

»Dann wäre er nicht Ladislaus.«

Oskar lächelte schief und schnaufte. Für einige Momente saßen sie schweigend da. Durch das geöffnete Fenster drang der Lärm der Feierlichkeiten hinein. Stimmenwirrwarr, Lachen, das Trappeln der emsigen Dienstboten auf dem Parkett.

»Wo hat Ladislaus eigentlich die Haushälterin Fanny her?

Weißt du das? Ich erinnere mich ein wengerl an die vorherige, Frau Wotsch …«

»Frau Woicek. Bei deinen Gedankensprüngen muss ich erst hinterherkommen. Sie hat Siggi ja praktisch großgezogen, nach dem Tod seiner Mutter. War schwer für ihn, als sie gegangen ist. Die alte Frau Woicek. Mir fehlt sie auch.«

Oskar hatte etwas traurig Sehnsüchtiges im Blick. Frau Ehrenstein hatte die vorige Haushälterin als eine runde Dame mit grauem Dutt in Erinnerung, die dem Personal Befehle zubellte, während sie den Kopf des erwachsenen Siggi tätschelte. Es war, als fehlte dem Haus die Seele, seit sie weg war.

»Und wie ist Ladislaus dann auf Fanny gekommen?«

Oskar zuckte mit der Schulter. »Keine Ahnung, ehrlich gesagt. Ladislaus hat sie einfach eines Tages angestellt. Sie brauchten dringend einen Ersatz. Eigentlich wäre das Siggis Aufgabe gewesen. Eine Neue zu suchen. Damit er langsam die Pflichten des Hausherrn übernimmt, verstehst du? Aber ihn hat das alles so geschmerzt, dass er einfach nichts gemacht hat. Typisch. Stellt sich tot, bis wer anderer die Arbeit für ihn übernimmt.«

Sein Ton hatte etwas Bitteres, und es war offensichtlich, dass ihn das Verhalten seines Freundes viele Nerven kostete. Für Oskar war es eine tief verwurzelte Selbstverständlichkeit zu tun, was von ihm erwartet wurde. Und dabei korrekt und der Etikette entsprechend vorzugehen. Seit die gnä' Frau sein Geheimnis mit dem Theaterdirektor Felix kannte, war es kaum vorstellbar, wie viel Kraft es ihn kosten musste, diese Maske die ganze Zeit aufrechtzuerhalten. Vermutlich frustrierte es ihn, dass Siggi es nicht einmal versuchte.

»Warum interessieren dich die Haushälterinnen auf einmal so? Du willst doch nicht unsere Frau Berkovics loswerden, oder?«, fragte er, und es amüsierte sie, wie aufrecht besorgt er bei dem Gedanken war.

»Marandjosef, niemals! Sie geht mir zwar fürchterlich auf die Nerven, aber ihre Arbeit macht sie hervorragend. Nein, ich find's ehrlich gesagt einfach etwas kurios, wie unbegabt Fanny als Haushälterin ist. Und Else hat nebenbei so etwas erwähnt, von wegen, Ladislaus hätte sie von der Straße aufgesammelt. Ich frag mich einfach, was sie vorher gemacht hat.«

Oskar musterte sie mit analytischem Blick.

»Das ist kein Kriminalfall, den du lösen musst, Helene.«

»Ja, das ist mir schon klar, es ist nur ... Bei Ungereimtheiten werde ich einfach hellhörig, ich kann gar nichts dagegen tun.«

»Als läge es in deiner Natur?«

»Ganz genau!«

Er nickte, als verstünde er ganz genau, was sie damit meinte. Und sie zweifelte nicht daran, dass er das tat. Vielleicht war jetzt der richtige Zeitpunkt. Sie waren nicht zu Hause, niemand war in Hörweite, sie sprachen vertraut und freundschaftlich miteinander.

»Oskar, es gibt da was, worüber ich mit dir schon eine Zeit lang reden wollte. Weißt du, damals, im Theater am Spittelberg ...«

Es klopfte an der Tür.

»Kruzifix nochamal«, murmelte die gnä' Frau, während Oskar aufstand und die Tür öffnete.

»Gnädiger Herr, verzeihn'S die Störung. Die beiden Herren Trentner bitten Sie, wieder in den Garten zu kommen. Sie woll'n Ihnen wen vorstell'n, soll ich Ihnen ausricht'n.«

Marie hielt einen Stapel Bettwäsche in den Händen und sah erst fragend zu Frau Ehrenstein, als sich Oskar mit einem Seufzer von ihr wegdrehte, um sich vor dem Spiegel die Haare zurechtzustreichen. »Stimmt, ich bin schon viel zu lange weg. Das schickt sich nicht als Gast. Tut mir leid, Helene, was wolltest du sagen?«

»Das hat keine Eile. Wir reden ein andermal drüber.«

»Kommst du gleich mit?«, fragte er seine Frau.

»Ich muss mich noch zurechtmachen. Das werden sie verstehen, nachdem ich die Braut auf einen Ausflug begleitet habe. Ja, ja, davon erzähl ich dir auch noch später.«

Marie nickte ihnen zu und ging mit der Wäsche den Gang hinunter. Es war ungewöhnlich, dass die Dienstmädchen noch Zimmer herrichten mussten, wenn die Gäste bereits eingetroffen waren. Aber Frau Ehrenstein brannte jetzt noch etwas anderes auf der Seele.

»Warte, Oskar!«

Er wandte sich auf der Türschwelle um und sah sie fragend an. Sie legte sich ihre Worte sorgfältig zurecht. »Wie wär's, wenn du versuchst, diese ganze vermaledeite Situation wie Ladislaus anzugehen? Akzeptieren und unterstützen?«

Oskar schnaubte aufgebracht, doch die gnä' Frau kam ihm zuvor. »Ich weiß, Siggi führt sich auf wie ein pubertierender Fetzenschädel. Aber ihr kennt's euch jetzt schon so lang, ihr habt schon so viel miteinander erlebt. Ich geh davon aus, dass er mehr als genug Leut um sich herum hat, die ihn verurteilen oder sich lustig über ihn machen. Was er jetzt brauchen könnte, wär ein Freund. Jemanden, der ihn unterstützt, selbst wenn er nicht alles versteht.«

Oskar wollte noch etwas erwidern, doch dann seufzte er und ließ die Schultern sinken.

»Ich denke, ich kann's einmal versuchen.«

8

Es liegt immer an den Herrschaften

Samstag, 17 Uhr
Gästezimmer

Die Tür stand einen Spalt offen, und Frau Ehrenstein lugte vorsichtig in das Zimmer hinein.

»Kommen'S, gnä' Frau. Ich bin da eh allanig.«

»Soll ich Ihnen vielleicht helfen?«, fragte die gnä' Frau.

»Na, bitte net! Dann braucht's no länger.«

Marie hielt eine Tuchent samt Überzug an zwei Ecken in die Höhe und schüttelte beides mit kräftigen Bewegungen, bis die Decke nicht mehr zu sehen war. Frau Ehrenstein schloss leise die Tür und setzte sich auf einen Sessel. Das Bett war nur halb so groß wie ihres, das Blumenmuster der Tapete schon leicht verblichen, und auch der Teppich hatte bessere Zeiten gesehen.

»Ham'S no in Ruhe mit dem gnädigen Herrn red'n können?«

»Wir haben über seinen Freund Siggi geredet und über das ganze verwortakelte Wochenende. Und wie's ihm geht dabei. Aber das meinen Sie wahrscheinlich nicht.«

Marie legte die Decke zu einem perfekten Viereck zusammen. Mit festen Handstrichen glättete sie die Oberfläche, sagte aber nichts weiter. Sie hob lediglich eine Augenbraue.

»Ich war kurz davor, als sie angeklopft haben. Nein, nicht

Ihre Schuld. Wie ich mich kenne, hätte ich eh wieder gekniffen.«

Frau Ehrenstein fehlten sonst nie die Worte. Aber wenn es um das zarte Pflänzchen ihrer sich gerade erst entwickelnden Freundschaft zu Oskar ging, war sie sprachlos.

»Gnä' Frau, i waaß des is … delikat würden'S dazu sag'n, nehm ich an. Oba es is ka Weltuntergang. Und sie können ihn jetzt besser versteh'n, ham'S selbst g'sagt. Dass er eine Affäre mit an Mann hat, macht ihn in meinen Augen nur menschlicher. Außerdem könnt er's kaum besser treffen als mit unserem Theaterdirektor.«

Um gemeinsam mit der gnä' Frau einen Mörder am Spittelberg dingfest zu machen, hatte Marie verdeckt als Kostümassistentin gearbeitet. Sie hatte den Chef des kleinen Theaters von Anfang an geschätzt und respektiert. Auch Frau Ehrenstein empfand Felix Hall als einen humorvollen und intelligenten Mann. Und er hatte großen Mut bewiesen. Keine Frage, der Kuss zwischen ihm und ihrem Mann, den sie später heimlich beobachtet hatte, war, gelinde gesagt, verwirrend gewesen. Doch Marie hatte vollkommen recht: Eine bessere Wahl hätte Oskar kaum treffen können.

»Und wenn'S es lass'n?«

»Wie bitte?«

»Wenn'S ihn afoch net drauf ansprech'n und so weitermach'n wie sonst. Sie g'hörn zu den mutigsten Menschen, die ich kenn. Oba Sie können sich trotzdem net dazu durchringen, mit ihm drüber zu red'n. Sie versteh'n sich eh gut. Es macht ja kan Unterschied, oder?«

Nein, machte es im Grunde wirklich nicht. Es war nie ein Geheimnis gewesen, dass Oskar eine Affäre hatte. Da Frau Ehrenstein kein Interesse an körperlicher Intimität hatte, hatte sie das sogar als Erleichterung empfunden. Dass er jeden Dienstag statt irgendeine Geliebten Felix Hall besuchte, war dementsprechend von keiner großen Bedeutung.

»Als ich die beiden zusammen gesehen hab, es waren nur ein paar Augenblicke, aber es war, als hätte sich Oskar komplett verändert im Wesen. Seine Körperhaltung, seine Mimik, seine Stimme.«

»Weil er vielleicht ganz er selbst sein konnt?«

»Ganz genau. Und ... ich glaube, ich möchte ihm einfach sagen, dass ich mich für ihn freue. Aufrichtig freue. Und dass er sich vor mir nicht mehr verstellen muss. Dass ich ihn verstehe und unterstütze.«

»Gnä' Frau, genaus so werden'S es ihm sagn! Was hält sie ab?«

Die Befürchtung, er könnte es ihr übelnehmen. Sie hatte sein wohlgehütetes Geheimnis aufgedeckt, wenn auch nicht absichtlich. Trotzdem war sie in seine Privatsphäre eingedrungen. Sie hatten eigentlich vereinbart, das zu unterlassen. Was, wenn ihr Verhältnis wieder so schlecht wurde wie zuvor? Als sie kaum miteinander geredet hatten und wenn, dann lauernd und misstrauisch wie zwei verfeindete Kriegsparteien? Vielleicht sollte sie die Sache wirklich auf sich beruhen lassen.

Nun, diese Entscheidung musste sie nicht sofort treffen. Der Blick auf einen staubigen Lampenschirm ließ sie wieder in die Gegenwart zurückkehren.

»Wer ist denn so überraschend gekommen?«

»Ein gewisser Erwin Delpke, wenn ich das richtig verstand'n hab. Jung, schaut net nach Geld aus, Sie verstehn? A Freund von der Braut. Hat oba net so g'wirkt, als ob die andern ihn kennt hätt'n.«

Was nichts bedeuten musste. Die Freunde von Else hatten keinen besonders wachen Eindruck auf die gnä' Frau gemacht.

»Wie ist es weitergegangen, als ich weg war? War noch etwas mit Victoria?«

Marie schnaubte wie ein Pferd, und Frau Ehrenstein musste lachen.

»Mit der werd ich nimmer warm, des sag ich Ihnen. Na, sie hat no a paar Beleidigungen fallen lass'n. Dann is sie sich umziehn gangen. Aja, sie wollt no die Großmutter begrüß'n.«

»Wo ist die überhaupt? Normalerweise ist Jolanthe immer beim Begrüßungskomitee dabei.«

»Laut den andern versteckt sie sich in ihrem Zimmer, um ihren Unmut über das ganze Spektakel ausz'drückn.«

»No, ich glaub, das hat sie schon ganz deutlich gemacht, indem sie die Ex-Freundin eingeladen hat. Aber erzählen'S, Marie. Was sagen die Dienstboten denn zu dem Ganzen?«

Marie war zwar erst seit knapp drei Stunden hier, aber Frau Ehrenstein hatte keine Zweifel, dass sie bereits ein voll integrierter Teil des Trentner'schen Haushalts war. Sie packte hart an und verstand etwas von ihrem Handwerk. Außerdem hatte sie ein ungeheures Talent dafür entwickelt, Tratsch aus den Leuten herauszukitzeln. Bei den letzten Fällen der gnä' Frau war das sehr hilfreich gewesen. Aber hier gab es ja keinen Fall, ermahnte sich Frau Ehrenstein. Sie verbrachten einfach ein Wochenende bei Freunden. Mit ein paar Ungereimtheiten und zwei Frauen, die mit Morddrohungen um sich warfen.

»Na, die san am Keppeln. Zu vü zu tun, zu wenig Dienerschaft. Außer mir sind no zwei Dienstmädchen, drei Dienstboten und ein junger Bursch von außerhalb dazukommen. Die müssen sich a erst z'rechtfindn. Drum hakt's halt auch a bissl.«

»Das ist mir bereits aufgefallen. Aber so schlimm ist es erst seit Kurzem. Woran liegt's, was sagen die?«

»Es liegt immer an den Herrschaften, gnä' Frau. Jedenfalls wenn ma unsereins fragt. Oba angefangen hat's zum wirklich arg werd'n, als der Butler weggegangen ist. Bitte machen'S des Fenster auf, wenn'S ane rauchen wollen!«

Frau Ehrenstein tat, wie ihr geheißen, und bemühte sich, den Rauch weit hinaus zu blasen. Das Zimmer zeigte nicht zum Garten, sondern seitlich zur Landstraße. Der Vorteil war, dass sie hier niemand von der Feier entdecken würde.

»Laut Else ist der Butler gegangen, weil er alt war.«

»Laut den andern isser praktisch rausg'rannt und hat g'sagt, hier kann er nimmer arbeiten. Nach einem Gespräch mit den gnädigen Herrschaften.«

Frau Ehrenstein rutschte vor Aufregung fast von der Fensterbank.

»Hat er erzählt, um was es gegangen ist?«

»Na, leider nein. Der war ein ganz korrekter, hat die Köchin g'sagt, er hat nix von Tratsch g'haltn. Was es halt no schlimmer g'macht hat, weil sich alle des Maul zerrissen ham deswegen. Von wegen die neue Frau Trentner wär a Professionelle, oder sie hätt scho a Kind, oder sie wär im Häfn gsessen.«

Else hinter Gittern in Gefängniskluft war kaum vorstellbar. Allerdings waren hier schon so einige Dinge geschehen, die Frau Ehrenstein nicht für möglich gehalten hätte.

»Um was auch immer es in diesem Gespräch gegangen ist. Das Personal geht davon aus, dass es mit Else zu tun hatte?«

»Kann ma's ihnen verübeln? Zwei Dienstmadln san mim Butler weg zu aner neichen Anstellung. A paar san bissl später weg, weil's halt vorn und hint'n nimmer passt hat. Die Haushälterin Fanny hat sich die Augen ausg'heult, heißt's, wie er weggangen is. Ob's war, weil's ihn so gern g'habt hat oder weil ihr klar war, dass sie des Haus net allein führen kann, hab ich no net rausfinden können.«

»No, Sie haben in der kurzen Zeit schon so einiges rausgefunden, Marie. Morgen um die Zeit kennen'S wahrscheinlich jede Leiche im Keller. Was halten Sie von der Fanny?«

Marie breitete einen mit Rosen bestickten Überwurf über das Bett aus und strich ihn akkurat an jeder Ecke glatt, ehe sie antwortete.

»Lieb. Sie is ka Oarsch, verzeihen'S meine Ausdrucksweise. Sie redet mit uns wie mit Menschen, und alle hab'n sie gern.«

Die blaue Zigarettenpackung knisterte, als die gnä' Frau eine weitere Gauloises herauszog. Viel länger konnte sie nicht bleiben, das wäre schon auffällig. Und sie wollte weder Ladislaus noch Siggi das Gefühl geben, dass sie sich ebenso wie die alte Jolanthe in ihrem Zimmer verschanzte. Sich nach den Strapazen der Anreise und dem Ausflug mit Else noch frischmachen zu wollen, war eine gute Ausrede gewesen. Profi, der sie war, hatte sie nur ein paar Minuten benötigt, um sich ihr Kleid für die Gartenparty überzuwerfen, die Haare wieder zurechtzustecken und das Make-up auszubessern. Natürlich, wäre es nach ihr gegangen, hätte sie lieber mehr Zeit darauf verwendet, aber ein Gespräch mit ihrer heimlichen Vertrauten war ihr wichtiger gewesen. Das war es immer.

»Dem entnehme ich, dass das Personal nicht sonderlich viel von Else hält.«

»Des ham's recht deutlich g'macht, wenn'S verstehn, was ich mein«, rief Marie aus dem Bad. Dem quietschenden Geräusch nach zu urteilen, putzte sie gerade den Spiegel. »Sie traun ihr net, weil's ane von ihnen is. Ham'S des g'wusst?«

»Sie hat erzählt, dass sie von hier kommt und dass ihr Vater in der Reifenfabrik gearbeitet hat, ja. Kannte sie wer, bevor sie die gnädige Frau Trentner wurde?«

»A paar. Ham g'sagt, sie hat immer die Nase hochtrag'n

und sich für was Besseres g'haltn. Obwohl's gar net so fein war, mit welchen Leut sie sich so herumtrieb'n hat. Die Mutter is früh gstorb'n, und der Vater war nie da. Sie hat den Nachnamen von der Mutter ang'nommen, später. A paar meinen, weil's es so g'liebt hat, die meisten glaub'n aber, weil's so tun wollt, als wär's wer anderer. Wer Feinerer als die Tochter von an Fabrikarbeiter, Sie verstehn? Der Bruder is nach Wien gangen, und sie hat a Zeiterl bei ihm g'wohnt. Paar ham Mitleid mit ihr g'habt.«

»Aber jetzt ist das Mitleid in Neid umgeschlagen, wenn ich das recht versteh. Mein Eindruck in Traiskirchen war allerdings ein anderer. Die Leute dort schienen ihr nicht feindlich gesinnt, eher im Gegenteil.«

Marie kam geschäftig aus dem Badezimmer, ließ ein Tuch in einen Kübel fallen und warf einen prüfenden Blick durch den Raum. Dann nahm sie sich einen Staubwedel und fuhr damit über einen Lampenschirm am Nachtkastl.

»Ich glaub, es is a Unterschied, ob ma von wem Befehle entgegennehmen muss, der früher mit dir auf gleicher Stufe war. Oder ob ma davon was hat. Sie ham nämlich erzählt, dass die jetzige Frau Trentner gern vü Geld im Ort lässt. Das wird halt gern g'sehn.«

»Kann ich mir vorstellen. Die ›jetzige Frau Trentner‹ … Geht das Personal davon aus, dass es eine nächste geben wird?«

»Kann ma so sag'n. Alle glauben, dass des net guat end'n wird. In der Kuchl werd'n Wetten ang'nommen, was an dem Wochenend ois Schlimmes passieren wird. Vom Herzinfarkt der Großmutter zum Messerkampf von der jetzigen Frau Trentner und der Pferdefrau is ois dabei.«

»Und auf was haben Sie gewettet?«

»Ah geh, ich behalt mein Geld lieber, als es für sowas aussezuwerfen. So, ich muss jetzt wieder los, gnä' Frau. Gibt vü zu tun unten.«

Frau Ehrenstein schnippte die Zigarette aus dem Fenster und schloss es wieder.

»Vielleicht können'S noch rausfinden, wo die Haushälterin hergekommen ist. Irgendwas an ihr kommt mir eigenartig vor.«

»Gnä' Frau.« Marie hielt mit der Hand auf der Türklinke inne, und ihr Gesicht drückte eine eigentümliche Melange aus Belustigung und Sorge aus. »Kanns sein, dass Sie sich in die Angelegenheiten von den Trentners so reinsteigern, weil'S scho länger kan Fall g'löst ham?«

»Das klingt fast so, als wäre ich süchtig nach Verbrechen!«, rief Frau Ehrenstein empört. Zuerst hatte Oskar so etwas angedeutet und jetzt ihre Gefährtin. Das ging ihr gehörig gegen den Strich. »Außerdem sind seitdem erst drei Monate vergangen. Als würde ich in delikaten Familienverhältnissen herumstochern, um irgendetwas zu kompensieren. *Reinsteigern* – also wirklich!«

Marie hob eine Augenbraue. »Schon recht, gnä' Frau.« Während Oskar ein Neuling in Sachen Sarkasmus war, war die junge Frau eine Meisterin darin. Die vier Worte trieften förmlich davor.

»Fein, in Ordnung. Vielleicht fehlt es mir ein klein bisschen. Um ehrlich zu sein, wär ich jetzt viel lieber in Wien und würde dieser Sache mit der Explosion und dem entlaufenen Verdächtigen auf den Grund gehen.«

»Fixnochamal, und ich tatat Sie mit Händen und Füßen abhalten davon! Wie kommen'S nur immer auf so oarge Ideen!« Maries Stimme war merklich lauter geworden, und sie ballte kämpferisch die Fäuste. Die gnä' Frau stemmte die Arme in die Hüften und reckte das Kinn nach vorn.

»Und wie kommen Sie eigentlich darauf, mich wie ein kleines Kind behandeln zu wollen? Ich bin eine erwachsene Frau und weiß ganz gut, was ich kann!«

»Sie ham an Hang dazu, auf die Gefahr zuzurennen, und des macht mich ganz narrisch.«

»Und inwieweit ist das Ihr Problem?«

»Weil ich mir Sorg'n um Sie mach und net wü, dass Ihnen was passiert. Wenn's recht is, gnä' Frau.«

»Das … das ist eh lieb von Ihnen, Marie. Danke.«

Frau Ehrenstein atmete langsam aus. Sie verstand selbst nicht ganz, wie der Ärger so rasch in ihr hatte hochbrodeln können. Natürlich empfand sie einen gelegentlichen Schlagabtausch mit ihrer Vertrauten als äußerst anregend. Aber es widerstrebte ihr einfach zutiefst, nicht für voll genommen zu werden. Doch ihr hätte klar sein sollen, dass es Marie nicht darum gegangen war. Dafür war die Freundschaft der beiden viel zu sehr von gegenseitigem Respekt geprägt.

»Verzeihung«, fügte die Dame kleinlaut hinzu.

»Na, mir tut's leid. Oba, ham'S net ghört, wie's weitergangen is? Mit dem Bombenleger? Der hat auf der Flucht an Polizisten derschoss'n und hat a Auto g'fladert. In der Kuchl unten läuft die ganze Zeit des Radio, und die red'n von nix anderem!«

»Und sie haben ihn noch nicht gefasst? Haben sie schon was zu seinen Beweggründen rausgefunden? Gibts eine Personenbeschreibung?«

Ein Foto oder eine Phantomzeichnung wären hilfreich gewesen. Zu blöd, dass es im Herrenhaus der Trentners keinen Fernseher gab. Die alte Großmutter Jolanthe verbot sich dieses neumodische Gerät, das einen vom Denken abhielt, wie sie es ausdrückte.

»Marandjosef, gnä' Frau, jetzt beruhigen'S Ihna doch. Jeder einzelne Polizist in Wien ist auf der Suche nach dem, die werd'n ihn scho finden. Sie ham jetzt sogar Posten an der Grenze zu Niederösterreich aufg'stellt und schaun in jedem Auto nach. Der kommt da net raus, da bin ich ma sicher!«

»No, da können wir ja erleichtert sein«, sagte die gnä' Frau und meinte in Wirklichkeit genau das Gegenteil.

9

Menschen sind auch nur Viecher

Samstag, 19 Uhr 30
Salon

»Was für ein schönes Stück! Mozart, nicht wahr?«

Nachdem der Nachmittag erfolgreich – oder zumindest mordlos – verstrichen war, hatte sich Frau Ehrenstein fürs Abendessen umgezogen und war der Klaviermusik mit einem Sektglas in der Hand in den Salon gefolgt. Frisch rasiert, mit zurückgekämmtem Haar und im Frack war der Pianist Frederick kaum noch als der Mann vom Straßenrand erkennbar.

Der Takt schlenkerte kurz und es schlich sich sogar eine falsche Note ein, als er überrascht den Kopf hob.

»Gut erkannt. Ich mag ihn so gern. Mozart, meine ich. Spielst du auch, Helene? Oh, entschuldige, ich hab vergessen, hier sollte ich dich nicht so ansprechen. Frau Ehrenreich heißt es, oder?«

Wieder stahl sich ein schiefer Ton ins Menuett. Frau Ehrenstein hatte professionelle Musiker erlebt, die fehlerlos weiterspielten und währenddessen ausgedehnte Unterhaltungen führten. Ohne überhaupt Noten vor sich zu haben. Vielleicht hatte Frederick diesen Beruf erst vor Kurzem ergriffen. Allerdings kam es ihr komisch vor, dass für ein Wochenende voller Gäste der gehobenen Gesellschaft jemand mit wenig Erfahrung engagiert worden war.

»Ehrenstein«, verbesserte sie ihn ganz automatisch. Nachdem er es auf der Fahrt zum Trentner'schen Herrenhaus unterlassen hatte, sie und Else zu ermorden, hatte sie genug Vertrauen zu ihm entwickelt, um ihren Namen preiszugeben. »Ich habe als Kind Unterricht bekommen und spiele manchmal noch auf dem Klavier meiner Eltern. Wie lange arbeiten Sie schon als Pianist?«

»Nicht lange. Vielleicht aber schon zu lange. Ist irgendwie schwer einzuschätzen, wenn dich die Leute behandeln, als wärst du nur ein Automat, der zum Vergnügen anderer einfach ein- und ausgeschaltet werden kann.«

Obwohl er den Satz leichthin dahersagte, war ein bitterer Zug um seinen Mund zu erkennen. Frau Ehrenstein war baff von dieser ungeschönten Ehrlichkeit und wäre dem Thema gerne auf den Grund gegangen, wären in diesem Moment nicht mit einem Schlag alle Unterhaltungen um sie herum verstummt. Die Stimmung im Raum veränderte sich, und die Köpfe wandten sich zum Eingang des Salons.

Das Hochzeitspaar betrat den Salon, aber alle Blicke waren auf die Braut gerichtet. Else sah umwerfend aus. In vielerlei Hinsicht. Die gnä' Frau hatte eine derartige Garderobe noch nie gesehen. Die junge Frau trug ein schwarzes Minikleid, das gerade noch ihr Hinterteil bedeckte. Es hatte breite weiße Manschetten an den kurzen Ärmeln und große aufgenähte Taschen der gleichen Farbe. Außerdem schien es aus Plastik zu bestehen. Die Menge schloss sich enger um Else, was ihr offensichtlich gefiel. Sie drehte sich im Kreis, warf sich in Pose und ließ sich von allen Seiten ausgiebig bestaunen.

»Es nennt sich Travipor Crush Lack«, verkündete sie mit tragender Stimme. Frau Ehrenstein gefiel der Schnitt und wie das Plastik im Sonnenlicht glänzte. Vor allem beneidete sie Else um die geräumigen Taschen am Kleid, die kamen seit ein paar Jahren immer mehr aus der Mode. Allerdings konnte sie sich nicht einmal ansatzweise vorstellen, wie sehr man in diesem Kleid schwitzen musste, insbesondere an einem Sommertag wie diesem. Doch wenn jemand Verständnis dafür hatte, dass man für ein perfektes Outfit auch manchmal leiden musste, dann war es die gnä' Frau.

»Ganz recht, das wurde drüben in der Reifenfabrik beim Semperit hergestellt. So sieht die Mode der Zukunft aus!«, erklärte Else selbstbewusst.

»Was die sich traut. Na, ich weiß nicht«, flüsterte eine alte Dame und schnalzte missbilligend mit der Zunge. »Im Wollimperium in einem Plastikleid aufzutauchen. Ts ts ts.«

Tatsächlich, das hatte Frau Ehrenstein gar nicht bedacht. Die Trentners waren stolz auf ihre Ware und hatten ihre Existenz darauf aufgebaut. Hatte Else das gar nicht in Erwägung gezogen und war in einen Fettnapf getreten? Oder hatte sie den Auftritt mit voller Absicht so geplant?

Ladislaus verkündete feierlich, dass nun das Diner serviert werden würde, und zwei junge Diener in Livrees öffneten die großen Flügeltüren. Es war interessant zu erleben, wie eine Gruppe zusammengewürfelter Menschen als Einheit agieren konnte. Frau Ehrenstein musste an Schwalben denken, die hier in der Gegend gern in Schwärmen flogen. Die Gäste gingen alle einen Schritt nach vorn, stoppten abrupt und hielten die Luft an.

Ladislaus erwachte als Erster aus seiner Erstarrung. »Mutter, ich freu mich, dass du dich doch zu uns gesellt hast.« In seiner Stimme schwang nur der Hauch einer Irritation mit, aber das hatte vermutlich weniger mit der Großmutter Jolanthe zu tun, die erhaben an der großen Tafel thronte. Viel eher mit Victoria, die daneben saß und ihre Hand hielt.

Mit kräftigen Schüben manövrierte Ladislaus den Rollstuhl zu seiner Mutter und küsste ihr die Hand. »Wie ich sehe, hast du die Tischordnung verändert.«

»Geringfügig«, krächzte die alte Frau mit einem abschätzigen Blick auf die Gäste, die noch immer vor den Flügeltüren verharrten. Siggi war wie versteinert, und Else war anzusehen, dass sie innerlich kochte. Frau Ehrenstein warf ihrem Mann einen pointierten Blick zu, den er sofort begriff, und die beiden setzten sich gleichzeitig in Bewegung und steuerten auf ihre Plätze zu. Wie erhofft brach das den Bann. Die anderen Gäste nahmen ihre Gespräche wieder auf und suchten an der elegant gedeckten Tafel nach ihren Namenskärtchen. Es war Usus, dass die Familie am Kopfende des Tisches saß. Else und Siggi als Anlass für die Zusammenkunft am schmalen Ende, zu ihren beiden Seiten Ladislaus und Jolanthe. Danach folgten die Gäste absteigend geordnet nach Wichtigkeit – sei's die persönliche Nähe zur Familie oder der Stand in der Gesellschaft.

Nun fand sich die gnä' Frau wenig überraschend neben Ladislaus wieder. Auf Oskars ursprünglichem Platz neben Jolanthe hatte es sich aber Victoria bequem gemacht. Zweifellos wäre sie im ursprünglichen Sitzplan weiter unten an der Tafel platziert worden. Allein um einer direkten Konfrontation mit Else vorzubeugen. Oskar musste nun einen Platz aufrücken, sodass Frau Ehrenstein nun – statt ihrem Ehemann gegenüber zu sitzen, wie es eigentlich der Etikette entsprach – den Abend über das Gesicht von Siggis Ex-Freundin vor sich hatte. Die hielt immer noch die Hand der Großmutter und sah schrecklich zufrieden mit der Situation aus. Das konnte ja heiter werden.

Ein süßlicher Duft stieg der gnä' Frau in die Nase, als Joe neben ihr Platz nahm. Da sie schon einmal in einer Kommune einen Joint geraucht hatte, konnte sie den Geruch einordnen. Joe hatte seine Aufmachung vom Nachmittag nur insofern verändert, dass er sich zum wallenden roten Hemd und dem schwarzen Gilet eine Krawatte umgebunden hatte. In der ein kleines Brandloch zu entdecken war. Auch die kleine runde Sonnenbrille hatte er nicht abgenommen. Seine langen Haare kitzelten an Frau Ehrensteins Oberarm, als er sich über sie lehnte, die Faust in die Höhe reckte und Else zurief: »Wir san an deiner Seite, verstehst so weit?«

Die gnä' Frau war erleichtert, als sich ein Dienstmädchen mit einer Weinkaraffe näherte.

Der erste Gang war ohne Zwischenfälle über die Bühne gegangen, und Frau Ehrenstein hatte sich dem Tafelspitz in Aspik vollkommen hingeben können. Das Personal agierte prompt und professionell. Keiner der Gäste hatte auf sein Essen oder sein zweites oder drittes Glas länger als ein paar Sekunden warten müssen. Das mochte auch daran liegen, dass scheinbar die ganze Mannschaft, die gerade nicht in der Küche gebraucht wurde, aufgefahren wurde. Um die zwanzig Gäste, die an der Tafel saßen, wuselten zehn Männer und Frauen, die sich um sie kümmerten.

Bisher waren die Gespräche noch verhalten und zurückhaltend gewesen, doch nachdem die Teller des ersten Gangs abgeräumt und erneut nachgeschenkt worden war, begann der Schwarm sich wieder zu regen. Beim nachmittäglichen Cocktailempfang hatte Frau Ehrenstein schon alle begrüßt. Da waren etwa die drei Professorenschwestern: drei ältere Damen, die alle Professoren geheiratet hatten, mittlerweile aber verwitwet waren. Sie saßen über den Tisch verteilt, was sie aber nicht daran hinderte, laut kudernd miteinander zu kommunizieren. Am Tischende rief ein alter Mann mit weißem Haar und Runzeln im Gesicht, die ihm die Augen zuzudrücken schienen, in regelmäßigen Abständen: »Was hast g'sagt?« Wären wir in einem alten Film, würde er sich ein überdimensionales Hörrohr ans Ohr halten, dachte Frau Ehrenstein und musste kichern.

Der Tafelspitz in Aspik zerging ihr förmlich auf der Zunge, und sie seufzte glücklich.

»Ich frage die Köchin, ob sie das Rezept mit deinem Koch teilt.« Ladislaus zupfte sich die Frackärmel über die Manschettenknöpfe zurecht und zwinkerte der gnä' Frau zu.

»No, ob sie das Geheimnis dieser Köstlichkeit herausrückt? Vielleicht macht sie mit unserem Herr Zodl einen Austausch. Das muss dann aber richtig verhandelt werden.«

»Ich könnt mir vorstellen, dass es da Kennedy mit Chruschtschow leichter gehabt hat, als er vor zehn Jahren bei euch in Wien war.«

Victoria beugte sich zu Jolanthe und flüsterte ihr etwas zu, was die Großmutter zu einem verhaltenen Lächeln verleitete. Ein seltener Anblick in diesem eher strengen Gesicht.

Der zweite Gang in Form einer Kressesuppe wurde serviert, und diesmal blieben die Gespräche der Gäste auch während des Essens laut und angeregt. Frau Ehrenstein sah zu dem jungen Mann hinüber, der später angekommen war. Er war blass, seine Abendgarderobe bestand aus einem T-Shirt und einem abgetragenen Schnürlsamt-Sakko. Er hielt den Kopf schweigend über den Suppenteller gesenkt. Wie hieß er noch gleich? Ach ja, Erwin Delpke. Er war ihr am Nachmittag vorgestellt worden, hatte dabei aber kaum den Blick zu ihr heben wollen. Er war so still und unscheinbar, man konnte fast vergessen, dass er da war. Viel eigenartiger fand Frau Ehrenstein, dass ihn keiner zu kennen schien und selbst Else nur ein paar Worte mit ihm gewechselt hatte. Die feine Dame kam nicht umhin, an Alain Delon in *Nur die Sonne war Zeuge* zu denken, wie er sich als Tom Ripley erfolgreich in die feine Gesellschaft einschleuste und dabei auch vor Mord nicht zurückschreckte. Bei der Menge an

Gästen und fremdem Personal wäre es auch hier ein Leichtes, sich ins Haus zu schleichen und als jemand auszugeben, der man nicht war. Aber so dachte vermutlich nur eine Detektivin.

Zwilling Nummer zwei saß rechts von Oskar, hatte aber schon während des ersten Gangs aufgegeben, ihn in ein Gespräch zu verwickeln. Nicht, dass Frau Ehrensteins Mann unhöflich gewesen wäre, allerdings war der jungen Frau mit der Goldie-Hawn-Frisur rasch klar geworden, dass sie kaum gemeinsame Themen hatten. Da war eine der Professorenwitwen anscheinend um einiges zugänglicher für sie. Quer über den Tisch erklärte sie Zwilling Nummer zwei ausführlich, wie und wo man am besten Professoren im heiratsfähigen Alter kennenlernen konnte.

»Bei den Myrafällen war das, wenn ich mich nicht irre«, erzählte Oskar, und seine Augen blitzten spitzbübisch dabei. Siggi lachte laut auf und rief: »Genau, ich wusste doch, dass es etwas mit Wasser zu tun hatte!«

Ladislaus schüttelte gutmütig lächelnd den Kopf. »Ich erinner mich noch genau an die Schimpfwörter, die der Förster verwendet hat, als ich euch von seiner Hütte abholen musste!«

»Und Helene, wie hat dir euer Ausflug heute nachmittag gefallen? Else hat erzählt, dass sie dir die Michi vom Café Blaschke vorgestellt hat«, fragte Siggi, sichtlich bemüht, auch die Ehefrauen in das Gespräch einzubeziehen.

»Es war wirklich sehr interessant. Else war so freundlich, mir auch etwas von ihrer Zeit in Traiskirchen zu erzählen. Ihre Arbeit in der Tierhandlung klang sehr … spannend.«

»Oh, wie entzückend, so so entzückend! Mein Schatz ist ja so fleißig. Und tierlieb!«, frohlockte Siggi und küsste Elses Hand.

Schon im Satz bereute Frau Ehrenstein, die Erinnerung

an die kleinen roten Würmer wieder heraufbeschworen zu haben. Glücklicherweise hatte sie die Kressesuppe bereits verzehrt. Ein kräftiger Schluck kalten Weißweins half gegen das flaue Gefühl in ihrem Bauch.

»Ja, eh, beim Stöhr, gell?« Joes lange Haare kitzelten diesmal an Frau Ehrensteins nackter Schulter, als er sich zu ihr lehnte. »Der hat ja alles, was ma brauch'n kann. Futter, Käfige. Sogar Pheromone, für Katzen und so. Sind ja auch fast wie Psychopharmaka, gell? Die Else hat da so einiges gelernt, verstehst so weit? So einiges, was ma auch gut brauch'n kann, wenn ma nix mit Viechern zu tun hat. Wobei … Menschen san ja auch Viecher oder? Verstehst so weit?«

Frau Ehrenstein verstand gar nichts, war sich auch nicht sicher, ob sein »verstehst so weit« überhaupt ihr galt. Sie wusste nur, dass er leicht lallte und im Sessel schwankte. Und dass Elses Stimme arktisch kalt klang, als sie sagte: »Du solltest jetzt deinen Gesprächspartnern auf der anderen Seite deine Aufmerksamkeit widmen, Joe.«

»Oskar, mein Lieber!« Victoria hob die Stimme, als wäre es ihr wichtig, auch von anderen als ihrem direkten Sitznachbar gehört zu werden. »Jetzt erzähl doch mal, was aus deiner ersten Frau geworden ist. Die war so entzückend. So so entzückend.«

Wie kindisch! Sie äffte nicht nur Siggi nach, sondern führte das Spielchen vom Nachmittag weiter. Ihre Abneigung gegenüber Frau Ehrenstein war durch den Ausflug nach Traiskirchen vermutlich nur größer geworden, ganz abgesehen von der Tatsache, dass die gnä' Frau davon absah, Else zu kritisieren. Victoria war wohl der Meinung, dass sie deswegen als Feindin anzusehen war. Sie konnte ein Augenrollen nicht unterdrücken. Oskar warf ihr einen entnervten Blick zu und wollte gerade zu einer Entgegnung ansetzen, als Jolanthes krächzende Stimme die peinliche Stille durchschnitt.

»Die Helene sitzt dir gegenüber, und das weißt du auch ganz genau, Victoria. Es besteht kein Grund, sich auf dieses Niveau herabzulassen. Viel tiefer sollte dieses Haus nicht mehr sinken.«

Victorias süffisantes Lächeln fiel in sich zusammen, und auch Elses Miene verzog sich. Die Großmutter hatte mit beeindruckender Präzision beide Konkurrentinnen mit einem Streich zurechtgewiesen. Und zwar so laut, dass alle am Tisch es mitbekommen hatten. Und nicht nur dort. Auch wenn die Dienstboten immer betont seriöse Gesichtsausdrücke aufsetzten, konnte die gnä' Frau hier und da einen zuckenden Mundwinkel oder ein Atemanhalten beobachten. Keine Frage, in der Küche würde es später einiges zu tratschen geben. Frau Ehrenstein hoffte, Marie noch vor dem Zubettgehen zu erwischen.

Jolanthe gab ein Geräusch von sich, das wie eine Mischung aus Zungenschnalzen und Stöhnen klang. »Ich bin neunzig Jahre alt. Neunzig! Da könnte man meinen, man lässt einer alten Frau etwas Ruhe. Im eigenen Haus!«

»Eine Hochzeitsfeier ist doch etwas Erfreuliches!«, sagte Ladislaus versöhnlich, während die Suppenteller abgeräumt wurden. »Und der Tumult ist am Montag schon wieder vorbei.«

»Wer's glaubt!« Jolanthe hielt die Hand über ihr Glas, als ihr ein Dienstmädchen Wein nachschenken wollte. »Das geht seit Monaten so und wird auch so schnell nicht aufhören!«

Ein eindeutiger Seitenhieb auf Else, die offensichtlich mit sich kämpfte, nichts zu entgegnen. Bei einem Gefecht mit der Großmutter, noch dazu vor versammeltem Gästeschwarm, konnte sie nur verlieren.

Unvermittelt spürte die gnä' Frau Joes Atem an ihrem rechten Ohr. »Wenn die Oide die Patschen streckt, an wen geht denn das Erbe dann?«

»Bitte wie?«, fragte sie konsterniert. Sie war erleichtert, dass niemand sonst diese unpassende Frage gehört zu haben schien. Jolanthe und Ladislaus unterhielten sich weiter, und Else schluckte weiterhin jede Bemerkung hinunter. Glücklicherweise kamen schon die Dienstboten mit dem nächsten Gang.

»Na, wenn die Oide bald draufgeht, kommt die Else dann schneller an die Marie? Na, ans Geld, verstehst so weit?«

»Nein«, antwortete Frau Ehrenstein so vehement, dass Oskar sie mit gehobenen Augenbrauen ansah. Sie gab ihm mit einem Blick zu verstehen, dass alles in Ordnung sei. Obwohl sie sich da selbst nicht so sicher war.

Plante der herausragend berauschte Freund von Else etwa ein Attentat auf die Großmutter, um der jungen Frau zu einem frühen Geldsegen zu verhelfen? Aus ihren Krimis und ihren Erlebnissen mit unfreiwillig aus dem Leben geschiedenen Menschen hatte sie eine gewisse Ahnung, was das Erbrecht anging. Von Jolanthes Tod würde die Braut wenig haben. Da wäre eher Ladislaus der Nutznießer. Nur das Ableben ihres frischgebackenen Ehemanns würde Else schneller ans Vermögen bringen, aber die gnä' Frau würde sich hüten, Joe auf die Idee zu bringen.

»Außerdem muss sich Else, solange sie Frau Trentner ist, keine Gedanken um Geld machen. Da muss keiner sterben, sie ist gut versorgt«, fügte sie sicherheitshalber noch hinzu.

Vor ihr wurde ein Teller mit einem Stück zartrosa Roastbeef abgestellt. Von den vor Fett glänzenden Kartoffeln stieg ihr ein Hauch Rosmarin in die Nase. Sie konnte sich kaum mehr vorstellen, dass sie vor nicht allzu langer Zeit kaum einen Bissen davon zu sich genommen hätte, wie ein

Spatz gegessen und keine Freude an Genuss gehabt hatte. Nun, für eine so anregende Tätigkeit, wie Morde aufzuklären, brauchte eine Frau viel Energie.

Ein paar Plätze weiter entstand eine Diskussion zwischen Zwilling Nummer eins und einem griesgrämigen Herrn mit mehreren Orden an der Brust. Scheinbar studierte sie Jus, und er fand es eine Unart, dass junge Damen zweifellos viel talentierteren Männern einen Studienplatz wegnahmen. Insbesondere weil sie sich später ohnehin nur um Kinder und Haushalt kümmern würden.

»Bitte, die Gerda Meissl ist schon 1951 Richterin g'wordn!«, erklärte Zwilling Nummer eins.

»Und die Haimberger Margerete is scho seit '64 Staatsanwältin bei uns. Und wissen'S, wann ma die erste Jus-Professorin g'habt ham? Nein? Des war 1958, stellen'S Ihnen des vor!«, echauffierte sich Zwilling Nummer zwei, die offenkundig auch Jus studierte. Die Professorenwitwen feuerten die beiden Schwestern bei dem Wortgefecht an.

Joe schob die Kartoffeln auf seinem Teller herum und nuschelte etwas. Frau Ehrenstein hätte ihn eigentlich liebend gern igoniert, horchte aber doch auf, weil sie den Namen »Fanny« aus Joes Gemurmel herausgehört hatte.

»Entschuldige, was hast du gesagt?«, fragte sie, nachdem sie einen Bissen vom zarten Fleisch heruntergeschluckt hatte. Sie blickte in Joes Sonnenbrille ihrem eigenen Spiegelbild in die Augen und unterdrückte den Impuls, den Zustand ihres Make-ups darin zu überprüfen.

»Was? Was ich g'sagt hab? Was hab ich g'sagt?«

»Ich dachte, du hättest etwas über die Fanny gesagt.« Frau Ehrenstein versuchte, einen plaudernden Ton anzustimmen. Nicht, dass er auf den Gedanken käme, sie wolle ihn ausfragen. Sein Kopf bewegte sich um eine Nuance. Wahrscheinlich schaute er jetzt zu der Haushälterin, die hinter Siggi und Else an der Wand stand. Die Hände vor sich gefaltet, in einer Pose, die wohl Souveränität ausdrücken sollte. Wäre da nicht ihr Daumen gewesen, mit dem sie sich unablässig über den Handrücken streichelte, als wollte sie sich selbst beruhigen.

»Jo, eh, die Fanny. Bei der musst aufpass'n, Helene, verstehst so weit? Du heißt doch Helene, oder? Darf ich dich malen?«

»Nein, das darfst du nicht, und das hast du mich heut schon gefragt. Wieso muss ich bei der Fanny aufpassen?«

»Na, g'fährlich is sie. Weißt eh. Die Else is die mit den Viechern, die Fanny hat's auf Menschen abgseh'n. Schaut unschuldig aus, hat's aber faustdick hinter die Ohren. Aber pscht, das ist ein Geheimnis, gell?«

Bevor Frau Ehrenstein nachhaken konnte, wurde sie von einer Unruhe, die durch die Dienerschaft ging, abgelenkt. Ein junger Mann in Livree eilte zu Fanny, flüsterte ihr etwas zu, woraufhin sie mit weit aufgerissenen Augen zu Ladislaus huschte.

Die gnä' Frau verstand nur Fragmente.

»Gnädiger Herr … untröstlich.«

»Aber doch nicht während …«

»Ich fürchte …«

Ladislaus legte seine Stoffserviette neben den Teller, entschuldigte sich und fuhr mit seinem Rollstuhl zügig aus dem Esszimmer. Oskar hörte Victoria, die erzählte, dass sie seit ihrer Kindheit keine Süßigkeiten mehr angerührt hatte, nur mit einem Ohr zu und warf Frau Ehrenstein einen fragenden Blick zu. Die konnte nur mit den Schultern zucken. Das Streitgespräch zwischen den Zwillingen und dem Griesgram mit den Orden schien ein Ende gefunden zu haben. Die drei prosteten sich fröhlich zu, und die gnä' Frau hätte nur zu gern gewusst, wie es dazu gekommen war.

Noch lieber hätte sie erfahren, was Joe mit seinen düsteren Andeutungen gemeint hatte. Doch das Kinn war ihm auf die Brust gesunken, und er schnarchte leise. Unfassbar, dass er einfach hier eingeschlafen war! Und dass er sein köstliches Essen gar nicht angerührt hatte! Für einen Moment erwog sie, ein paar Erdäpfel zu stibitzen, aber sie ermahnte sich, noch Platz fürs Dessert zu lassen. Es gab nichts Schlimmeres, als eine mächtige Schokoladenmousse oder eine Esterházy-Schnitte serviert zu bekommen und keinen Platz mehr dafür zu haben. Sie bedankte sich bei einem Dienstmädchen, das ihr Wein nachgoss, als Ladislaus wieder ins Esszimmer kam. Seine Miene verhieß nichts Gutes.

»Was ist passiert? Kann ich irgendwie helfen?«, fragte sie ihn leise.

Er lächelte matt und tätschelte ihre Hand. »Vielen Dank, du Liebe. Wenn ich nur wüsste, wie. Aber es hilft nichts, nicht wahr? Ich werde es erst nachher im Salon verkünden, damit alle noch ihr Essen genießen können. Aber ich fürchte, die Hochzeitsfeier morgen wurde abgesagt.«

»Wie bitte?« Elses Stimme donnerte quer über den Tisch. Auch wenn es gewirkt hatte, als wäre sie in ein Gespräch mit Siggi vertieft, hatte sie anscheinend gelauscht. Der Schwarm verstummte.

»Ich finde, du kannst es gerne allen sagen, Ladislaus. Wer könnte so niederträchtig sein und unsere *kirchliche* Hochzeit sabotieren? Noch dazu am Vorabend.« Else warf einen pointierten Blick in Richtung Victoria.

»Ein Amokläufer auf der Flucht«, verkündete Ladislaus mit entnervter Stimme. »Das war die Gendarmerie am Telefon. Dieser Bombenleger aus Wien soll sich in der Gegend aufhalten, und für den Rest des Wochenendes wurde ein Ausgehverbot verhängt. Wir dürfen das Gelände bis auf Weiteres nicht verlassen.«

10

Eine Nacht mit Unterbrechungen

Sonntag, 3 Uhr 15
Frau Ehrensteins Zimmer

Frau Ehrenstein schwirrte der Kopf. Für einen Moment war sie in der Dunkelheit desorientiert. Der Polster fühlte sich fremd an, viel zu weich. Auch der Geruch war anders als in ihrem Schlafzimmer in Hietzing. Dort lag immer der Duft der großen Lavendelsträucher vor dem Fenster in der Luft, gepaart mit einem Euzerl Zigarettenasche und Chanel N°5. Hier war's eher … Potpourri? Ach ja, sie war bei den Trentners in Traiskirchen. Und sie hatte so viel getrunken, dass sie jetzt immer noch einen leichten Rausch hatte. Nur ein wengerl.

Eigentlich sollte sie schlafen. Wieso war sie wach? Ah, da war es wieder, das Geräusch, das sie geweckt hatte. Ein Knarzen auf der Treppe. Ihr Zimmer lag gleich beim Aufgang, und ihre Instinkte ließen sie trotz Sekt, Wein und Whisky nicht im Stich.

Schwerfällig drehte sie den Kopf, um auf den Radiowecker am Nachtkastl sehen zu können. 3 Uhr 15. Marandjosef, sie hatte nicht einmal zwei Stunden geschlafen. Vermutlich war da noch der letzte Feiernde auf dem Weg ins Bett, oder jemand hatte etwas unten vergessen. Wenigstens bemühte sich derjenige, leise zu sein, und polterte nicht herum wie so manch angeheiterter Gast heute Nacht.

Nachdem Ladislaus die Neuigkeit von der Ausgangssperre verkündet hatte, war ein großes Tohuwabohu ausgebrochen. Ausrufe der Entrüstung und Fassungslosigkeit waren zu hören gewesen. Doch auf das Gezeter war beim Verzehr des Desserts Akzeptanz und schließlich ein unerklärlicher Optimismus des Schwarms gefolgt. Immerhin war man in einem herrschaftlichen Haus voller feiner Speisen und Alkohol eingesperrt. Da man am Folgetag nun doch nicht in die Kirche musste, sprach auch nichts dagegen, sich etwas gehen zu lassen. Selbst die verdrießliche Else und den verzweifelten Siggi hatte man überzeugen können, dass feiern viel sinnvoller war, als sich über die Umstände zu ärgern. Frau Ehrenstein stimmte dem Sentiment grundsätzlich zu, dennoch war ein mulmiges Gefühl in ihren Eingeweiden zurückgeblieben. Wenn die Gendarmerie sich zu diesem Schritt entschlossen hatte, musste die Situation wirklich ernst sein. Doch die Menschen neigten nun mal dazu, sich dem Vergnügen umso mehr hinzugeben, je greifbarer der Tod war. Schließlich hatte sich die gnä' Frau der Stimmung auch hingegeben, sodass die Mengen an Zigaretten und Alkohol unüberschaubar geworden waren.

Wenigstens müss ma morgen nirgends hin, dachte sie sich nun, während ihr Körper immer schwerer wurde und ihre Gedanken in den Hintergrund glitten, um dem Schlaf Raum zu geben.

Sonntag, 4 Uhr 45

Es lag nicht an der Lautstärke. Es war eher die Dringlichkeit der Schritte, die Frau Ehrenstein hochzucken ließ. Die Dunkelheit war nicht mehr so undurchdringlich, alles wirkte eher grau, als würde die Sonne bald aufgehen. Die

Tür wurde ohne Klopfen aufgerissen, und die gnä' Frau setzte sich kerzengerade auf, bereit, den Radiowecker auf den Eindringling zu schleudern. Im diffusen Licht des Korridors erkannte sie jedoch die unverwechselbaren Umrisse ihrer heimlichen Vertrauten.

»Marie, was ist g'schehn?« Die Stimme der gnä' Frau klang verwaschen. Sie hoffte, dass es an der Schlaftrunkenheit lag und nicht am Restalkohol.

»Gnä' Frau, es tut ma leid. Oba … kommen'S schnell!«

Frau Ehrenstein war nur ein bisschen wackelig auf den Beinen, als sie aus dem Bett sprang und ihren seidenen Bademantel überzog, um den dazu passenden blauen Pyjama zu verbergen. Sie schlüpfte in ihre Pantoffeln, und ein flüchtiger Blick auf den zum Glück doch nicht geworfenen Radiowecker verriet ihr, dass es dreiviertel fünf war.

Im Halbdunkel muteten die Trentner'schen Ahnen in ihren Gemälden an der Wand noch einen Tick gespenstischer an als sonst. Aber das konnte auch daran liegen, dass der gnä' Frau klar war, dass etwas Schreckliches passiert sein musste.

Maries Pferdeschwanz wippte geschäftig, als sie die gnä' Frau mit raschen Schritten durch die Eingangshalle in Richtung Esszimmer führte. Auf dem Rücken ihres grauen, kurzärmeligen Leiberls zeichneten sich Schweißflecken ab. Sie trug Shorts aus Baumwolle, ihre Beine wirkten im dämmrigen Licht unnatürlich weiß. Durch die Fenster konnte sie schon die Vorboten der Sonne hinter dem Wäldchen schimmern sehen, doch Frau Ehrenstein blieb keine Zeit, um den Anblick zu genießen. Marie bog in die Küche ab.

Hier war die feine Dame noch nie gewesen. Für einen Gast gab es keinen Grund, die Küche des Hauses aufzusuchen. Wenn jemand etwas brauchte, wurde es vom Personal geholt oder im Zweifel von den Herrschaften selbst. Der

Raum war um einiges größer als in der Ehrenstein'schen Villa. Drei Neonröhren warfen kaltes Licht auf die diversen Arbeitsplatten, den Herd, den Backofen und einen langgezogenen Holztisch. In der Mitte stand eine Art Insel, die wohl zum Anrichten verwendet wurde. Die Atmosphäre hier war eigenartig, auch wenn die gnä' Frau nicht genau benennen konnte, warum. Die Härchen auf ihren Armen stellten sich auf, obwohl die Wärme des letzten Sommertages immer noch im Haus ruhte.

Marie war stehen geblieben und sah Frau Ehrenstein mit ernster Miene an. Als wartete sie auf die Erlaubnis, weitergehen zu dürfen. Ihr Blick war hellwach und fokussiert, aber sie hatte tiefe Augenringe, und ihr Gesicht wirkte zerknautscht. Wenn die Gäste lange feierten, blieb auch auch das Personal wach. Die junge Frau hatte sichtlich nur eine kurze Nacht gehabt.

Frau Ehrenstein wappnete sich und nickte ihrer Gefährtin zu. Langsam und vorsichtig, wie um ein schlafendes Raubtier nicht zu wecken, umkreisten sie mit großem Abstand die Kücheninsel. Als Erstes sah Frau Ehrenstein einen Fuß, kurz darauf den Rest des Körpers. Nach so einer durchzechten Nacht hätte man fast annehmen können, dass hier nur jemand am Boden liegend seinen Rausch ausschlief. Doch die Blutlache um den Kopf ließ keinen Zweifel offen.

Für die gnä' Frau war es nicht die erste Leiche. Das brachte ihr Hobby als Detektivin einfach mit sich. Aber sie würde sich nie an den Anblick eines leblosen Körpers gewöhnen. An die Hilflosigkeit, die Endgültigkeit dieser Situation ertragen zu müssen. Ob es sich um ein Opfer des Würgers von Hietzing im Leichenschauhaus handelte oder um die Assistentin einer Operettendiva, die gerade erschossen worden war – der Anblick ließ Frau Ehrensteins Herz jedes Mal klamm werden. Da fiel ihr ein: Beim Mord an der Assistentin war sie nur ein paar Minuten nach der Tat am Schauplatz gewesen. Das Blut hatte damals anders ausgesehen. Hier wirkte es irgendwie … klumpiger? Sie wünschte, sie hätte ihre Kamera mitgenommen. Aber bei Hochzeiten gab es immer professionelle Fotografen, und mit einem Einsatz als Detektivin hatte sie nicht gerechnet.

»Wer weiß davon?«, fragte sie, während sie schon die Wange auf die kalten Fliesen drückte, um in das abgewandte Gesicht blicken zu können. Dann umkreiste sie den Körper, um kein Detail zu verpassen. Die Absätze ihrer Pantoffeln mit den zartblauen Federn am Oberteil machten dabei klackende Geräusche auf dem Fliesenboden. Das wirkte fehl am Platze, doch um sich Mantel und Meerschaumpfeife wie Sherlock Holmes zu besorgen, hatte ihr die Zeit gefehlt.

»Des Dienstmadl, des mit mir am Zimmer schlaft. Hat an Durst g'habt und is fast über die Leich g'stolpert. Sie holt jetzt die Fanny. Falls es sich net verläuft im Haus. Des Dienstmadl is nämlich a nur ausborgt.«

Die gnä' Frau raffte ihren seidenen Bademantel zusammen und hockte sich hin, um einen anderen Blickwinkel auf den Tatort zu haben. Lange graue Stoffhosen und ein Leiberl derselben Farbe. Teilweise vom Blut durchtränkt. Vermutlich ein Schlafgewand. Der Hinterkopf war eine blutige Masse. Auf den ersten Blick war nicht erkennbar, welche Art von Waffe diese Wunde verursacht haben könnte. Der Körper war schlank, die braunen Haare lang. Else war kurviger und hatte kürzeres Haar, Victoria war größer und außerdem blond. Die Dienstboten hatten darauf gewettet, dass eine der beiden an diesem Wochenende ein gewaltsames Ende finden würde. Danach sah es nicht aus. Bis jetzt jedenfalls nicht. Von Statur und Haarfarbe her ähnelte sie selbst der Leiche am ehesten, zumindest von hinten. Der

Gedanke ließ sie erschaudern: War diese Ähnlichkeit dem Opfer womöglich zum Verhängnis geworden?

»Nein!«

Fanny hatte die Küche durch den gegenüberliegenden Eingang betreten, mit einer weinenden jungen Frau im Schlepptau. Ihr »Nein« hatte einen seltsamen Klang. Nicht laut, nicht panisch, sondern fassungslos.

»Fanny, sagen Sie Herrn Trentner, was geschehen ist. Er muss die Polizei rufen. Achso, bei euch am Lande heißt es ja Gendarmerie.«

Die Haushälterin nickte stumm und schien ihren Blick nur schwer von dem blutigen Schädel lösen zu können, als sie die Küche verließ. Die gnä' Frau wandte sich nun dem weinenden Dienstmädchen zu.

»Wie ist Ihr Name?«

Das Dienstmädchen unterbrach sein Schluchzen, um die gnä' Frau mit aufgerissenen Augen anzustarren. Nach einigen Sekunden half Marie ihr auf die Sprünge.

»Klara heißt's, gnä' Frau.«

»Sehr gut. Also Fräulein Klara, überprüfen Sie bitte die Eingangs- und Hintertüre, auch die Flügeltüren im Salon. Ob alles abgeschlossen ist. Dabei werfen Sie auch einen Blick auf die Fenster, ob keins offen steht.« Sie bemühte sich, nicht ungeduldig zu klingen, als die junge Frau sich immer noch nicht rührte. »Das ist reine Routine, die Poli... Gendarmerie wird danach fragen. Und sie müssten nicht hierbleiben und sich die Leiche anschauen.«

Das löste den Bann, und Klara machte einen halbherzigen Knicks, ehe sie losrannte.

»Gnä' Frau, glauben'S, dass wer einbrochen is und ...?«

»Und vom Opfer überrascht wurde? Möglich wär's. Aber wenn die Türen alle verriegelt sind, heißt das wohl, dass jemand aus dem Haus dafür verantwortlich ist. Könnte es der gesuchte Bombenleger … Nein, was sollte er gerade hier suchen?«

Frau Ehrenstein ließ den Blick durch die Küche schweifen, ging ein paar Schritte weiter und entdeckte einen halben Meter von der Leiche entfernt einen Gegenstand aus Metall. Daran glänzte etwas Rötliches.

»Das soll dann wohl die Tatwaffe sein«, murmelte Frau Ehrenstein gedankenverloren. »Ist das ein …?«

»Ein Fleischwolf«, vollendete Marie den Satz.

Frau Ehrenstein schüttelte es. Der Gedanke, noch irgendetwas zu essen, was aus dieser Küche kam, war morbide. Allerdings würden ihnen nicht viele Alternativen bleiben, wenn die Ausgangssperre länger andauerte. Nun, das war ein Problem für später, jetzt musste sie sich dem widmen, was unmittelbar vor ihr lag.

»Gnä' Frau!« Marie stand neben der Abwasch und winkte ihre Gefährtin zu sich heran. Auf den ersten Blick war Frau Ehrenstein nicht klar, was Marie meinte. Ein leerer Doppler stand hinter dem Waschbecken. Diese Weinflaschen enthielten meist Schankwein, der sich gut für einen Spritzer, also das Mischgetränk aus Wein und Mineralwasser, eignete. Auf dem Abtropfblech trockneten zwei umgedrehte Weißweingläser. »Des war kaner von uns«, erläuterte die junge Frau und deutete auf die Gläser. »Unsereins wäscht ab, trocknet ab und räumt die Gläser gleich ein. Die Köchin gibt uns a Abreibung, wann in der Früh da was herumsteht. Und no was …« Sie beugte sich näher heran, und die gnä' Frau tat es ihr gleich. »Es is net guat g'macht. Da is no a Dreck, sehn'S?«

Mit zusammengekniffenen Augen konnte sie es erkennen. Nicht Dreck per se, sondern fettige, blassrote Flecken. Lippenstift, eventuell?

»O mein Gott!«

Die beiden Frauen zuckten zusammen. Fast wären sie mit den Köpfen aneinandergestoßen. Frau Ehrenstein hatte damit gerechnet, dass als Nächstes Ladislaus in der Küche auftauchen würde. Doch stattdessen stand da ihr Mann vor der Leiche. Kreidebleich, die Hand vor den Mund gepresst.

»Oskar, was machst du denn da? Meine Güte, setz dich hier hin. Wenn du jetzt ohnmächtig wirst, verwischst du noch wichtige Spuren.«

»Gnä' Frau!« Maries Tonfall war tadelnd, und Frau Ehrenstein musste sich bewusst machen, dass im Umgang mit Mordopfern nicht jeder ihre Abgebrühtheit besaß. Gemeinsam halfen die Frauen Oskar auf einen der Sessel beim Küchentisch.

»Brauchst du vielleicht ein Glas Wasser? Wobei ich mir nicht sicher bin, ob wir hier was angreifen sollten, bevor die Gendarmerie kommt. Marie, Sie könnten aus der Toilette in der Eingangshalle ...«

»Schon gut, schon gut!«, krächzte Oskar dazwischen. Mit abgehackten Bewegungen rückte er seinen Bademantel und den Pyjama darunter zurecht, um wenigstens den den letzten Anschein von Kontrolle zu wahren. Die gnä' Frau bemerkte, dass sein Pyjama denselben Farbton hatte wie ihrer. Das brachte sie zum Schmunzeln. Sie sahen aus, als hätten sie sich bewusst im Partnerlook gekleidet.

»Ladislaus hat mich wecken lassen, damit ich schon mal nach dem Rechten sehe, solange er sich anzieht. Er ist davon ausgegangen, dass das alles ein Missverständnis sein muss. Ich war nicht darauf vorbereitet. Das Blut ...«

»Genau, das Blut. Gut, dass du da bist, mit deinem Chemie-Wissen. Kannst du mir was übers Blut sagen?«

»Blut ist Biologie«, erwiderte Oskar irritiert, aber mit deutlich mehr Kraft in der Stimme.

»Biologie, Chemie, das ist doch fast dasselbe!«

»Um Gottes willen, Helene, wie kommst du nur auf so einen Schmarrn!«

»Die Herrschaften!« Marie versuchte sichtlich, ihre Ungeduld zu zügeln. »Ich bitt Sie, bleiben'S bei der Sach'! Was wollten'S den gnädigen Herrn frag'n?«

»Gut, also, kannst du mir anhand des Blutes, also wie es ausschaut, sagen, wie lang der Mord her ist?«

Oskar zwang sich, erneut zu der Leiche hinzusehen, und verzog das Gesicht. »Nein. Ich meine, man sieht schon, dass es schon etwas länger ... also dass es etwas eingetrocknet ist, oder? Aber soweit ich weiß, kann man das anhand der Temperatur genauer bestimmen. Vom Körper, meine ich. Mit meiner Chemie komm ich da nicht weit.«

Ihr Mann hatte eine Höhere Technische Lehranstalt für chemische Industrie besucht, da er die Import-Export-Firma der Familie übernehmen sollte, die hauptsächlich mit Putz- und Lösungsmitteln handelte. Die Leitung der Firma hatte ihm nie sonderlich Freude bereitet, aber die Chemie war immer schon sein Steckenpferd gewesen. Sowohl bei dem Fall des vergifteten Grafen als auch bei dem Mord am Theater am Spittelberg hatte er ihr mit seinen Kenntnissen geholfen. Auch wenn ihm damals nicht klargewesen war, dass er ihr bei Mordermittlungen zur Hand ging. Das Geheimnis war jetzt gelüftet, und es war angenehm, sich die Heimlichtuerei zu sparen. Aber Oskar war reichlich blass um die Nase.

»Oskar, es tut mir leid. Ich weiß, das ist alles schrecklich viel. Und ich weiß, ich sollte dir gegenüber einfühlsamer sein. Aber es kann sich nur noch um Minuten handeln, bis das ganze Haus etwas mitkriegt und ein Riesenbahöl veranstaltet wird. Ich muss die Zeit nutzen, um alle Details aufzunehmen.«

»Grad weil's ihr Notizbüchl und die Kamera net bei der

Hand hat!«, warf Marie hilfreich ein, während Frau Ehrenstein zuerst die Abwasch und dann den Boden davor inspizierte.

»Was genau machen Sie da eigentlich, Fräulein Marie?« Es war, als hätte er sein Dienstmädchen erst jetzt wirklich wahrgenommen. Seine Augen verengten sich. »Und woher …? Sie wissen davon? Sie wusste die ganze Zeit von deinem Hobby, nicht wahr?«

Die Anklage in seinen Worten war deutlich herauszuhören. Die gnä' Frau musste sich mit schier übermenschlicher Willenskraft zusammenreißen. Sie war übernächtigt, eventuell noch etwas angeheitert, hatte einen Mord aufzuklären, und ihr Mann war immerhin auch kein Unschuldslamm, was Geheimnisse betraf.

»Marie ist meine Vertraute und geht mir zur Hand. Außerdem hat sie mir mehr als einmal in brenzligen Situationen das Leben gerettet.« Ihre Stimme bebte, ihr Kiefer war angespannt. Für eine Frau wie sie war Contenance sehr anstrengend. »Und jetzt kommt ihr zwei da her und riecht am Boden.«

Oskar und Marie warfen sich einen unbehaglichen Blick zu, folgten aber nach kurzem Zögern der Aufforderung der gnä' Frau. Beide kannten sie gut genug, um zu wissen, dass sie jetzt keine Widerworte mehr ertrug.

»Des is a Putzmittel«, sagte Marie, nachdem sie sich hingehockt hatte.

»Was auf Chlorbasis«, ergänzte Oskar. Jedes seiner Worte schien nun getränkt in Irritation.

»Aber es ist nur auf dem Fleck hier. Und an der Abwasch. Dieser scharfe Geruch ist mir gleich in die Nase gestiegen. Die Fliesen an der Stelle sind auch leicht verfärbt, seht ihr? Bleicher«, erklärte Frau Ehrenstein nachdenklich.

Aus dem Salon konnten sie schon das gleichmäßige schabende Geräusch von Ladislaus' Rollstuhlreifen am Parkettboden hören.

»Vielleicht sollten wir noch schnell feststellen, wer da … Also, um wen es sich bei der Leiche, dem Opfer … Wir müssen Ladislaus doch sagen können, wer aus seinem Haushalt das Zeitliche gesegnet hat. Ich möchte nicht, dass er das machen muss.« Mit verzerrter Miene und zaghaften Schritten näherte Oskar sich dem Körper. Offenbar wappnete er sich, der Leiche ins Gesicht zu schauen, auch wenn ihm davor graute. Frau Ehrenstein hielt ihn am Pyjamaärmel zurück.

»Warte, das ist nicht nötig. Ich weiß es schon.«

»Gottseidank! Aber, wer …«, setzte Oskar an, und gleichzeitig fragte Marie: »Gnä' Frau, wer isses denn jetzt?«

»Ich fürchte«, Frau Ehrenstein seufzte tief, »ich fürchte, es hat den Joe erwischt.«

11

Peter Alexander beim Badminton

Sonntag, 10 Uhr 30
Terrasse

Es wäre das Normalste auf der Welt gewesen. Ja, sogar ein entspannender, netter Anblick, der zu einem sommerlichen Sonntagvormittag am Land passte: Die drei Professorenwitwen und der Griesgram vom Abendessen, diesmal ohne seine Orden, spielten im Garten neben dem Pavillon Badminton. Alle vier waren nicht mehr die Jüngsten, aber sie hatten sichtlich Freude an der Partie. Rannten und lachten und schossen. Einer der Dienstboten, ein Junge in Livree, der kaum älter als achtzehn sein konnte, gab den Balljungen. Besser gesagt, den Federballjungen.

Ja, im Grunde ein freudiger und friedlicher Anblick. Läge da nicht eine Leiche in der Küche. Und wäre in Niederösterreich nicht ein Bombenleger auf der Flucht.

Oskar hatte dem geschockten Ladislaus beigestanden, wärhend die gnä' Frau und Marie die Küche nach weiteren Beweisen abgesucht hatten. Schließlich hatte sich das Ehepaar Ehrenstein zurückgezogen, um sich anzukleiden, während der Hausherr das Brautpaar und die restliche Hochzeitsgesellschaft persönlich über das Unglück aufgeklärt hatte. Fanny und Marie waren dieser Aufgabe beim Personal nachgekommen. Siggi und Else hatten ihr Zimmer bislang nicht verlassen. Frau Ehrenstein hatte die Gäste, als sie ihren Weg nach unten gefunden hatten, genau beobachtet, aber niemand schien über die Tat über die Maßen schockiert gewesen zu sein. Ob es am Kater lag oder an der Tatsache, dass sie Joes Leichnam nicht mit eigenen Augen gesehen hatten, war für die gnä' Frau nicht ganz ersichtlich. Vielleicht lag es auch daran, dass man es in diesen feinen Kreisen gewohnt war, dass einem alles abgenommen wurde. Irgendjemand würde sich des Mordes und Mörders schon annehmen, während sie weiterfeierten.

Frau Ehrenstein drückte ihre Zigarette im Aschenbecher aus und zündete sich sogleich die nächste an.

»Du rauchst zu viel.«

Der Blick, den die gnä' Frau ihrem Mann zuwarf, ließ ihn zurückzucken.

»Schon gut, schon gut. Momentan kann ich es sogar verstehen.«

Er saß in einem Korbstuhl auf der Terrasse, neben ihm auf einem kleinen Tischchen sein dampfender Kaffee, während Frau Ehrenstein vor ihm auf und ab tigerte. Nach einer kurzen Schockstarre hatte das Personal die Kaffeemaschine und das Nötigste für ein Frühstück aus der Küche geholt. Keine Katastrophe war groß genug, um hungrige Gäste zu rechtfertigen. Alles war auf dem Esstisch arrangiert worden wie bei einem Frühstücksbuffet. Wie auf einer Sommerfrische in Bad Ischl, hatte die gnä' Frau fassungslos gedacht. Ihr war die Operettenproduktion am Spittelberg eingefallen, die auch nach einem Mord beinhart weitergelaufen war. »The Show Must Go On« galt wohl ebenfalls für die feine Traiskirchner Gesellschaft.

»Hast du was Neues von Ladislaus gehört?«, fragte die gnä' Frau.

An Oskars Mienenspiel konnte sie deutlich ablesen, wie er eine bissige Antwort zurückhielt. »Nein.« Da er sich aber doch nicht ganz unter Kontrolle hatte, fügte er hinzu: »Immerhin sitz ich die ganze Zeit hier bei dir.«

Ja, sie waren beide angespannt. Und sie musste ihm zugutehalten, dass er sich nach dem anfänglichen Schrecken sehr schnell erholt hatte. Immerhin war das seine erste Leiche, sie musste verständnisvoll sein.

Ladislaus telefonierte sich seit der Früh die Finger wund. Immer wieder hatte er die Nummer der Gendarmerie gewählt, doch weiter als bis zum Besetztzeichen war er nicht gekommen. Im Radio wurde seine Befürchtung bestätigt, dass die Telefonleitungen völlig überlastet waren, weil die Leute den flüchtigen Bombenleger hinter jeder Ecke und jedem Gebüsch zu sehen glaubten oder sich über die Ausgangssperre beschwerten. Immerhin waren nicht nur die heiligen Messen in der Kirche, sondern die nicht minder heiligen Fußballspiele und Feuerwehrfeste abgesagt worden. Zum großen Unwillen der Bevölkerung. Frau Ehrenstein war überrascht, dass das ganze Bundesland dermaßen durchdrehte. Natürlich war die Lage besorgniserregend, doch gerade erst vor zwei Jahren hatte Niederösterreich einen spektakulären Gefängnisausbruch mitsamt Geiselnahme erlebt. Sie wäre davon ausgegangen, dass die Infrastruktur für solche Ausnahmesituationen mittlerweise besser ausgebaut worden wäre. Sie rief sich in Erinnerung, dass es damals der Wiener Polizeipräsident gewesen war, der die Geiselnahme unblutig beendet hatte, mit dem legendären Satz: »Ich bin's, der Präsident!« Vielleicht hoffte die Gendarmerie auch diesmal auf eine Rettung aus der Hauptstadt. Ehe sie sich zurückhalten konnte, hatte sie diesen Gedanken laut ausgeprochen und sich vernichtende Blicke von zwei vorbeigehenden Gästen eingehandelt. Vielleicht war es kein Wunder, dass die Niederösterreicher immer so genervt von den Wienern waren.

Zwischen den vergeblichen Anrufen hatte Ladislaus sogar hoffnungsvoll gefragt, ob es sich nicht eventuell um einen Unfall handeln könnte und die Gendarmerie gar nicht so nötig gebraucht wurde. Natürlich. Joe war so unglücklich gestolpert, dass er mit dem Hinterkopf auf einem Fleischwolf gelandet war und eine Pirouette vollführt hatte, um mit dem Gesicht voran auf dem Küchenboden zu landen, während der Fleischwolf einen halben Meter neben ihm zu Boden gefallen war. Genau so muss es sich abgespielt haben.

Die gnä' Frau schnaufte.

Hinter dem kleinen Wäldchen drückten sich noch immer dunkle Wolken herum. Frau Ehrenstein hätte gewettet, dass das Unwetter zu diesem Zeitpunkt schon längst über sie hereingebrochen wäre, aber es schien auf eine bessere Gelegenheit zu warten. Die Luft war schwül und trieb allen dicke Schweißperlen auf die Stirn. Man sehnte sich nach dem erlösenden Donnern und Blitzen, das mit der Gewissheit einhergehen würde, dass ein Regenschauer nicht fern wäre. Doch die Wolken blieben, wo sie waren, und tauchten die Landschaft lediglich in diffuses Licht.

»Zum Glück haben wir dich«, sagte ihr Mann, nachdem er einen Schluck Kaffee genommen hatte. Sie lauschte nach einem Hauch von Sarkasmus oder gar Boshaftigkeit in seinen Worten. Doch nichts. Er schaute sie mit einem derart offenen und vertrauensvollen Blick an, dass nur ein Schluss möglich war.

»Jessasmariaundjosef, du meinst das ernst.«

»Selbstverständlich. Du scheinst ja eine überaus fähige Detektivin zu sein, die bereits mehrere Verbrechen aufgeklärt hat. Das wird Ladislaus beruhigen.«

»Du willst ihm das doch nicht etwa sagen?«

»Selbstverständlich, wenn die Gesetzeshüter nicht zur Hand sind …«

»Oskar!« Frau Ehrenstein zündete sich die nächste Zigarette an. Wenn sie so weitermachte, würden ihr bald die Gauloises ausgehen. Vielleicht sollte sie anfangen zu rationieren. »Du willst mir also sagen, es stört dich nicht, wenn alle Welt weiß, dass ich hie und da schon ein paar Kriminalfälle aufgeklärt habe? Ich meine, du warst immer so auf das Ansehen der Ehrensteins erpicht und dass ich ja nicht aus der Reihe fallen soll und ... die Etikette ... und überhaupt.« Frau Ehrenstein hatte sich verhaspelt und wusste nicht mehr genau, worauf sie hinauswollte. Sie war perplex, dass ihr Mann ihre geheime Leidenschaft nicht für sich behalten wollte. Immerhin hatte sie ihre eigene Geheimniskrämerei immer auf ihn geschoben. Sich eingeredet, dass er ihr Hobby niemals billigen würde, weil es seinem Ruf schaden könnte. Wenn er ihre Ermittlungen nicht nur guthieß, sondern sogar förderte, dann ... Ja, dann müsste sie eine andere Ausrede finden, warum sie undercover agierte.

Oskars Augenbrauen zogen sich zusammen, und er musterte seine Frau forschend. »Ich spreche nicht davon, eine Anzeige in die Presse zu setzen und deine Dienste der ganzen Welt anzubieten. Ich meine, wir können es Ladislaus im Vertrauen sagen und ihn bitten, es nicht weiterzuerzählen.«

Das beruhigte sie nicht wirklich. Abgesehen von ihrer Unsicherheit in Bezug auf ihre Fähigkeiten konnte sie Ladislaus nicht als Täter ausschließen, so unwahrscheinlich diese Möglichkeit auch schien. Er war der freundlichste Mann, den sie kannte, und darüberhinaus beim Anblick von Joes Leiche aufrichtig geschockt gewesen. Allerdings war er auch kräftig und könnte Joe am Hinterkopf erwischt haben, als der sich zu ihm zum Rollstuhl hinunterbeugte. Um ihm bei etwas zu helfen. Oder ihm etwas ins Ohr zu flüstern.

»Ich mag deinen Gesichtsausdruck nicht. Der ist so eisig.

Bist du noch bei unserem Thema oder gedanklich bereits weitergesprungen?«, fragte Oskar vorsichtig.

»Wenn unser Thema der Mord an Joe ist, dann bin ich noch dabei.« Dann rang sich Frau Ehrenstein zu einem Satz durch, den sie aus dem eigenen Mund nie für möglich gehalten hätte: »Vielleicht wäre es tatsächlich besser, wenn wir das alles der Polizei, beziehungsweise der Gendarmerie, überließen.« In ihrem eigenen Freundeskreis zu ermitteln, und das in Gegenwart ihres Mannes, beklemmte sie einfach zu sehr.

Oskars Stirnrunzeln wurde tiefer, doch ehe er etwas sagen konnte, kam Ladislaus auf die Terrasse. Seine Falten um Augen und Mund ließen ihn ohne das dazugehörige Lachen um zehn Jahre älter wirken. Die Vehemenz, mit der er den Rollstuhl nach vorne bewegte, wirkte weniger dynamisch als angefressen. Er warf einen irritierten Blick auf die Badmintonspieler, wandte sich dann aber den Ehrensteins zu.

»Ich bin immer noch nicht durchgekommen. Es ist noch früh, vermutlich wird es im Laufe des Tages leichter werden. Wenn die Leute sich mit der Situation abgefunden haben, nicht wahr?«

Er versuchte seinen gewohnt jovialen Ton anzuschlagen, doch dafür knarzte seine Stimme viel zu sehr.

»Und was willst du bis dahin machen? Also mit der … Leiche«, fragte Oskar. Er machte einen ruhigen und gefassten Eindruck. Abgesehen von den Adern, die auf seinen Handrücken hervortraten, weil er die Lehnen des Korbsessels so fest umklammerte.

»Ja, darum müssen wir uns irgendwie kümmern, nicht wahr? Das Personal kann wohl schwerlich um Joe herumarbeiten. Ich glaube, er wäre der Köchin schon ziemlich im Weg. Im Keller wär genug Platz, und es ist kühl …«

»Bitte was?« Frau Ehrenstein erschrak selbst darüber, wie

laut und schrill ihre Stimme plötzlich klang. Der Federballjunge in der Livree sah kurz zu ihr hin, konzentrierte sich dann aber wieder auf das Spiel.

»Ich meinte, das Personal, also insbesondere die Köchin …«

»Ich hab schon verstanden, was du gesagt hast! Ich will …« Sie atmete tief durch und drückte ihre Stimme in eine tiefere Tonlage. »Ich will nur meiner Fassungslosigkeit Raum geben. Hier ist ein Mensch umgekommen. Den kann man nicht einfach zu den Erdäpfeln in den Keller stecken. Außderdem ist die Küche ein Tatort, Beweise müssen gesichert werden, Fotografien angefertigt. Und was soll mit der Tatwaffe geschehen?«

»Mit dem Fleischwolf?«, fragte Ladislaus. »Nun ja, ich denke, wir sollten ihn erst mal nicht verwenden, nicht wahr?«

Die gnä' Frau verspürte das Verlangen, den schweren Aschenbecher durch die Fenster des angrenzenden Salons zu werfen, beschränkte sich aber doch darauf, ihre Zigarette vehement darin auszudrücken.

»Helene, bitte bewahr deine Contenance«, flüsterte ihr Ehemann, der offensichtlich nicht aus seiner Haut konnte und die Etikette selbst in dieser vertrackten Situation aufrechterhalten wollte. Frau Ehrenstein war sich sicher, dass sie ihn samt seinem Korbsessel umschmeißen könnte, wenn sie ihn mit ihren dicken Absätzen im richtigen Winkel traf. Aber eine weitere Zigarette würde es auch tun. Ein Whisky wäre ebenfalls hilfreich, aber eins nach dem anderen.

»Hat jemand vielleicht noch eine bessere Idee, als den Leichnam im Abstellkammerl zu verstauen, wo er niemandem im Weg ist?«, fragte sie aus dem Mundwinkel heraus, während das Feuerzeug in ihrer Hand klickte. Der Schweiß, der sich an ihrem Haaransatz gebildet hatte, wurde von einem warmen Lüftchen getrocknet und ließ einen klebrigen Film zurück.

»Ähm, also, ich denke, wir könnten versuchen, den örtlichen Leichenbestatter zu erreichen. Der ist Chorleiter in meinem Männergesangsverein, wisst ihr? Der ist sicher von der Ausgangssperre ausgenommen. Müsste er, oder? Jedenfalls könnte er Joe abholen und in seiner Kühlkammer aufbewahren, bis die Gendarmerie sich um ihn kümmert, oder?«

Ladislaus nestelte an seinem seidenen Halstuch herum, sichtlich unangenehm berührt von Frau Ehrensteins Ausbruch und dem Gespräch über Leichen. Er zuckte zusammen, als vom Rasen her plötzlich die Stimme Peter Alexanders ertönte: »Liebesleid, dauert keine Ewigkeit …« Eine der Professorenwitwen hatte das Radio lauter gedreht, und alle vier Spieler sangen nun lauthals mit.

»Dürfen die das eigentlich?«, fragte Ladislaus mit Blick auf den Rasen.

»Ich fürchte, wir können ihnen das Singen nicht verbieten«, antwortete Frau Ehrenstein lakonisch.

»Ich meinte, ob sie überhaupt in den Garten dürfen. Und spielen. Wenn Ausgehverbot herrscht, nicht wahr?«, präzisierte der Hausherr in seiner geduldigen Art.

Die gnä' Frau seufzte. Natürlich wusste sie, was er gemeint hatte. Sie hatte den alten Griesgram und die Professorenwitwen darauf hingewiesen, dass sie die Terrasse eigentlich nicht verlassen sollten und dass es für jeden amoklaufenden Bombenleger ein Leichtes wäre, aufs Grundstück zu gelangen. Die Buchsbäume waren die einzige Abgrenzung zur Außenwelt. Aber die Herrschaften hatten ihre Bedenken lachend abgetan. Sie ließen sich offensichtlich weder von einem von der Polizei gesuchten Flüchtigen noch von einem Mörder in ihrer Mitte aus der Ruhe bringen.

Ob es besonders pietätvoll war, Badminton zu spielen und Peter Alexander zu singen, während ein Toter in der Küche lag, war selbstverständlich eine ganz andere Frage. Aber die musste jeder für sich klären. Der Tod im Haus, die lauernde Gefahr davor – vielleicht brachte das gerade ein Bedürfnis hervor, sich gehen zu lassen.

Frau Ehrenstein seufzte erneut. Sie hatte wirklich versucht, das Richtige zu tun, hatte gehofft, die Polizei würde ihre Arbeit einmal ohne ihre Hilfe schaffen. Oder zumindest ans Telefon gehen.

»Alsdann, sei's drum. Ladislaus, hast du noch immer diese gute Kamera? Fein, dann bitt ich dich, gib sie meinem Dienstmädchen, der Marie. Die soll Fotos von der Küche machen und von Joe, bevor er abgeholt wird. Dann soll sie bitte den Fleischwolf in ein Sackerl packen und irgendwo verstauen, wo ihn keiner unabsichtlich zum Faschieren verwenden kann.«

»Dein Dienstmädchen?«, fragte Ladislaus verwundert, und Oskar grunzte ungehalten – mit auffallend wenig Contenance. Nun, sie würde sich später mit den Ressentiments ihres Ehemannes über ihre nicht mehr ganz so heimliche Komplizin auseinandersetzen. Jetzt fokussierte sie ihre Aufmerksamkeit auf Ladislaus, damit die Sache endlich voranging.

»Sie weiß, was zu tun ist und hat mein vollstes Vertrauen. Für das bissl Zeit werdet ihr sie entbehren können.«

»Und was machst du in der Zwischenzeit?«, fragte Oskar mit hochgezogenen Brauen. Ihr war durchaus bewusst, dass sie ihm noch vor knapp fünf Minuten versichert hatte, der Polizei die Arbeit zu überlassen und ihr Detektivinnen-Dasein nicht öffentlich auszuleben. Allerdings sollte er sich nach fast zwölf Jahren Ehe nicht mehr über ihre Sprunghaftigkeit wundern.

»Ich werde herausfinden, wo sich alle zur Tatzeit aufgehalten haben.«

Hoffentlich stolperte sie dabei nicht unabsichtlich über einen Bombenleger.

12

Nom de Guerre für wilde Partys

Sonntag, 11 Uhr 45
Bibliothek

Bis vor ein paar Stunden hatte Frau Ehrenstein Joe lediglich für einen etwas verschrobenen Künstler und Hippie gehalten. Dass er zum Mordopfer werden könnte, daran hatte sie keinen Gedanken verschwendet, sonst hätte sie ihm schon beim Abendessen mehr Fragen über sein Leben gestellt.

Else hatte einen Schock erlitten, als sie von Joes Tod erfahren hatte. Sie liege in ihrem Zimmer und sei nicht ansprechbar, teilte Siggi der gnä' Frau mit. Sie versuchte ihn zu überreden, sie hineinzulassen, um ihr Beileid auszudrücken. Ähnliches hatte früher immer ganz gut geklappt, um an Informationen zu kommen. Aber Siggi blieb unnachgiebig. Seine Braut bräuchte Erholung. Im Grunde gut für Else, dachte Frau Ehrenstein. Aber nicht sehr dienlich für die Ermittlungen. Zwischen Tür und Angel konnte sie aus Siggi noch herauskitzeln, dass er nach dem gestrigen Zechgelage wie ein Stein geschlafen hatte. Natürlich hatte er nichts gehört, sonst hätte er ja etwas unternommen. Und natürlich hatte seine Else die ganze Zeit neben ihm im Bett gelegen.

Das Personal und insbesondere die Haushälterin Fanny zu befragen, war ebenfalls von großer Wichtigkeit. Bei einem Mord in der Bibliothek, im Esszimmer oder in einem der Schlafzimmer hätte die gnä' Frau als Erstes an einen der Gäste als Mörder gedacht. Aber die Küche als Tatort und den Fleischwolf als Tatwerkzeug verband sie eher mit den Dienstboten. Marie würde sie für diese Vorurteile bestimmt schelten. Außerdem konnte auch nicht ausgeschlossen werden, dass der Täter gerade diese Vorurteile ausnutzen wollte. Sei's, wie's sei, Marie würde sich um diese Befragungen kümmern und Frau Ehrenstein in der Zwischenzeit die Hochzeitsgäste unter die Lupe nehmen.

Die nächsten auf ihrer Liste fand sie in der Bibliothek, ihrem liebsten Rückzugsort im Hause Trentner. Die Bücher waren teils Sammlerstücke von enormem Wert, die über hundert Jahre alt waren. Erst- und Schmuckausgaben, die kaum in die Hand genommen wurden, außer vielleicht um sie als Kostbarkeiten vorzuzeigen. Aber es gab auch Bücher, die tatsächlich gelesen wurden. Die großen Klassiker der europäischen Literaturgeschichte von Griechenland bis Großbritannien, Italien und Österreich. In den unteren Fächern der mächtigen Regale lagen alte Zeitungen, fein säuberlich gestapelt. Es waren Hunderte, das wusste Frau Ehrenstein. Ladislaus hatte schon vor dem Krieg begonnen, Ausgaben unterschiedlicher Tageszeitungen zu sammeln. Er ging dabei nicht strategisch vor, sondern behielt, was er als besonders interessant empfand. Um immer wieder darin zu blättern und im Kopf zu behalten, wie die Welt einmal gewesen war. Im Vorbeigehen fiel ihr Blick auf einen Stapel, der etwas schief stand und aus der Ordnung herausstach. Ganz oben lag eine Ausgabe der *Presse*, die sicher schon zwanzig Jahre alt war. Die gnä' Frau lächelte. Wahrscheinlich hatte Ladislaus in seiner Sammlung gestöbert, um ein wenig auf andere Gedanken zu kommen. Vielleicht würde sie später noch dazu kommen, durch ein paar Exemplare zu blättern und auf Zeitreise zu gehen.

Krimis fand man in dieser prachtvollen Bibliothek leider kaum, aber zumindest waren alle Bücher von Friedrich Glausers Wachtmeister Studer hier versammelt. Frau Ehrenstein hatte den klugen und wortkargen Ermittler sofort ins Herz geschlossen und seine pointierten und zutiefst menschlichen Beobachtungen immer genossen.

Doch sie musste sich von ihrem natürlichen Verlangen, sich etwas zu lesen zu schnappen und es sich auf dem Fauteuil gemütlich zu machen, lösen. Die Zwillinge hockten nämlich händchenhaltend auf dem gepolsterten Fensterbrett und starrten auf die niederösterreichischen Felder hinaus. Ihre Wangen glänzten feucht im Sonnenlicht. Sie zuckten gleichzeitig zusammen, als Frau Ehrenstein sie ansprach.

»Mein Beileid. Ich weiß, Joe war euer Freund.«

Ihre Blicke waren tränenverhangen, doch sie lächelten müde und dankbar. Die gnä' Frau war gestern Nachmittag erst erstaunt gewesen, wie synchron die Bewegungen und Antworten der beiden waren. Dann hatte sie sich daran erinnert, dass es bei ihr und ihrer besten Freundin Sybille früher nicht viel anders gewesen war. Als Teenagerinnen hatten sie jede freie Sekunde miteinander verbracht und schnell die Manierismen und Gedankengänge der anderen übernommen. So hatten sie selbst wie Zwillinge gewirkt, was den Leuten in ihrer Umgebung gehörig auf die Nerven gegangen war.

»Darf ich euch kurz stören?«

Die gnä' Frau stellte die Frage in gedämpftem Ton, wie man es in einer Kirche tun würde. Die Ruhe hier drinnen stand im eklatanten Gegensatz zum hektischen Gewusel der Dienstboten und dem lauten Gelächter der Badmintonspieler im Garten. Die Atmosphäre im Raum war dicht, helle Staubpartikel schwebten schwerfällig durch die Luft.

Die beiden Frauen nickten gleichzeitig. Frau Ehrenstein hatte befürchtet, sie würden lieber allein sein wollen, aber sie wirkten erleichtert. Vermutlich hatte niemand nach ihnen gesehen. Else und Siggi waren noch in ihrem Zimmer, die anderen Gäste amüsierten sich im Garten. Die Zwillinge trauerten einsam.

»Entschuldigt die Frage, aber: Heißt ihr tatsächlich Gwendolyn und Cecily?«

Sie hakte nicht nur deshalb nach, weil die Namen nicht typisch österreichisch klangen. Sondern auch, weil sie die gnä' Frau an einen Film erinnerten.

»Wisst ihr, ich mag *Ein seltsames Paar* unglaublich gern, Walter Matthau und Jack Lemmon sind zum Schreien komisch. Von da habt ihr doch die Namen, oder?«

In der Komödie gab es ein feuchtfröhliches Schwesternduo namens Cecily und Gwendolyn, das zwischen ausgelassenen Lachanfällen und Tränenausbrüchen hin- und herschwankte.

Die Zwillinge warfen einander einen spitzbübischen Blick zu. Die Trauer war nicht von ihren Körpern gewichen, sie lag noch über ihnen wie ein pitschnasser Wollmantel. Doch es war spürbar, wie die beiden sich Frau Ehrenstein plötzlich öffneten und ihr mit mehr Interesse begegneten. Als wären die falschen Namen eine Art Lackmustest.

»Wir verraten nicht gern unsere echten Namen«, sagte die eine.

»Also, nicht da, wo ma die Leut nicht gut kennen, weißt?«, führte die andere fort.

Immer abwechselnd erklärten sie der gnä' Frau, dass sie zu den Besten ihres Jahrgangs im Rechtswissenschaftsstudium gehörten und präzise Pläne für ihre Zukunft hatten. Während Zwilling Nummer eins – die eigentlich Simone hieß – in einer großen Kanzlei anheuern wollte, würde Zwilling

Nummer zwei – deren Name Susanne war – Richterin und später Staatsanwältin werden. Oder umgekehrt, die Reihenfolge war ihr nicht wichtig.

»Vielleicht geh ma dann in die Politik, wer weiß? Unterm Kreisky gibt's ja eh auch Frauen«, sagte Simone.

»Verstehst, da könn ma uns nicht leisten, dass ma einen maroden Ruf kriegen. Wir feiern gern, aber …«

»Aber ihr wollt nicht riskieren, dass eure echten Namen mit wilden Partys oder dergleichen in Verbindung gebracht werden, ich verstehe schon.«

Das tat sie tatsächlich nur zu gut. Letztes Jahr war sie in einen Skandal verwickelt worden, weil ein Schmierenjournalist ihr vorgeworfen hatte, ihre Zeit in linksradikalen Hippiekommunen zu verbringen. Dabei war sie nur ihrer Tätigkeit als Detektivin nachgegangen, um den Würger von Hietzing dingfest zu machen. Die Idee eines Nom de Guerre war gar nicht so verkehrt, um solche Zwischenfälle in Zukunft zu vermeiden. Frau Ehrenstein war regelrecht begeistert, wie genau die jungen Frauen ihr Leben vor Augen hatten. In diesem Alter hatte ihr Plan nicht weiter gereicht als bis zur Eheschließung.

Die Zwillinge waren bei diesem Thema sichtlich in ihrem Element und nahmen die gnä' Frau in ihre Mitte, sodass ihr fast schwindelig wurde, weil sie den Kopf immer abwechselnd von links nach rechts drehen musste, als sie weitersprachen.

»Wir ham nicht dacht, dass du so cool bist, Helene!«

»Dass du so schnell gneißen würdest, um was es geht.«

»Na, das is aber lieb. Danke«, erwiderte die gnä' Frau. Hitze stieg ihr in die Wangen. »Wisst ihr, das liegt daran, dass ich schon bissl Zeit mit Hippies und Künstlern verbracht habe. Ja, ja, ich weiß eh, dass man das nicht von mir denken würd. Aber … da hab ich gelernt, dass es gar nicht so ungewöhnlich ist, sich einen Künstlernamen zu geben. Wie Joe, nicht wahr? Wie hieß der eigentlich wirklich?«

Die freudigen Mienen der Zwillinge fielen in sich zusammen wie Soufflés. Frau Ehrenstein fühlte einen Stich schlechten Gewissens, die beiden Frauen auf so abrupte Weise wieder in die gräuliche Realität zurückzuholen. Doch im Haus lief ein Mörder herum, und je länger der unentdeckt blieb, desto gefährlicher wurde es für alle hier. Ein Mörder oder mehrere Mörderinnen? Die Zwillinge zum Beispiel, die sich nie voneinander zu trennen schienen. Statt sich in ihr Zimmer zurückzuziehen wie Else, trauerten sie hier ganz offensichtlich und öffentlich. Damit kein Verdacht auf sie fiel? Hatte Joe vielleicht etwas gewusst, das ihre zukünftige Karriere im Rechtswesen hätte vereiteln können? Oder hatte er sich in seinem Suff einer der beiden aufdrängen wollen?

»Josef Beimbierl hat er geheißen«, antwortete Simone schließlich mit belegter Stimme.

»Seid ihr und Joe auch hier aufgewachsen? Wie Else?«

»Wir waren zusammen in der Volksschule, wir vier. Später sind die Simone und ich dann ins Gymnasium in Baden gangen, Else und Joe in die Hauptschule da im Ort. Wie wir studiert ham, ist die Else nach Wien zogen, zu ihrem Bruder, gell, und der Joe ist da geblieben und hat gearbeitet. Ist halt nie länger wo angestellt gewesen, weil er dauernd Schwierigkeiten g'habt hat. Aber wir ham uns trotzdem immer wieder gesehn.«

»Natürlich, ihr wart ja auch in Wien auf der Uni. Habt ihr sie dort oft besucht? Die Else?«

Die Zwillinge zuckten gleichzeitig mit den Schultern, und Simone sagte: »Eigentlich nicht so oft. Wenn, dann hamma uns hier getroffen, in Traiskirchen. Der Maximilian, also ihr Bruder, wollte nicht, dass sie zu viele Leute zu sich heimbringt, der wollte immer seine Ruhe haben. Außerdem hat sie damals einen Freund gehabt, mit dem sie dauernd Zeit verbracht hat. War was Ernsteres, glaub ich.«

»Aber vorgestellt hat sie ihn uns nie. Wir sind halt davon ausg'angen, dass sie die Vergangenheit hinter sich lassen wollt. Drum hat sie ja auch ihren Nachnamen geändert, weißt? Irgendwann war sie dann wieder hier. Also, um längerfristig zu bleiben. Und dann ist sie Siggi über den Weg gelaufen. Nicht einmal ein halbes Jahr ist das her. Else und die Männer, ich sag's dir!«

»Sie hat Siggi beim Eislaufen kennengelernt, nicht wahr?«

»Ja, im Stadtpark in Traiskirchen. In die Arme geschlittert ist sie ihm, hat's erzählt. Die Nummer hat sie damals beim Ferdl auch gebracht, erinnerst du dich? Dem aus der Oberstufe.«

Die beiden jungen Frauen waren so ins Plaudern gekommen, dass die Schwere, die kurz zuvor auf ihnen gelastet hatte, wie weggeblasen schien. Jede Anekdote weckte eine neue Erinnerung an Elses Eskapaden mit der männlichen Jugend aus der Gegend und Joes verzweifelte Versuche, an Modelle für sein Hobby, das Malen, zu kommen. Das Schwelgen in Erinnerung tat ihnen sichtlich gut. Deswegen ließ die gnä' Frau sie noch eine Weile weiterschwatzen, ehe sie wieder zum eigentlichen Thema kam.

»Hat Joe euch eigentlich nach eurem juristischen Fachwissen gefragt, was Elses Heirat betrifft? Weil, gestern wollte er von mir wissen, wie es denn mit dem Erbrecht so ausschaut.«

Den genauen Wortlaut seiner Frage behielt sie für sich. Vielleicht hatte Joe tatsächlich vorgehabt, jemanden aus dem Weg zu räumen. War der Plan nach hinten losgegangen, und er war zum Opfer geworden?

Die beiden sahen sich für einen Moment an und schüttelten dann synchron den Kopf. »Eigentlich nicht«, sagte Simone. »Beim Pavillon gestern hat er nur nebenbei wissen wollen, wie eigentlich eine Scheidung abläuft, also so rechtlich gesehen. Aber das war so seine Art, einen Schmäh zu machen. Bei einer Hochzeit über Scheidung reden, weißt, Helene.«

»Verstehst so weit?«, hätte Joe jetzt vermutlich gefragt. Frau Ehrenstein musste unwillkürlich lächeln.

»Joe hat gestern beim Essen noch etwas anderes erwähnt. Von wegen, ich sollte bei der Fanny, der Haushälterin, vorsichtig sein, die wär gefährlich. Sagt euch das was? Wisst ihr, was er damit gemeint haben könnte?«

»Ich glaub, er hat ein paar vom Personal gekannt, aber von der Haushälterin hätt ich's nicht gewusst. Die ist doch nicht von da, oder?«, sagte Susanne, und ihre Schwester antwortete eifrig: »Nein, nein, die ist auch aus Wien kommen. Hab ich gehört. Aber eins sag ich dir, Helene. Wenn wer gewusst hat, wer oder was gefährlich ist, dann war's wohl der Joe.«

Beide nickten bestimmt, was ihre kurzen blonden Strähnen ins Schwingen brachte.

»Wie … Was soll das heißen?«

»Naja, der Joe ist im Häfn gesessen. Das hab ich vorhin gemeint, wie ich gesagt hab, er hatte immer wieder Schwierigkeiten.«

»Joe … Joe war im Gefängnis? Warum habt ihr das nicht gleich gesagt?«

13

Ein herrschaftliches Pantscherl

Sonntag, 15 Uhr
Keller

Warum hätten's sollen?«

Marie hievte einen schweren Karton aus einem Regal. Ein leichtes Klirren ertönte, als sie ihn vorsichtig auf den Boden stellte. Ihr Ton war herausfordernd, als wäre sie bereit zu einer Auseinandersetzung, was dieses Thema betraf. Frau Ehrenstein wusste, dass ihre heimliche Gefährtin Freunde in halbseidenen Kreisen hatte. So wie ihren Jugendfreund Pendl, der schon ein paar Mal eingesessen war. Beim letzten Mal war die gnä' Frau Schuld daran gewesen. Diesen Fehler hatte sie glücklicherweise ausbügeln können, indem sie den wahren Würger von Hietzing geschnappt hatte.

Marie war empfindlich, wenn jemand, nur weil er einmal mit dem Gesetz in Konflikt geraten war, in die Schublade *Schlechter Mensch* oder *Ewiger Verbrecher* gesteckt wurde. Das konnte Frau Ehrenstein nachvollziehen, aber darum ging es ihr ja gar nicht.

»Weil es zur Aufklärung seines unerfreulichen Todes beitragen könnte. Deshalb.« Sie zog ihr mintfarbenes Wolljäckchen enger um den Körper und rieb sich die Oberarme. Als sie mit Marie die Stufen in den Keller hinuntergestiegen war, hatte sie das Gefühl gehabt, durch eine Temperaturschranke zu schreiten. Oben im Herrenhaus schwüle Hitze, unten im Keller feuchte Kälte.

Marie versuchte im matten Schein einer nackten Glühbirne Fannys Schrift auf einem Blatt Papier zu entziffern und stellte ausgewählte Flaschen in eine mitgebrachte Kiste. Die Trentners hatten mit einer ausgelassenen Feier und doppelt so vielen Gästen gerechnet. Das sah man dem Getränkelager hier unten an. No, schlecht werden würden die Vorräte sicher nicht. Die Anwesenden waren offensichtlich gewillt, sich den Feierlichkeiten trotz allem hinzugeben.

»Vielleicht hatte sein Tod mit seiner Zeit im Gefängnis zu tun, will ich nur sagen. Ein früherer Zellenkumpan oder ein Komplize. Beute von einem Coup … Wer weiß?«

Marie hob den Kopf, damit die gnä' Frau ihr Augenrollen sehen konnte.

»Ja, ich weiß, die Zwillinge haben gesagt, er hat nur wegen kleinerer Raubdelikte gesessen. Aber, alles, was ich sagen will, ist: Wir brauchen jede Information, um dem Mörder auf die Spur zu kommen.«

Von oben ertönte ein schrilles Kreischen, das gleich darauf in gackerndes Lachen überging. Es war mittlerweile kurz nach fünfzehn Uhr, und die meisten Gäste hatten bei Cocktails und Longdrinks schon kräftig zugelangt. Das Tempo, mit dem sich die Flaschen leerten, hatte sich sogar noch erhöht, nachdem Joes Leiche abtransportiert worden war. Obwohl der betont fröhliche Leichenbestatter und Männergesangsvereinchorleiter die Gäste aufgefordert hatte, Platz zu machen, waren erstaunlich viele geblieben, um zu gaffen, als er die Bahre mit Hilfe seines Sohnes zum Auto getragen hatte. Als wäre das Spektakel eine Entschädigung für die abgesagte Hochzeitsfeier. Frau Ehrenstein war auch dabei gewesen, um keinen noch so kleinen Hinweis zu verpassen. Sie hatte den Leichenbestatter auch um seine professionelle

Meinung zu den Todesumständen gebeten, doch der hatte ihr nur freundlich lächelnd erklärt, dass sie sich wegen solch grauslicher Dinge das Köpfchen nicht zerbrechen solle. Joe hatte das Haus in einem schwarzen Sack verlassen, und ein Dienstmädchen, das per Los auserkoren worden war, hatte sich an die Reinigung des Bodens gemacht. Und jetzt schien es, als hätte das Verbrechen gar nicht stattgefunden. Vermutlich tranken die Gäste so viel, um es aus ihrer Erinnerung zu spülen.

»Was sagt denn das Personal? Hat jemand was gesehen, mutmaßen sie was? Haben's Angst, womöglich?«, fragte Frau Ehrenstein, noch immer das kreischende Lachen im Ohr. Die Herrschaften wollten die eigene Sterblichkeit verdrängen. Die Dienstboten standen der Realität aber meist näher als ihre Dienstgeber.

Zwei Flaschen Gin klirrten, als Marie sie in die Kiste stellte. Sie zuckte mit den Schultern. »Na, Angst ham's kane. Die geh'n davon aus, des die Herrschaften sich gegenseitig hamdrahn, verstehn'S? Unsereins hat halt ka Freud dran, dass ma den Schas dann wegmach'n müss'n, aber sonst …«

»Sonst bedeutet das nur einen weniger, den sie bedienen müssen, schon verstanden«, sagte Frau Ehrenstein und merkte, dass ihre Stimme verärgert klang.

»Schaun'S, gnä' Frau, einige von die Leut', – grad die Oiden – ob jetzt Herrschaft oder Dienerschaft, die ham im Krieg a bissl was g'sehn und erlebt. Die san da vielleicht mehr, wie soll ich sag'n, *abgehärtet*.«

Natürlich hatte ihre heimliche Gefährtin recht. Frau Ehrenstein war 1940 geboren und hatte kaum Erinnerungen an die Zeit. Aber Ladislaus' Generation hatte bereits zwei Kriege durchlebt. Er selbst war damals im Rollstuhl gelandet. Vielleicht empfand man den Tod in der sauberen und warmen Küche eines Herrenhauses im Vergleich dazu als weniger erschreckend.

»Die Küche war schrecklich sauber, finden Sie nicht?«

»Ich spar ma jetzt an Spruch zum Können von uns Dienstmädeln. Weil net alles voller Blut war, meinen'S? Ich hab ma des a scho dacht. Is ma komisch vorkommen.«

»Ich meine, ich hab ja noch keine weitreichenden Erfahrungen damit. Ich glaub, es war Sherlock Holmes, der davon einmal erzählt hat. Oder doch die alte Miss Marple? Jedenfalls kann man je nach Verteilung der Blutspritzer erkennen, wie der Mord verübt wurde. Aus welchem Winkel und mit wie viel Wucht, verstehen Sie?«

»Kloar. Glauben'S, dass die Stell'n vor der Abwasch mit Chlor g'reinigt word'n is, damit kaner sieht, dass da auch Blut war?«

Frau Ehrenstein setzte zu einer Antwort an, aber ihr Mund blieb offen stehen, ohne dass ein Laut hervorkam. Da kitzelte etwas an ihren Gehirnwindungen, eine Erinnerung … oder ein Bild? Sie kriegte dieses Etwas aber nicht richtig zu fassen.

»Den Fleischwolf. Wo haben Sie den jetzt eigentlich?«

Marie hatte alle nötigen Flaschen gefunden, wischte sich die Hände an der Schürze ab und wandte sich Frau Ehrenstein zu. Von ihr ging ein Duft nach blumiger Seife und Kaffee aus. »Unterm Bett versteckt. Is net des Sicherste, oba besser ois gar nix. Und ich hob no den Doppler und die Gläser einpackt. Von der Abwasch, wissen'S no? Sie ham's zwar net g'sagt g'habt, oba ich hab ma dacht …«

»Wunderbar mitgedacht, Marie! Vielen Dank, ohne Sie wär ich aufgeschmissen. Eigentlich immer.«

Die gnä' Frau griff nach Maries Hand und drückte sie sanft. Ihre Gefährtin lächelte verlegen. »Mir macht's a Freud, gnä' Frau. Ihnen z'helfen. Des mit Ihnen erlebn z'können!« Sie löste sich, strich sich eine Strähne hinters Ohr und hievte die Kiste mit den vielen bunten Flaschen hoch.

»Na, gnä' Frau, bitte helfen'S ma net. Sonst gibt's da no a Mahlheur! Ich muss rauf, oba ans hab ich Ihnen no sag'n woll'n. Die Fanny, ich wollt's allein dawischen, damit ich mit ihr red'n kann, und da bin ich ihr nachgangen. Wie ein Roboter hat's sich aufg'führt, wissen'S? Ganz lethargisch, den ganzen Tag. Und … wie soll ich's sag'n, da hab ich sie mi'm Hausherrn g'sehn.«

»Mit Ladislaus? Ich nehm an, Sie würden das nicht extra betonen, wenn die beiden nur ein Gespräch über die Haushaltsführung gehabt hätten.«

»So isses, gnä' Frau. Oba, ich sag's Ihnen gleich, g'schmust oder so ham's net. Oba, wie soll ich sag'n: Ma hat g'merkt, dass die sich … noja, näherstehn.«

Marie erzählte, dass Fanny und Ladislaus sich hinterm Haus beim Schuppen des Gärtners getroffen hatten. Marie hatte sich nicht näher herangeschlichen, um nicht entdeckt zu werden, und deshalb nichts hören können. Die Haushälterin war auf eine Holzbank gesunken, und der Hausherr hatte seinen Rollstuhl ganz dicht neben sie manövriert. Die Lethargie war rasch aus Fanny gewichen. Sie hatte die Hände gerungen und war sichtlich erregt gewesen. Ladislaus hatte unterdessen beschwichtigend auf sie eingeredet und ihr Knie und Arm getätschelt, sie einmal sogar umarmt.

Grundsätzlich passte es zu dem Familienoberhaupt, dass er die Wogen glätten und eine aufgewühlte Person beruhigen wollte. Dennoch war er eigentlich zu sehr auf Etikette bedacht, um jemanden aus der Dienerschaft in den Arm zu nehmen. Noch dazu hinter einem Schuppen?

Frau Ehrenstein blieb auf der untersten knarrenden Stufe der Kellertreppe stehen. »Also, nehmen wir an, Ladislaus und Fanny haben eine Affäre. Oder vielleicht nur ein Pantscherl. Das würde zumindest erklären, warum er sie behält, obwohl ihre Leistungen im Haus bisher … überschaubar waren.«

»Des könnt a erklär'n, warum der Butler so abg'rauscht is, damals. Vielleicht hat er's mitkriegt und hat's *empörend* g'fundn? Manche Leut' san da recht altmodisch.«

»Hat er nicht nach einer Besprechung mit Else gekündigt? Vielleicht weiß sie ja auch davon und hat es ihm weitergetratscht. So hätte Joe auch davon erfahren können. Vielleicht wollte er Fanny damit erpressen? Oder mit etwas anderem?«

»Und sie hat ihn in der Küche umbracht? Obwohl's weiß, was des für a Sauerei am Bod'n gibt?«

Frau Ehrenstein wollte Marie gerade zurechtweisen, dass das nun wirklich nicht der Zeitpunkt für einen Schmäh war, als in das helle Rechteck oben an der Treppe plötzlich ein Schatten fiel. Sie erklomm die Stufen, so rasch sie konnte – was dank ihres hautengen Bleistiftrocks gar nicht so einfach war – und erhaschte gerade noch einen Blick auf eine dunkel gekleidete Gestalt, die um die Ecke hastete. Ihre Absätze klackerten laut auf dem Steinboden der Küche, als sie ihr folgte, aber bereits in der Eingangshalle hatte sie die Spur verloren. Die Person könnte durch die Eingangstür nach draußen gerannt sein, oder in die Bibliothek oder den Salon. Die gnä' Frau hörte ein Knarzen von oben und sauste die Treppe in den ersten Stock hinauf. Doch weder links noch rechts am Gang war jemand zu sehen. Wer auch immer es gewesen war, er hätte hinter jeder der Zimmertüren verschwinden können. Sollte sie sich einen Vorwand ausdenken und überall einmal anklopfen? Die meisten Gäste waren ohnehin im Garten oder im Salon. Vielleicht konnte sie sogar eine rasche oberflächliche Durchsuchung der Zimmer durchführen. Frau Ehrensteins Atem ging schnell. Körperliche Ertüchtigung war ihr nicht fremd, aber eine Verfolgungsjagd quer durchs Trentner'sche Herrenhaus, und das in Pumps, konnte einem schon den Schweiß auf die Stirn treiben. Am besten puderte sie sich noch schnell das Gesicht, bevor …

Stirnrunzelnd blickte die gnä' Frau auf den Teppichboden vor ihrem Zimmer. Dort lag eine Zeitung. Sie hatte keine Tageszeitung geordert, und selbst wenn, würde die in der Früh vor der Tür liegen, nicht erst am Nachmittag. Außerdem war diese Ausgabe älter. Deutlich älter.

»Gnä' Frau, is Ihnen eh nix g'schehn?«

Frau Ehrenstein nahm kaum wahr, dass ihre Gefährtin neben ihr zum Stehen kam. Sie streckte eine zitternde Hand nach der Zeitung aus, die Augen auf die Schlagzeile geheftet.

Die Worte blieben ihr im Hals stecken. Sie hielt Marie die Ausgabe hin. Deren Augen weiteten sich, während sie las, und sie schlug sich die Hand vor den Mund.

»Marandjosef«, war undeutlich dahinter hervorzuhören.

14

Ist Detektivarbeit ansteckend?

Sonntag, 19 Uhr
Salon

Frau Ehrenstein war sich bewusst, dass die Zeitung vor ihrem Zimmer platziert worden war, um sie zum Handeln zu bewegen. Aber von wem? Und warum handelte die Person nicht selbst? Sie mochte es grundsätzlich nicht, gedrängt zu werden. Abgesehen davon wollte sie nicht übereilt vorgehen. Zu tief saß die Schuld, wie sie auf der Jagd nach dem Würger einen Unschuldigen ins Gefängnis bugsiert hatte.

Nein, etwas an diesem Fall roch faul, und das dachte sie nicht nur, weil ihr das Eau de Cologne des Griesgrams neben ihr gerade die Nasenhaare verätzte. Der Alte wiegte sich ganz ungriesgrämig im Takt des Liedes, das die Professorenwitwen gerade hingebungsvoll im Salon darboten. Es handelte sich um einen bekannten Schlager aus dem Peter-Alexander-Film *Im weißen Rößl*, der Siggi schon seit Kindesbeinen verfolgte: »Was kann der Sigismund dafür, dass er so schön ist?« Die drei alten Damen wechselten sich in den Strophen ab, nur den Refrain schmetterten sie unisono. Der Parkettboden vibrierte jedes Mal, wenn sie als Teil ihrer kleinen Choreographie gemeinsam nach vorne und zur Seite hüpften wie ein paar in die Jahre gekommene Revuetänzerinnen. Frederick begleitete sie am Klavier, so gut er konnte – was leider Gottes nur mittelmäßig war, denn die drei trällernden Damen änderten nach jedem zweiten Takt das Tempo und machten ihm das Leben schwer. Wie dem auch sei, die restlichen Gäste waren begeistert von der Darbietung. Vor allem der Griesgram, der seit dem morgendlichen Badminton-Spiel förmlich an den drei Witwen klebte.

Ein zarter Windstoß blähte den mauvefarbenen Chiffon von Frau Ehrensteins Kleid auf. Zwar war sie dankbar für die Abkühlung, denn die Hitze war heute noch drückender als am Tag zuvor. Dennoch blickte sie mit sorgenvollem Blick durch die offene Terrassentür in Richtung Wäldchen. Die schwarzen Wolken schienen sich jetzt endlich entschlossen zu haben, sich dem Trentner'schen Herrenhaus zu nähern. Der Regen ließ auf sich warten, doch der Wind war heftiger geworden, und die zuvor strahlende Sonne wurde immer mehr in den Hintergrund gedrängt. Wegen des drohenden Unwetters saßen sie alle hier im Salon beisammen und nicht im Garten beim Pavillon.

Tags zuvor beim Abendessen, als der erste Schock über die Ausgangssperre verdaut war, hatten alle Anwesenden die Übereinkunft getroffen, dass die angedachten Feierlichkeiten, so weit als möglich, trotzdem abgehalten werden sollten. Die gnä' Frau war davon ausgegangen, dass dieser Plan nach dem Mord an Joe verworfen werden würde. Doch kurz nach ihrem konspirativen Treffen mit Marie im Keller hatte Oskar mit mäßig begeisterter Miene verkündet, dass der »offizielle Teil des Abends« um 17 Uhr 30 starten würde.

Und nun saß sie in ihrem entzückenden bodenlangen Chiffonkleid, das im Wind tanzte, auf einem unbequemen Sessel und lauschte der zweiten Wiederholung von »Was kann der Sigismund dafür, dass er so schön ist!«

»Alles in Ordnung?«, fragte Oskar, gerade laut genug, um

von der Darbietung nicht übertönt, aber von niemandem sonst gehört zu werden. Frau Ehrenstein wurde bewusst, wie oft er sich in letzter Zeit nach ihrem Befinden erkundigte. Vielleicht, um die letzten Jahre, in denen er ihm keine Beachtung geschenkt hatte, wiedergutzumachen. Oder weil er ihre Mimik lesen konnte wie ein offenes Buch und sich aufrichtig um sie sorgte.

»Ja, ich kriege nur langsam schon Hunger. Weißt du, wie lange das hier noch dauert?«

Er stöhnte und zuckte nur hilflos mit den Schultern. Als Trauzeuge war es im Grunde Oskars Aufgabe, die Abläufe der Feierlichkeiten gemeinsam mit dem Vater des Bräutigams zu koordinieren. Wann welche Beiträge von wem dargeboten wurden oder wann wer eine Rede hielt. Dementsprechend wurden auch die Gänge des Festessens getaktet. Doch sämtliche Pläne waren über Bord geworfen worden – aufgrund des flüchtigen Bombenlegers, der Leiche in der Küche und nicht zuletzt der Tatsache, dass das Brautpaar eigentlich bereits verheiratet war. Jegliche Kontrolle über das Wochenende war Oskar entglitten. Sie wusste, dass ihm das Chaos Schwierigkeiten bereitete, und war überrascht, wie gut er das wegsteckte.

»Mal schauen … Wir hatten das Gedicht zur Hochzeitsnacht vom Oberst – meiner Meinung nach etwas anzüglich und nicht sonderlich geeignet als Eröffnung, aber was soll ich machen? Darauf folgte die Klaviersonate von der Frau Hofrat und das erste Lied von den Professorenwitwen. Dann die Tanzeinlage von diesen Hippies – meine Güte, ich hab gedacht, ich fall vom Sessel. Lach nicht, Helene! Die haben sich doch praktisch nur am Boden gewälzt! Dann das zweite Lied von den Professorenwitwen und die Zaubertricks vom Juniorchef der örtlichen Bank. Warum ist er nicht einfach sitzen geblieben?«

»Weil sie sich alle überbieten wollen«, antwortete Frau Ehrenstein belustigt. Die Dynamik des Schwarms war spürbar gewesen. Nach der klavierspielenden Hofrätin hatten plötzlich alle etwas vorzeigen wollen. Selbstverständlich nicht zur Selbstdarstellung, sondern um dem Paar ein Geschenk zu machen. »Das Ganze erinnert ein bisschen an einen Vorspielabend in Willis Schule, findest du nicht?«

Oskar musste lachen, kaschierte das aber blitzschnell mit einem lauten Räuspern. »Jedenfalls wird das Essen nicht serviert, bis alle fertig sind. Gott allein weiß, wann das sein wird.«

Frau Ehrensteins Magen knurrte, aber das wurde vom frenetischen Applaus der Gäste übertönt. Das Festmahl hätte längst beginnen sollen. Der letzte schiefe Schlussakkord ihres dritten Liedes war verklungen, aber wenn keiner die Professorenwitwen aufhielt, würden sie mit hoher Wahrscheinlichkeit später noch ein viertes und fünftes darbieten.

Eine der Hippietänzerinnen trat mit einem klobigen Kassettenrekorder ans Klavier und verkündete, dass sie das folgende Lied eigentlich zur Zeremonie hätte singen sollen, das aber nun nachholen wolle. Sie drückte auf einen Knopf, und die ersten Takte von »You Are the Sunshine of My Life« von Stevie Wonder erklangen. Frederick zündete sich unterdessen eine Zigarette an, sichtlich erschöpft von der Klavierbegleitung für die Professorenwitwen. Er ahnte vermutlich, dass ihm eine lange Nacht bevorstand.

»Wenigstens wirkt Siggi glücklich«, sagte Oskar mit einem Blick auf das Brautpaar. Die beiden saßen eng aneinandergeschmiegt in der ersten Reihe und waren offensichtlich gerührt von sämtlichen Darbietungen. Else trug ein weißes kurzes Häkelkleid und hatte das dunkle Haar mit einer perlenbesetzten Klammer hochgesteckt. Als sie pünktlich zu den Feierlichkeiten wieder aus ihrem Zimmer aufgetaucht war, hatte sie nur etwas bleich gewirkt, aber ihr Auftreten vor den Gästen war gewohnt selbstbewusst.

Das Hochzeitswochenende stand unter keinem guten Stern – gelinde gesagt. Dass Else und Siggi trotz der ganzen Katastrophen die kleinen Momente der Freude erkennen konnten, war tatsächlich rührend. Noch mehr bewegte die gnä' Frau aber, dass ihr Mann sich für seinen alten Freund und dessen neue Liebe freuen konnte. Ob so eine Harmonie, so eine Einigkeit ohne Versteckspiel für ihn und Felix jemals in der Art möglich sein würde? Immerhin war Homosexualität erst vor zwei Jahren legalisiert worden, die Welt entwickelte sich weiter. Vielleicht würden sie eines Tages heiraten dürfen. Sie hoffte, dass die beiden ihr Glück irgendwann nicht mehr verheimlichen mussten.

»Oskar?«

»Ja?« Er sah sie mit fragendem Blick an. Die vergangenen vierundzwanzig Stunden hatten auch ihm zugesetzt, das war unter anderem an seinen zwetschgenfarbenen Augenringen abzulesen. Die Falten in seinem Gesicht waren im Lauf der letzten zwölf Jahre deutlich tiefer geworden, dennoch wirkte er jetzt jünger auf sie als vor ihrer Hochzeit. Vermutlich, weil er nicht mehr ständig diesen verbissenen Gesichtsausdruck aufsetzte und ihr erklärte, was sich nicht gehörte. Hätte sie damals gewusst, dass er nur verzweifelt versuchte, das perfekte Bild aufrechtzuerhalten, um sich dahinter besser verstecken zu können, hätte sie ihm das Leben nicht so oft so schwer gemacht.

»Oskar, ich möchte …«, sie schaute sich um und rückte näher an ihn heran. »Mir ist wichtig, dass du weißt, dass du mir vertrauen kannst. Egal, was noch geschieht oder was eventuell ans Licht kommt …«

»Das heißt, du hast einen Verdacht?«, unterbrach er sie aufgeregt.

»Nun ja, es ist kein Verdacht mehr …«

Immerhin hatte sie Felix und Oskar in inniger Umarmung beobachtet. Mit einer Zärtlichkeit, die sie an ihrem Mann zuvor noch nie gesehen hatte.

»Also, weißt du, wer's getan hat? Wer den Hippie erschlagen hat?«

»Joe war sein Name«, erwiderte sie automatisch. Sie hatten offenbar aneinander vorbeigeredet. »Und nein, ich weiß nicht, wer der Mörder ist. Oder die Mörderin«, fügte sie gedankenverloren hinzu, unsicher, ob sie das Gespräch in diese Richtung weiterführen wollte.

Die junge Sängerin verbeugte sich mit geröteten Wangen unter tosendem Applaus, und an ihre Stelle trat eine Dame mit roten Löckchen und kündigte an, ein selbst geschriebenes Gedicht darzubieten. Es handelte, was auch sonst, von der Liebe und hatte dreizehn Strophen.

»Aber du hast etwas herausgefunden? In den paar Stunden schon?« Sein Enthusiasmus war alarmierend, er erinnerte sie an Maries Begeisterung, neue Fälle zu lösen. Und an ihre eigene. War Detektivarbeit ansteckend?

»Nun ja, ein bissl. Aber nicht viel, und es ist noch zu früh, um etwas dazu zu sagen.«

»Bitte, erzähl mir doch zumindest, was du vermutest. Du kannst mir auch vertrauen, weißt du?«

Sie befürchtete, er könnte aus den kargen Informationen, die sie bisher gesammelt hatte, voreilige Schlüsse ziehen. Diskretion war immens wichtig, insbesondere, da sie mit so vielen Verdächtigen in diesem Haus eingesperrt waren. Aber er hatte recht: Vertrauen konnte als Einbahnstraße nicht funktionieren.

Also berichtete sie von ihren Befragungen am Nachmittag – so hatte sie den Aufenthaltsort zur Tatzeit von fast allen erfahren können. Wenig überraschend hatten alle in ihren Betten gelegen. Aus dem stillen Gast, den niemand kannte, Erwin Delpke, hatte sie kaum ein Wort herausgebracht, aber auch er gab an, geschlafen zu haben. Als sie Oskar von ihrem Gespräch mit den Zwillingen und Joes Gefängnisaufenthalt berichtete, entfuhr ihm ein Pfiff, was den Griesgram neben Frau Ehrenstein zu einem verärgerten Räuspern veranlasste. Maries Befragungen hatten noch nicht viel ans Licht gebracht. Niemand aus dem Personal schien einen Groll gegen Joe gehegt zu haben, und alle waren zu dem Zeitpunkt des Mordes angeblich in ihren Zimmern gewesen, um ihre wohlverdiente Ruhe zu genießen.

»Und schließlich« – sie hatte ein mulmiges Gefühl im Bauch, das diesmal nicht vom Hunger rührte – »wurde eine Zeitung vor meiner Zimmertür platziert. Aus dem Jahr 1952.«

»Warum … wer?«

»Meinerseel, Oskar, ich hab den ganzen Tag damit verbracht, die Leut über'n Joe und die gestrige Nacht auszufragen. Da wird es nicht viel gebraucht haben, um draufzukommen, dass ich mich mit dem Fall beschäftige. Jemand wollte mir etwas damit mitteilen.«

»Und was stand da?« Er beugte sich so nah heran, dass sie den Brandy in seinem Atem roch. Sie warf einen unsicheren Blick ans andere Ende des Raumes, wo Marie und Fanny die verschiedenen Getränkebestellungen auf Tabletts luden.

»Einen Artikel über einen aufsehenerregenden Prozess von damals. Ein bekannter Wiener wurde erschlagen. Schokoladenkönig wurde er genannt, weil er in der Besatzungszeit billige Süßigkeiten verkauft hat.«

»Und?«

»Und die Tatwaffe war ein Fleischwolf.«

Oskars nächste Frage ging im höflichen Applaus unter.

Die Dame mit den roten Locken ging zurück zu ihrem Platz, und die Professorenwitwen sprangen auf, eine weitere Möglichkeit für die Bühne witternd. Frederick drückte seine Zigarette hektisch in einem Aschenbecher auf dem Klavier aus und wirkte, als wollte er sich bekreuzigen.

Doch bevor die drei Schwestern es nach vorne schafften, hatte sich Else erhoben. Mit der gewohnten Grazie schritt sie vors Piano. Alle verstummten und sanken in ihre Sessel zurück. Würde die junge Braut nun selbst etwas vortragen? Die gnä' Frau hörte ein abschätziges Schnalzen. Es kam aus dem Eck des Salons, in das Victoria und Jolanthe sich zurückgezogen hatten. Ob das Geräusch aus dem Mund der alten Großmutter oder der Exfreundin gekommen war, konnte Frau Ehrenstein allerdings nicht ausmachen.

Else ließ noch einen bedeutungsschweren Moment verstreichen, ehe sie in gesetztem Ton verkündete: »Ich möchte euch allen danken! Eure Liebe für meinen wunderbaren Mann und mich war in jedem eurer Beiträge zu spüren. Denn, falls es nicht ohnehin schon jeder wusste, ich bin schon länger mit meinem geliebten Siggi verheiratet. Standesamtlich.«

Einige schnappten deutlich vernehmbar nach Luft. Gemurmel ging durch die Reihen. Frau Ehrenstein beobachtete Victoria, deren Blick sich verfinsterte, die aber nicht wirklich überrascht wirkte. Einer der Trentners musste sie eingeweiht haben.

»Ja, ja, es ist wahr!« Mit gebieterischer Stimme sorgte Else wieder für Ruhe. »Es sollte ein Geheimnis bleiben, doch ich bin die Unwahrheiten leid. Gerade jetzt, wo ihr euch solche Mühe gegeben habt, um uns eine Freude zu bereiten. Zu unserer Hochzeit. Wir sind so richtig zusammengewachsen, das spüre ich.« Sie machte eine dramatische Pause und blickte in die Runde. »Aber es gibt noch mehr Geheimnisse in diesem Haus, und ich finde, es ist Zeit für Geständnisse!«

»Oje«, stöhnte die gnä' Frau, und ein kräftiger Windstoß wehte die Notenblätter vom Klavier.

15

Nichts ist trügerischer als eine offenkundige Tatsache

Sonntag, 19 Uhr 30
Salon

Frederick schreckte hoch und fegte dabei gleich auch noch den Aschenbecher vom Klavier. Glücklicherweise verteilte sich der Inhalt auf den Parkettboden und nicht über die Tasten. Der Pianist sank auf die Knie und raffte hektisch seine Noten zusammen. Marie war innerhalb eines Wimpernschlags mit einem Mistschauferl und Beserl an seiner Seite, fegte die Zigarettenstummel weg und hielt den jungen Mann gleichzeitig davon ab, sich in die Asche zu knien.

Else sagte diese Unterbrechung offenbar ganz und gar nicht zu. Sie verschränkte die Arme über der mächtigen Brust und tippte mit der Spitze ihrer weißen Samtpumps ungeduldig auf den Boden. Die Gäste rutschten unterdes unruhig auf ihren Sitzen herum. Geflüsterte Gespräche zogen sich durch die Reihen, hier und da mit einem nervösen Lachen durchsetzt.

»Wird sie was vorführen?«, fragte der ordenbehangene Griesgram neben Frau Ehrenstein mit deutlichem Lallen. Sie schüttelte den Kopf, obwohl sie insgeheim vermutete, dass er gar nicht so falsch lag.

»Weißt du, was sie vorhat?«, fragte Oskar von der anderen Seite.

»Ich bin mir nicht sicher, aber …«

»Aber du ahnst etwas?«

Die gnä' Frau nickte langsam. »Ich glaube, Sherlock Holmes hat einmal gesagt: ›Nichts ist trügerischer als eine offenkundige Tatsache.‹«

Ehe er nachhaken konnte, klatschte Else in die Hände. Das Geräusch knallte in den Ohren und hallte durch den hohen Raum. Fanny und ein paar Dienstmädchen schlossen in der Zwischenzeit alle Türen und Fenster zum Garten. Das Unwetter schien sich auch nicht mehr gedulden zu wollen.

»Meine lieben Freunde, meine neue Familie und … ihr anderen.« Else warf einen Seitenblick auf Victoria und die Dienstboten. »Es ist an der Zeit, die Karten auf den Tisch zu legen. Mein guter, alter Freund wurde ermordet. Ja, ich spreche es aus: Es war Mord, auch wenn hier spekuliert wurde, es könnte sich um einen Unfall handeln. Ich kann euch gar nicht beschreiben, wie groß der Schmerz des Verlusts für mich ist. Ich bin mit Joe aufgewachsen …«

Sie hielt für ein Schluchzen inne. Siggi sprang auf und reichte ihr ein Stofftaschentuch. Er wollte bei ihr stehen bleiben und sie in den Arm nehmen, doch sie schob ihn mit einer bestimmten Geste wieder zu seinem Platz in der ersten Reihe.

»Ich hatte gehofft, dass sich die betreffende Person selbst stellen würde. Dass sie ihr Gewissen mit einem Geständnis erleichtern und wenigstens diesen Hauch von Anstand besitzen würde. Doch mittlerweile ist der Tag schon fast verstrichen und … Nun, ich denke, jetzt liegt es an mir, diesem Unrecht ein Ende zu bereiten.«

In der Stille hätte man eine Haarnadel fallen hören können. Zweifellos hatte Else die Gäste nun komplett in ihren Bann gezogen. Marie hatte sich des Mistschauferls entledigt und sich neben Fanny und den anderen Dienstboten an der Wand aufgereiht. Frederick hatte sich wieder auf seinen Klavierhocker gesetzt und schielte nach den Ausgängen. Die gnä' Frau tat es ihm gleich. Da war der Durchgang zum Esszimmer, eine Tür führte in den Gang in Richtung Eingangshalle und dann die gläsernen Türen und Fenster, die in den Garten hinausgingen. Es gab also diverse Fluchtmöglichkeiten – ein denkbar schlechter Ort, um einen mutmaßlichen Mörder zu stellen.

»Um euch, meinen lieben Freunden, das Verbrechen begreiflich zu machen, muss ich ein wenig in der Geschichte zurückgehen«, fuhr Else fort. »Ihr müsst wissen, Joe war ein alter Jugendfreund von mir. Wir sind hier aufgewachsen, hier im schönen Traiskirchen, gemeinsam zur Schule gegangen. Wir hatten es nicht leicht, beide nicht. Vielleicht ist es für euch schwer vorstellbar, aber ich bin in einer anderen Umgebung als in dieser aufgewachsen. Ich musste mich erst zurechtfinden in der feinen Gesellschaft, in die ihr mich so *überaus* freundlich aufgenommen habt.«

Das »überaus« triefte vor Sarkasmus, und auch wenn Else diesmal keinen pointierten Blick ins hintere Eck warf, war die Aussage mit Sicherheit auf Victoria und Jolanthe gemünzt.

»Jedenfalls erging es Joe nicht so gut wie mir. Er rutschte ab, geriet in weniger feine Gesellschaft und wurde, ich kann es leider nicht anders ausdrücken, zum Verbrecher!«

Die Reaktion der Gäste teilte sich in Raunen und Luftschnappen. Frau Ehrenstein musste an die Samstagabend-Spielshow *Einer wird gewinnen* mit Hans-Joachim Kulenkampff denken. Sie hatte gelesen, dass, vor den Fernsehkameras verborgen, immer wieder Schilder fürs Publikum hochgehalten wurden, um zu signalisieren, wann es zu applaudieren hatte. Es war fast, als würde Else mit ihren geschickt eingesetzten Redepausen solche Schilder für die gespannten Gäste in die Höhe halten. Sie dirigierte die Reaktionen gekonnt und sprach erst weiter, als sich alle beruhigt hatten.

»Er war kein gewalttätiger Mensch, der liebe, gute Joe. Er verletzte niemanden, aber er hatte Probleme, das Eigentum anderer zu respektieren, wenn ihr mir diesen Ausdruck erlaubt. So landete er immer wieder hinter Gittern.«

Sie ging vor dem Klavier auf und ab, den Blick teils auf die Anwesenden, teils auf die knarzenden Dielen vor sich gerichtet, während sie redete.

»Was macht sie da, denkt sie, sie wäre diese eine Alte? Miss Makel, oder so?«, flüsterte Oskar seiner Frau zu.

»Marple«, zischte Frau Ehrenstein enerviert, sodass sich die beiden Zwillinge in der Reihe vor ihr verdutzt umdrehten. Es war aber auch zum Haareraufen, dass ihr Mann sich die wichtigsten Dinge nie merken konnte.

Aber er hatte vollkommen recht. Elses Darbietung konnte es mit Marple oder Poirot aufnehmen, so wie sie sich gebarte. Überrascht stellte die gnä' Frau fest, dass sie einen Funken Neid verspürte. Sie selbst hätte sich ein Stück von dieser Bühnenpräsenz abschneiden können. Bislang war sie häufig ins Straucheln geraten, wenn sie versucht hatte, einen Fall vor Publikum darzulegen, und hatte sich verhaspelt. Bei der jungen Braut wirkte das alles ganz mühelos und natürlich.

Die schweißnasse Haut von Frau Ehrensteins übereinandergeschlagenen Beinen klebte aneinander. Sie änderte ihre Sitzposition, aber das half wenig. Den Gedanken, mit einer Zigarette gegen Hunger und innere Unruhe anzukämpfen, verwarf sie gleich wieder. Hier war es schon dunstig genug, nachdem die Fenster geschlossen worden waren.

»Vor ein paar Monaten habe ich ihn hierher eingeladen,

um ihm mein neues Zuhause zu zeigen. Er war ganz angetan von meinem Siggi und dem prächtigen Grundstück, aber ihn traf fast der Schlag, als er ausgerechnet hier jemandem begegnete, der ihm in seiner kriminellen Vergangenheit schon einmal über den Weg gelaufen war.«

Der Schwarm hielt den Atem an und lehnte sich nach vorne. Selbst Frau Ehrenstein, die bereits wusste, worauf Else hinauswollte, tat es ihm gleich. Elses Art zu erzählen hatte etwas Hypnotisches, dem man sich einfach nicht entziehen konnte. Auch wenn es kaum vorstellbar war, dass den tiefenentspannten Joe tatsächlich fast der Schlag getroffen hatte. Eine flapsige Bemerkung, verbunden mit einem »Verstehst so weit?«, hätte eher zu ihm gepasst.

Die junge Braut ließ den Blick über die Menge gleiten, als wollte sie die einzelnen Reaktionen in sich aufnehmen. Selbst Victoria hing nun an ihren Lippen, alles Spöttische war aus ihrer Miene gewichen. Siggi und Ladislaus konnte Frau Ehrenstein nur von hinten sehen. Der junge Mann ließ den Kopf hängen, sein Vater saß kerzengerade und bewegungslos in seinem Rollstuhl.

»Ich kann es nicht anders ausdrücken, ich war schockiert«, fuhr Else schließlich fort. »Ich konnte diese Entdeckung natürlich nicht für mich behalten. Die Sicherheit des ganzen Hauses stand doch auf dem Spiel! Denn eins müsst ihr wissen: Bei diesem Verbrechen ging es nicht um schnöde Diebstähle, wie Joe sie begangen hatte. Sondern um eiskalten Mord!«

Die drei Professorenwitwen japsten, die Zwillinge griffen sich an den Händen. Frau Ehrensteins Blick traf den von Marie. Auch ihrem Dienstmädchen war offensichtlich unwohl zumute, doch es gab nichts, was sie jetzt noch tun konnten.

»Ihr könnt euch nicht vorstellen, wie schockiert und fassungslos ich war, als ich erfuhr, dass die Tatsachen bekannt waren. Und dass weder mein Schwiegervater noch mein Mann etwas dagegen unternehmen wollten. Stellt euch vor, der Butler des Hauses, der hier jahrzehntelang treu gedient hatte, kehrte dem Trentner'schen Anwesen den Rücken, nachdem ich ihn auf diese Ungeheuerlichkeit hinwies!«

Elses ohnehin kräftige Stimme war im Laufe der letzten Sätze angeschwollen und endete in einem dramatischen Tremolo. Mit ihrem hochgereckten Kinn und zu Fäusten geballten Händen erinnerte sie Frau Ehrenstein an Elizabeth Taylor als Königin Cleopatra.

Energisch beförderte Ladislaus sich neben seine Schwiegertochter. »Jetzt dürfte es aber genug sein, mein Kind, nicht wahr?« Sein Ton war schärfer, als die gnä' Frau es gewohnt war. Dennoch lächelte er milde und entschuldigend, als er seinen Rollstuhl so herummanövrierte, dass er allen in die Gesichter blicken konnte. »Ihr müsst verzeihen, das Ganze ist natürlich sehr aufreibend. Für uns alle. Ich denke, am besten wäre es jetzt, wenn wir erst einmal etwas essen und dann weiterschauen, nicht wahr?«

Ladislaus hatte den Bann gebrochen. Die Gäste rutschten unruhig auf ihren Sesseln umher und begannen wieder miteinander zu tuscheln. Offenbar waren sie einem Festmahl nicht abgeneigt, aber so kurz vor einer zweifelsohne schockierenden Enthüllung würden sie sich sicherlich nicht so leicht abschasseln lassen.

»Fanny, könnten Sie bitte der Küche Bescheid geben, dass wir gleich essen wollen?«, wandte sich Ladislaus an seine Haushälterin. Doch bevor diese reagieren konnte, ließ Elses dramatisch donnernde Stimme alle Anwesenden wieder erstarren. »KEINER VERLÄSST DIESEN RAUM!«

Als sie sich Ladislaus zuwandte, klang sie plötzlich zuckersüß. »Ich muss diese hilflosen Menschen hier schützen und ja auch dich, lieber Schwiegerpapa. Ich muss dich vor dir selbst retten, denn du scheinst dich da in etwas Unappetitliches und Unpassendes verrannt zu haben.«

Ladislaus' Gesicht nahm die Farbe eines Paradeisers kurz vorm Verschimmeln an, doch bevor er etwas erwidern konnte, redete Else schnell weiter.

»Die Person, die Joe aus einer Bewährungsverhandlung im Wiener Landesgericht wiedererkannt hatte, ist auch die Person, die ihn zum Schweigen bringen wollte, damit er ihr grausiges Geheimnis nicht ausplauderte. Und sie ging genauso vor wie vor zwanzig Jahren in dem Delikatessengeschäft ihres arglosen Opfers. Sie schlug ihm den Schädel mit einem Fleischwolf ein!«

Victoria schrie auf, der Griesgram neben Frau Ehrenstein flüsterte »Maria Mutter Gottes«, und Oskar stöhnte.

»Diese Person ist niemand anderes als« – Else hob mit einer ausschweifenden Geste den Arm und streckte anklagend den Zeigefinger in die entsprechende Richtung –, »unsere Haushälterin Fanny. Auch bekannt als Fabienne Ackerl, die Fleischwolf-Mörderin.«

16

Mit Fackeln und Mistgabeln

Sonntag, 19 Uhr 45

Nach einer kurzen Schrecksekunde brach ein Bahöl aus, der die gnä' Frau an einen Ausverkauf im Warenhaus Stafa in der Mariahilferstraße denken ließ. Die Gäste sprangen auf, riefen durcheinander, klammerten sich an ihren Sitznachbarn fest oder schnauzten sie an. Die Szene erinnerte kaum noch an eine feine Gesellschaft, geschweige denn an eine Hochzeitsfeier. Frau Ehrenstein hatte gewusst, was kommen würde, und war deshalb weniger geschockt als irritiert und verärgert. Else hatte eine theatralische Aufführung vorgelegt und dabei maßlos übertrieben. Eine schon angetrunkene Menge derart aufzuhussen war gefährlich.

Der Großteil des Schwarms beschäftigte sich miteinander oder mit Else, aber eine Handvoll war an die Haushälterin herangetreten, bombardierte sie mit Fragen oder zischte Beleidigungen. Fannys Miene war ausdruckslos, ihr Blick zu Boden gerichtet. Ganz so wie auf dem Titelblatt der Zeitung, die vor Frau Ehrensteins Zimmer gelegen hatte. Die Fanny auf dem Bild war zwanzig Jahre jünger gewesen, ihr rundes Gesicht von blonden Locken umschmeichelt. Doch die Leere in ihren Augen war damals schon die gleiche. Marie verharrte neben der Haushälterin, mit stählernem Blick, das Kinn kämpferisch nach vorn gereckt, als würde sie es mit jedem aufnehmen, der dumm genug war, einen Angriff zu wagen. Die gnä' Frau hatte ihre heimliche Gefährtin schon öfter in körperlichen Auseinandersetzungen erlebt und hatte nichts als Mitleid für diejenigen übrig, die sich mit ihr anlegten. Ladislaus hatte sich mittlerweile vor Fanny geschoben und stellte so einen Sicherheitsabstand her, der nicht durchbrochen wurde – noch nicht.

»Jetzt fehlen nur noch Fackeln und Heugabeln, wie in dem einen Film, den du mir gezeigt hast«, sagte Oskar unbehaglich. Er war ebenfalls aufgesprungen, vielleicht weil der Sog der Masse ihn unbewusst dazu getrieben hatte. Aber er blieb neben seiner Frau stehen, um den Tumult aus der Ferne, also in knapp drei Metern Abstand, zu beobachten.

»Welcher? Frankenstein oder Dracula?«

»Frankenstein. Also … sie war's, von der du vorhin erzählt hast? Aus der Zeitung, die vor deiner Tür lag?«

»Ja«, antwortete Frau Ehrenstein knapp. Jemand hatte ihr diese Informationen zugespielt und es vermutlich darauf abgesehen, dass sie das machte, was Else gerade getan hatte: den Rest des Hauses von Fannys Schuld überzeugen. Aber wer? Ladislaus und Siggi hatten davon gewusst. Eventuell noch jemand vom Personal, und vielleicht auch die Zwillinge? Nein, das hätten sie bei der Befragung am Nachmittag sicher erwähnt. Wusste die alte Jolanthe Bescheid? Ihre Lippen waren zu einem harten Strich zusammengepresst, die senkrechte Falte zwischen ihren Augen war tiefer als sonst, aber ansonsten war sie vollkommen ruhig. Im Gegensatz zu Victoria neben ihr. Frau Ehrenstein hatte sie noch nie so geschockt gesehen. Sie war leichenblass und presste eine Hand an die Brust, während die Großmutter ihr den Arm tätschelte.

»Aber … Fanny? Wirklich? Sie ist doch so zart und lieb. Sie wirkt gar nicht wie eine Mörderin. Vor allem so ein brutaler Mord.« Die Fassungslosigkeit in Oskars Stimme war kaum zu überhören.

»Das haben damals auch alle gesagt. Laut dem Zeitungsartikel. Alle sind davon ausgegangen, dass nur ein Mann zu so einer Tat fähig ist. Deswegen hat es lange keiner glauben können, dass es Fanny war. Bis sie verurteilt wurde.«

»Jetzt beruhigen wir uns alle wieder, nicht wahr?« Ladislaus' Stimme war über den Tumult hinweg gerade noch so zu hören. »Das führt doch zu nichts!«

»Wie viele müssen noch sterben, bevor etwas unternommen wird?«

Frau Ehrenstein hatte die Übersicht verloren, aber das klang wie der ordenbesetzte Griesgram. Oskars Kommentar über die Fackeln und Mistgabeln war eigentlich ein Schmäh gewesen, aber langsam machte sich die gnä' Frau ernsthaft Sorgen um Fannys Sicherheit.

»Wir müssen etwas unternehmen«, sagte sie zu ihrem Mann.

Oskar nickte. Zögerlich zwar und mit einer gehörigen Portion Unsicherheit, aber sie zweifelte keinen Moment daran, dass sie auf seine Unterstützung zählen konnte.

Die Ehrensteins kämpften sich durch die Meute und stellten sich rechts und links von Ladislaus' Rollstuhl auf.

»Das reicht jetzt«, rief Frau Ehrenstein über das Stimmengewirr, und Oskar klatschte laut schallend in die Hände. Tatsächlich legte sich der Tumult, und neugierige Augen richteten sich auf das Ehepaar. Als warteten die Leute auf den nächsten Akt dieser Travestie.

»Fanny mag eine verurteilte Mörderin sein, das bedeutet aber nicht, dass sie auch Joe auf dem Gewissen hat«, fuhr Frau Ehrenstein fort. Sie drückte die Wirbelsäule durch, um möglichst viel Autorität auszustrahlen, und versuchte den Schweißtropfen zu ignorieren, der daran herabperlte.

»Helene, wie offensichtlich muss es noch sein?« Else baute sich vor der gnä' Frau auf. Hinter ihr versteckte sich Siggi, der wie ein geprügelter Hund aussah. Frau Ehrenstein konnte immer mehr verstehen, warum ihr Mann so ungeduldig mit seinem alten Freund war. »Sie musste Joe loswerden, bevor er ihr Geheimnis an alle ausplauderte. Ich kann es förmlich vor mir sehen. Sie verabreden sich spätnachts in der Küche – vielleicht hat sie ihm Geld versprochen, für sein Schweigen, wer weiß? –, er dreht sich um, nichtsahnend, hilflos und – Bäng! – schlägt sie ihm den Schädel mit dem Fleischwolf ein.«

Frau Ehrenstein spürte, wie Fanny hinter ihr zusammenzuckte, ein Keuchen ging durch die Menge, eine der Zwillinge schluchzte auf.

»Das ist eine sehr anschauliche Theorie, aber dafür gibt es keine Beweise«, erklärte sie betont ruhig, auch wenn es in ihr drinnen fürchterlich rumorte. Am liebsten hätte sie Else angeschrien. Genau wie die anderen Gäste, die urplötzlich über Joes Tod bestürzt waren, nachdem sie den ganzen Tag sorglos gefeiert hatten. Die vermaledeite Kombination aus Hitze, Hunger und Alkohol bot den perfekten Nährboden für derartige Aggressionen.

»Ich hab die ganze Zeit gesagt, dass so etwas geschehen wird. Dem Ladislaus, dem Siggi. Ich hab sie gewarnt, immer wieder! Aber niemand wollte auf mich hören.« Else war den Tränen nahe. Vielleicht hatte sie den Moment für die Enthüllungen aus Berechnung ausgewählt, um den Mob von Fannys Schuld zu überzeugen. Aber vielleicht hatte sie ihren Auftritt auch nur hingelegt, weil sie so verzweifelt war und unter dem Verlust ihres Freundes litt.

»Else, wenn wir Joes Mörder finden wollen, dürfen wir keine voreiligen Schlüsse ziehen«, sagte Frau Ehrenstein etwas sanfter.

»Und wenn ich recht habe, Helene? Wenn wir sie hier frei herumlaufen lassen – in unsere Zimmer, an unser Essen, unsere Getränke lassen –, was, wenn sie's jetzt auf uns alle abgesehen hat, weil wir ihr Geheimnis kennen?«

»Also, was schlägst du vor, Else?«, frage Oskar, bevor der Schwarm auf die neuen Stichwörter reagieren konnte. »Dir ist selbstverständlich klar, dass Selbstjustiz keine Option ist.«

»Ich schlage vor, dass wir sie wegsperren, bis die Gendarmerie kommt, um sie abzuholen. Irgendwo isoliert und sicher, wo sie keine Gefahr mehr für andere darstellt. Vielleicht im Schuppen, da hält sie sich doch so gern auf. Außerdem kann man den von außen zusperren.«

In dem Moment donnerte es lange und bedrohlich, erste harte Regentropfen schlugen gegen die Fensterscheiben.

Ladislaus knallte seine Faust auf die Armstütze. »Das kommt nicht in Frage! Fanny ist doch kein Tier!«

Frau Ehrenstein fuhr sich über die feuchte Stirn, teils aus Frustration, teils um sich besser konzenterieren zu können. Sie sehnte sich nach einem Whisky, einer Zigarette und nach Hietzing. »Außerdem ist sie unschuldig, solange wir nicht mehr wissen. Es reicht, wenn sie in ihrem Zimmer bleibt. Auch zu ihrer eigenen Sicherheit. Wir rufen die Polizei oder die Gendarmerie, wen auch immer wir erreichen, und erklären ihnen, was geschehen ist. Und bitten, dass sie um Herrgottswillen unbedingt wen schicken sollen. Sind alle damit einverstanden?«

Die Frage war rhetorisch gemeint, und das ließ Frau Ehrenstein in ihrem Ton auch unzweifelhaft mitschwingen. Sie wandte sich an Fanny, die, ohne eine Frage oder eine Aufforderung abzuwarten, nur still nickte und sich in Bewegung setzte. Oskar und Marie traten ganz automatisch an ihre Seite und schirmten sie so ab, falls einer der aufgewiegelten Gäste doch noch einen Angriff wagen sollte.

An der Tür blieb Fanny stehen und drehte sich noch einmal um. Den Blick weiterhin auf die Holzdielen gerichtet, sagte sie mit fester Stimme: »Auch wenn mir keiner glauben mag: Ich hab dem jungen Herrn nichts angetan.« Daraufhin eilte sie so schnell hinaus, dass Oskar und Marie sich ranhalten mussten, um nicht abgehängt zu werden.

17

Auf Augenhöhe

Sonntag, 23 Uhr
Küche

Wie geht's ihr?« Frau Ehrenstein sprach leise in der halbdunklen Küche, obwohl hier weit und breit niemand war, der sie belauschen konnte. Die anderen hatten sich nach dem Essen gleich in ihre Zimmer zurückgezogen. Heute war keinem mehr nach Feiern zumute gewesen.

»Ich würd fast sag'n guat, oba des warat unpassend. Sie nimmt's halt hin, wissen'S? *Stoisch* tadat am besten passen. Oba g'sagt hat's nix weiter. Außer ›dankschön‹. Ich werd nachher noch nach ihr schaun. Hoff, sie kann a wengerl schlaf'n.«

Der Regen prasselte seit Stunden unaufhörlich gegen die Fenster. Aber wenigstens hatten Donner und Blitze nachgelassen. Die Situation fühlte sich sowieso schon an wie das Ende der Welt.

»Wenigstens haben die sie nicht tatsächlich in den Schuppen gesteckt.«

»Ham'S g'hört, wie sie des mim Schuppen g'sagt hat? Die jetzige Frau Trentner? Die waaß Bescheid, ich sag's Ihnen!«

»Von den heimlichen Treffen von Ladislaus und Fanny? Ja, schaut ganz so aus. Und es gefällt ihr nicht, so viel ist klar. Die Frage ist, ob das was mit unserem Fall zu tun hat.«

Schweigend standen die beiden nebeneinander und betrachteten die Stelle, wo Joes Leiche gelegen hatte. Alles war blitzblank geputzt, kein Hinweis mehr auf eine schreckliche Tragödie, und dennoch ließ der Anblick der kalten Fliesen die gnä' Frau erschaudern. Draußen auf dem Flur näherten sich Schritte. Dieser Gang und der Klang dieser feinen italienischen Männerschuhe waren ihr wohlbekannt, deshalb musste sie sich gar nicht umdrehen. »Was sagt die Gendarmerie?«

»Hauptsächlich ›Ja, ja, Herr Ehrenstein‹, was mich in kürzester Zeit zur Weißglut gebracht hat.«

Um den aufgewühlten Ladislaus zu unterstützen, hatte Oskar das Telefonat mit der Gendarmerie übernommen, und nach einigen Versuchen war er auch tatsächlich durchgekommen. Die niederösterreichische Bevölkerung schien sich in der Zwischenzeit beruhigt zu haben.

Oskar blieb neben den beiden Frauen stehen und blickte ebenfalls auf den Fliesenboden vor der Kücheninsel. Der Moment hatte beinahe etwas Andächtiges, als stünden die drei vor einem Grab.

»Und wie ich dich kenne, hast du das die Gendarmerie auch spüren lassen.« Oskar legte unter normalen Umständen großen Wert auf vornehme Zurückhaltung. Wenn jemand allerdings seine Grenzen zu vehement austestete, konnte er ziemlich einschüchternd werden. Laut, unerbittlich und hart. Nebenbei wies er dabei gern auf seine Stellung in der Wiener Gesellschaft hin und erwähnte seine freundschaftlichen Beziehungen zu diversen Größen aus Politik und Wirtschaft. Das konnte anstrengend sein, aber auch äußerst effektiv.

»Davon kannst du ausgehen«, antwortete er mit grimmiger Zufriedenheit. »Jedenfalls schicken sie einen Inspektor und einen Wachmann. Alle Beamten sind im Einsatz, hat man mir gesagt, selbst die, die heute keinen Dienst gehabt hätten. Die Dienstwagen sind noch unterwegs, auf der Suche nach dem Bombenleger. Aber spätestens morgen früh, haben sie mir versichert, sind sie hier. Wir müssen also noch ein wenig ausharren.«

»Herrschaftszeiten, dass das so lang braucht, hätt ich nicht gedacht. Das kann doch nicht ihr Ernst sein, immerhin ist hier ein Mord geschehen. Ich hab immer gedacht, dass die wienerischen Gesetzeshüter inkompetent sind, aber die sind ja gar nichts gegen die Niederösterreicher. Die hätten schon seit Stunden hier sein sollen!«

»Und was warat g'wesn? Die Kieberei hätt an Mord g'sehn, hätt alle überprüft und wär im Nullkommanix auf die Fanny kommen. So weit samma jetzt a.«

»Nur, dass die sich damit zufriedengeben und nicht weiter nachforschen würden«, führte die gnä' Frau Maries Gedanken zu Ende.

»Wie lange geht das schon so?« In Oskars Stimme war eine deutliche Irritation zu hören. Mit einem Hauch Aggression. Lag das noch an dem Telefongespräch mit der Gendarmerie oder doch an Frau Ehrensteins Detektivarbeit? Sie selbst war nicht weniger frustriert von den Vorgängen hier im Haus, deswegen war auch ihre Geduld enden wollend.

»Ich habe dir nach den Vorfällen am Spittelberg doch bereits erzählt, dass ich seit dem Würger von Hietzing …«

»Das meine ich nicht.« Er löste seinen Blick von den Küchenfliesen und wandte sich ihr zu. Unterbrochen zu werden, gefiel ihr nicht und sein Ton schon gar nicht. Sie stemmte die Hände in die Hüften und reckte das Kinn nach vorne.

»Ich meine, wie lange du schon mit unserem Dienstmädchen auf so vertraulicher Basis verkehrst.«

Das traf sie unvorbereitet. Sie war immer davon ausgegangen, dass er ihre Ermittlungen als unschicklich und undamenhaft verdammen würde. Nie im Leben hätte sie gedacht, dass er damit besser zurechtkommen würde als mit ihrer Freundschaft mit Marie. Das lag unzweifelhaft am gesellschaftlichen Stand ihrer heimlichen Vertrauten, und das brachte Frau Ehrensteins Blut zum Kochen.

»Hast du ein Problem damit?«

Eigentlich hätte sie sich einen sinnvolleren Konter zugetraut. Die knappe Aussage, dass das in dem Moment nichts zur Sache tat oder dass er in Marie mehr als nur ihr Dienstmädchen sehen sollte, zum Beispiel. Stattdessen war sie zu Marlon Brando in *Der Wilde* mutiert, bereit für einen Faustkampf, wenn es nötig sein sollte. Nun, zumindest in der Theorie.

»Ich habe lediglich eine Frage gestellt«, antwortete Oskar mit vor unterdrückter Wut bebender Stimme.

»Eine Frage, die nicht nur wie eine Anklage formuliert war, sondern grundsätzlich vollkommen unwichtig ist.«

»Ich kann dir versichern, Helene, dass es für mich alles andere als unwichtig ist, was sich hinter meinem Rücken unter meinem Dach abspielt. Es ist mehr als unangebracht, dass eine Hausherrin mit ihrem Dienstmädchen auf dieser Ebene verkehrt.«

»Gerade *du* willst mir solche Vorhaltungen machen?«

»Und was genau soll das jetzt heißen?«

»Oh, ich kann dir sagen, was das …«

»Gnä' Frau!« Maries Ton war so scharf und erschrocken, dass Frau Ehrenstein in Erwartung eines Angreifers blitzschnell herumfuhr. Doch der warnende Blick ihrer Vertrauten galt nur ihr selbst. Sie brauchte ein paar Atemzüge, bis ihr klar wurde, was sie beinahe getan hätte. So lange hatte sie auf behutsamem Wege versucht, Oskar auf seine heimliche Liebesbeziehung anzusprechen. Und jetzt war sie aus Zorn nahe dran gewesen, dieses Wissen als Waffe einzusetzen, um als Siegerin aus einem Streit hervorzugehen. Bei dem Gedanken drehte sich ihr der Magen um, und sie schämte sich.

»Also, was nun?«, frage Oskar, immer noch echauffiert. Frau Ehrenstein fuhr mit den Fingerspitzen über ihre Perlenkette, fühlte die glatten, kühlen Rundungen und zwang sich, tief durchzuatmen.

»Oskar. Dir ist scheinbar noch gar nicht in den Sinn gekommen, dass du diese Frage auch Marie direkt stellen kannst. Ich kann mich an keine Gelegenheit erinnern, in der du tatsächlich einmal mit ihr geredet hast. Richtig geredet, nicht nur Befehle erteilt.« Das war ihr erst vor Kurzem aufgefallen, und auch jetzt, hier, an einem Tatort, hatte er Marie weder angesehen noch angesprochen. Als würde sie in seiner Welt gar nicht existieren.

Oskars Kiefer mahlten, und er funkelte seine Frau wütend an. Doch sie hielt seinem Blick ruhig und bestimmt stand. Schließlich, nach einer gefühlten Ewigkeit, senkten sich seine Schultern. Widerwillig, mit einem leichten Kopfschütteln, sah er Marie an und fragte: »Wie lange verkehren Sie schon mit meiner Frau auf dieser … dieser freundschaftlichen Basis?«

Marie räusperte sich. Sie war normalerweise ein Fels in der Brandung, an Mut und Selbstsicherheit kaum zu überbieten. Aber in dieser ihr vollkommen neuen Situation wirkte sie überrumpelt.

»Ich … oiso, ich würd mir net anmaßen, gnädiger Herr, von Freundschaft …«

Oskar verzog ungeduldig den Mund und schnaufte. Maries Körper straffte sich, und ihr Ton wurde klarer und härter. »Oba wie die gnä' Frau um Hilfe gebeten hat, da hab ich net zögert. Eine feine Dame tut sich schwer in an gewissen … Milieu zu ermitteln. Ich bin ihr gern zur Hand gangen. Tu ich immer noch gern.«

Der Regen prasselte unaufhörlich gegen das Fenster, vom Kühlschrank ging ein elektrisches Brummen aus, ansonsten war es für einige Augenblicke gespenstisch still. Frau Ehrenstein wollte etwas einwerfen, noch etwas zur Erklärung beitragen oder Oskar wegen seines Verhaltens schelten. Doch sie wusste, dass dieser Moment nur zwischen ihrem Mann und ihrer Vertrauten stattfand, während sich die beiden das erste Mal richtig in die Augen blickten.

Schließlich nickte Oskar und murmelte: »Verstehe.« Er wirkte nicht gänzlich überzeugt, war aber offensichtlich bereit, die Sache als geklärt zu betrachten. Vorerst jedenfalls.

»Du glaubst also nicht, dass sie es war? Die Fanny?«, fragte er, wieder an seine Frau gewandt. »Weil, wenn die Gendarmerie ohnehin dieselben Schlüsse gezogen hätte, dann könnten wir es jetzt einfach gut sein lassen und ihnen Fanny morgen früh übergeben. Und hoffen, dass wir irgendwann wieder nach Hause kommen.«

Die gnä' Frau brauchte ein paar Sekunden, um sich wieder auf das eigentliche Thema zu konzentrieren. Natürlich, hier ging es gerade um einen Mord und um die Hauptverdächtige. Nicht um Frau Ehrensteins Beziehung zu ihrem Mann und ihrem Dienstmädchen.

»Ganz ehrlich, ich weiß es nicht. Ich meine, ob es Fanny war. Nicht, ob wir irgendwann noch nach Hause kommen. Aber das Ganze ist zu glatt, zu offensichtlich. Außerdem … außerdem ergibt das nicht so viel Sinn, das Ganze.«

»Wieso ergibt das keinen Sinn? Sie ist eine verurteilte Mörderin, und er wollte das ausplaudern.«

»Aber das hatte er ja bereits getan. Das Haus wusste Bescheid, die Trentners, der Butler. Joe hat, was das betrifft, keine Gefahr mehr für sie dargestellt.«

»Entschuldige bitte, Helene, du lässt dabei außer Acht, dass sie bereits einmal gemordet hat. So einer Person kann man derart rationale Gedanken gar nicht zutrauen. Vielleicht … liegt es ihr im Blut, vielleicht ist sie einfach mordlustig?«

»Und warum dann erst jetzt? Wenn sie so *mordlustig* ist, hätte sie doch im Laufe der letzten Jahre viele Gelegenheiten zum Morden gehabt.«

»Vielleicht hat sie die auch genutzt und ihre Opfer alle im Wäldchen hinterm Haus verscharrt, das können wir nicht wissen. Oder – nein, jetzt lass mich bitte ausreden – oder dieser Hippie hat etwas in ihr ausgelöst. Sie an etwas erinnert, und da hat sie den Fleischwolf gesehen und wusste gar nicht mehr, was sie tat. War das nicht in *Gesandter der Angst* so?«

»*Botschafter der Angst* hat der Film geheißen, und nein, das war da etwas anders. Aber ich verstehe, was du meinst …«

Frau Ehrenstein hatte gelesen, dass einige US-Soldaten nach ihrer Rückkehr aus Vietnam so genannte Flashbacks hatten und gewalttätig wurden, ohne recht zu wissen, wie ihnen geschah. Könnte das bei Fanny ähnlich gewesen sein?

»Ich … kann's net glaub'n, die Herrschaften. Auch wenn's für Sie kan Sinn macht, oba ich bin ma sicher, dass die Fanny so was net g'macht hätt. Ich kann net sag'n, wie sie früher war, bevor's ins Gefängnis kommen is. Oba jetzt wird sie net laut, auch wenn's hektisch is, sie is ruhig und nachsichtig mit unsereins. Dass sie afoch an jungen Mann daschlagt …«

»Aber genau das hat sie doch schon einmal gemacht!« Oskar klang ungeduldig. »Wer einmal einen Mord begeht …«

»Aber damals waren die Umstände anders«, erklärte die gnä' Frau nachdenklich. »Fanny war jung, gerade mal zwanzig Jahre alt. Laut dem Zeitungsartikel fiel es ihr in der Nachkriegszeit schwer, Fuß zu fassen. Sie arbeitete nach ihrer Ausbildung zur Krankenschwester als Animierdame in einem Café. Der Schokoladenkönig war ein älterer Mann, verheiratet mit Kindern. Und der wollte sie in seinem Geschäft angeblich zu *widernatürlichen* Handlungen überreden. Allerdings ist die Staatsanwaltschaft davon ausgegangen, dass sie es einfach auf sein Geld abgesehen hatte, weil sie davon nach der Tat einiges hat mitgehen lassen. Ich weiß nicht. Natürlich können wir nicht ausschlißeen, dass Joe bei ihr etwas ausgelöst hat und sie zum Fleischwolf gegriffen hat. Aber wir wissen es nicht, und ohne konkrete Beweise will ich mich auf nichts festlegen.«

»In Ordnung. Dann solltest du vermutlich schnell die Wahrheit herausfinden, ehe die Gendarmerie morgen kommt.«

Frau Ehrenstein und Marie sahen Oskar gleichzeitig an.

»Was? Ist das nicht die logische Konsequenz?«

Man konnte Oskar die Strapazen der letzten Tage im Gesicht ablesen, in den dunklen Augenringen, den Falten um den Mund. Doch sein Blick war klar und entschlossen. Kein Anzeichen für den Sarkasmus, den Frau Ehrenstein befürchtet hatte. Er meinte das ernst. Nicht nur ging er davon aus, dass sie das Rätsel lösen konnte. Er schien auch bereit, ihr behilflich zu sein.

Die gnä' Frau strich über den Chiffon ihres Kleides und sammelte ihre Gedanken. »Gut, dann sollten wir gleich mit der Arbeit anfangen. Marie, seien'S so nett und holen'S die Beweismittel, die Sie heute früh gesichert haben.«

18

Ein sauberer Tatort

Sonntag, 23 Uhr 30
Küche

»Ein wengerl nach rechts. Gut. Und jetzt drehen. Nein, andere Richtung. Stopp! Genau da!«

Oskar erhob sich aus der Hocke und ging zurück zu seiner Frau, um den Fleischwolf auf den Küchenfliesen zu betrachten. Marie lag auf dem Boden, ungefähr so wie Joe noch vor ein paar Stunden. Frau Ehrenstein hatte versucht, Oskar zu überreden, die Rolle der Leiche zu übernehmen, damit sie sich den Tatort mit einem männlichen Opfer besser vorstellen konnte, aber er hatte sich strikt geweigert. Wenn er tatsächlich Interesse daran hatte, Verbrechen aufzuklären, sollte er in Zukunft weniger pingelig sein. Diesen Gedanken behielt sie aber für sich.

»Ich wünschte, es gäbe hier im Haus die Möglichkeit, Fotos zu entwickeln. Dann könnte ich mir alles genau anschauen, wie es gleich nach der Entdeckung ausgesehen hat«, murmelte Frau Ehrenstein gedankenverloren. »Gut, dazu müsste ich wahrscheinlich noch lernen, wie man Fotos entwickelt. Alles zu seiner Zeit.«

Sie hatte sich ohnehin alles gut eingeprägt, jedenfalls hoffte sie das. Der Fleischwolf lag jetzt genau da, wo sie ihn neben der Leiche vorgefunden hatten. Als hätte ihn der Mörder nach vollbrachter Tat einfach dort hingeworfen.

»Das Ding ist nicht gerade leicht.« Sie legte den Kopf schief.

»Da braucht ma net vü Kraft. Wer kleiner is und zart, kann da scho an rechten Schad'n anrichten«, sagte Marie vom Boden aus mit einem prüfenden Blick auf die Tatwaffe.

Oskar erschauderte, sagte aber nichts.

»Stimmt schon, aber mich interessiert da was ganz anderes. Joes Wunde ... hätte die nicht erheblich größer sein müssen? Ein schwerer Fleischwolf aus Stahl, da wäre der Schädel doch richtig eingedrückt gewesen, oder? Danke, Marie, ich denke, Sie können jetzt wieder aufstehen. Außerdem, würden die Fliesen nicht auch Schaden davontragen, wenn der Fleischwolf einfach fallen gelassen wird? Wenn sie schon nicht zerbrechen, dann wenigstens einen Riss oder dergleichen?«

Alle drei beugten sich gespannt vor und kniffen die Augen zusammen. Aber es war nichts zu erkennen.

»Tafelspitz in Aspik, Kressesuppe, Roastbeef mit Rosmarinerdäpfel, eine Käseplatte und eine Mousse au Chocolat«, zählte die gnä' Frau an ihren Fingern ab.

»Hast du schon wieder Hunger?«, fragte Oskar vorsichtig.

»Des war die Menüabfolge am Abend des Mordes!« Stirnrunzelnd sah Marie Frau Ehrenstein an, die nickte nachdenklich.

»Ganz recht. Köstlich war's. Und belehren'S mich eines Besseren, wenn ich falsch liege, aber für keines dieser Gerichte benötigt die Köchin einen Fleischwolf, oder?«

Das Dienstmädchen schüttelte langsam den Kopf.

»Und könnte es sein, dass der Fleischwolf an diesem Abend für den kommenden Tag benutzt wurde? Um ein Gericht vorzubereiten oder ...«

»Na. Na, der Fleischwolf is net drauß'n g'standn. Bei uns im Haushalt in Hietzing wird der nur rausg'holt, wenn er braucht wird. Hier wird's net anders sein.«

»Warte, willst du damit sagen«, schaltete sich Oskar ein, der dem Gedankengang der beiden Frauen langsam hinterherhinkte. »Weil der Fleischwolf nicht zur Hand war, hätte Fanny ihn extra aus dem Schrank holen müssen, um Joe zu erschlagen.«

»Ganz genau.« Frau Ehrenstein fühlte einen Anflug von Stolz, weil ihr Mann so gut kombinieren konnte. Vielleicht lag das an den vielen Krimis, die sie ihm in letzter Zeit gezeigt hatte. »Wenn es eine Affekthandlung war, hätte sie das erstbeste Werkzeug genommen, das herumstand. Und wenn es ein geplanter Mord war …«

»Warat's do net so deppert g'wesen und hätt grad die eine Mordwaffe g'nommen, die auf sie hinweist.«

Adrenalin durchflutete die Gnä' Frau, und jegliche Müdigkeit fiel von ihr ab. In ihrem Bauch kribbelte es. Sie erkannte bereits, wie sich die nächsten Puzzleteile ineinanderfügten. »Und jetzt weiß ich auch, was mich an der Szene anfangs so gestört hat … Marie, haben Sie oder jemand anderes den Fleischwolf gereinigt?«

»Na, oba sicha net!«

»Das dachte ich mir schon. Aber dann ist er zu sauber, wisst ihr? Ich meine, natürlich ist da Blut dran, aber … Wenn man jemandem den Kopf einschlägt, da müsste noch mehr am Fleischwolf kleben. Bei seinem Gewicht und all den Kanten und Rillen und Löchern. Irgendwo müssten da noch Hautfetzen und Haare festsitzen.«

Sie dachte an Joes lange Haare, die sie beim Abendessen am Oberarm gekitzelt hatten. Und an die blutige Wunde an seinem Kopf, wie er hier auf dem Boden gelegen hatte. Eine Welle der Traurigkeit schwappte über sie. Sie war hauptsächlich von ihm enerviert gewesen, praktisch vom ersten Augenblick an, als sie ihn kennengelernt hatte. Doch so ein Ende hatte er nicht verdient. Da draußen gab es Verwandte,

Freunde, Kollegen, die noch nicht einmal wussten, dass er ums Leben gekommen war. Doch darum konnte sie sich ohnehin erst morgen früh kümmern. Jetzt würde sie dieses Unrecht am ehesten wiedergutmachen können, indem sie seinen Mörder schnappte.

»Aber das ist doch gut, oder? Das sind ziemlich eindeutige Beweise. Das sagst du der Gendarmerie morgen, und sie werden Fanny nicht festnehmen und nach dem wahren Täter suchen.« Oskar wirkte erleichtert, als könnte er nicht erwarten, vom Tatort weg und ins Bett zu kommen.

Frau Ehrenstein und Marie warfen sich die Art von amüsiert-besorgtem Blick zu, die Eltern normalerweise austauschen, wenn die Kinder nach der Existenz der Zahnfee fragen.

»Oskar, der Polizei – und ich nehme an, bei der Gendarmerie ist es nicht anders – müssen hieb- und stichfeste Beweise vorgekaut präsentiert werden, am besten mit einem unterschriebenen Geständnis. Sonst hören sie dir nicht einmal zu. Die nehmen am liebsten den leichtesten Weg. Ob sie dabei den richtigen Täter haben, ist für sie nebensächlich.«

Oskar entrang sich ein Seufzen und rieb sich den Nacken. »Also dann, was jetzt?«

»Die Abwasch«, verkündete die gnä' Frau nach kurzer Überlegung und ging den anderen voran zum Waschbecken. »Der Boden davor hat auffallend nach … was war dieser beißende Gestank noch einmal?«

»Chlor«, antworteten Marie und Oskar wie aus einem Mund. Für einen Moment sahen sie sich in die Augen, dann konzentrierten sie sich wieder auf Frau Ehrenstein.

»Genau, Chlor. Laut Marie war das keiner vom Personal. Warum? Besser gesagt, warum hier, wo der Mord doch drüben bei der Kücheninsel, mindestens zwei Meter entfernt, stattgefunden hat?«

Alle drei blickten gebannt auf die hellen Fliesen, als könnten sie das Geheimnis dahinter mit schierer Willenskraft offenbaren. Langsam hob sich Frau Ehrensteins Blick und verharrte auf Höhe des Wasserhahns.

»Die Flasche und die Gläser. Marie, könnten Sie …?«

Das Dienstmädchen eilte zu der Kiste, in der sie in einem Tiefkühlsackerl den Fleischwolf aufbewahrt hatte, und zog vorsichtig drei weitere durchsichtige Beutel hervor, darin der Doppler und die beiden Gläser.

»Gut, dass Sie dran gedacht haben, die auch noch einzupacken. Ich wär aufgeschmissen ohne Sie.«

Die Wangen der jungen Frau röteten sich leicht, und sie warf Oskar einen herausfordernden Blick zu. Er registrierte diesen irritiert, und Frau Ehrenstein fragte sich, ob die Konstellation mit den beiden noch ein Problem darstellen würde. Es wäre lächerlich, wenn die Ermittlungen auf einen Wettbewerb hinauslaufen würden, welche Freundschaft für die gnä' Frau von größerer Bedeutung war. Abgesehen davon wären solche Eifersüchteleien für die Arbeit hinderlich. Wenn die beiden das nicht auf die Reihe kriegten, würde sie wohl ein Machtwort sprechen müssen. Aber alles zu seiner Zeit.

»Gut, sehen wir uns die Gläser und die Flasche einmal an. Sie sind gereinigt worden, offensichtlich. Aber sie riechen nicht nach Chlor.«

»Normalerweise nehm ma das da für so was.« Mit dem Kinn deutete Marie auf eine grüne Flasche am Rand der Spüle. Den Namen »Palmolive« kannte Frau Ehrenstein von Anzeigen aus ihrer Zeitschrift *Die Frau*. Dort wurde das Geschirrspülmittel als so mild angepriesen, dass es sogar die Hände pflegte. Nicht, dass die gnä' Frau das jemals selbst ausprobiert hätte.

»Aber nicht besonders gut, wenn ich mir das so anschaue.« Oskar beugte sich hinab, um die Gläser, die jetzt auf der Anrichte standen, genauer unter die Lupe zu nehmen. »Würde bei uns so was auf den Tisch kommen, würde ich der Frau Berkovics die Leviten lesen.«

Er meinte die Schlieren am Glas und den blassen Lippenstiftabdruck, den man nur erkennen konnte, wenn man ganz genau hinsah. Irgendwo in ihrer Erinnerung regte sich etwas. Ein Bild, wie sie glaubte, aber sie bekam es nicht richtig zu fassen. Hatte sich Joe hier mit einer Frau getroffen? Vielleicht hatten die beiden eine Flasche Wein geleert, dann kam es zum Mord, und die Täterin wusch die Gläser ab, um ihre Spuren zu verwischen?

»Aber wieso auch den Boden reinigen? Blutige Fußabdrücke?«, sinnierte sie.

»Na, dann warat's ja net nur da g'wesn, sondern von der Leiche bis daher. Und das warat uns aufg'falln, oder?«

Oskar und Frau Ehrenstein nickten gleichzeitig.

»Die Mörderin erschlägt Joe, geht zum Waschbecken und wäscht die Gläser ab.«

»Könnt was runtertropft sein? Oiso, Blut vielleicht? Der Mörder hat abg'waschn, hat g'sehn, des da Blut am Boden is, und hat Panik kriegt.«

Frau Ehrenstein hockte sich hin und öffnete den Unterbauschrank unter der Spüle. Dort gab es Schwämme, Lappen und einige Putzmittel. Ganz vorne eine Flasche Chlor. Daran war allerdings nichts Auffälliges zu erkennen. Vermutlich war das Mittel heute bereits vom Personal verwendet worden. Sollten Spuren darauf gewesen sein, waren die längst verwischt.

Frau Ehrenstein richtete sich langsam wieder auf. »Gut, gehen wir davon aus, dass etwas heruntergetropft ist, das vernichtet werden musste. Blut, vermutlich. Von der Kleidung? Der Hand?«

»Oder …« Oskar wollte nach dem Doppler greifen, hielt inne und fischte sein Einstecktuch aus der Brusttasche. Dann hob er ihn mit dem Tuch vorsichtig an. Er wurde der erhobenen Augenbrauen der beiden Frauen gewahr und errötete leicht. »Das … das hab ich einmal in einem deiner Krimis gesehen. War's *Der dünne Mann* oder doch *Sherlock Holmes*? Wegen der Fingerabdrücke. Ich wollte nur schauen, ob … Ja, hier.«

Er drehte die Flasche so, dass die beiden anderen das Etikett gut sehen konnten. Es wellte sich leicht, als wäre es feucht geworden und dann wieder getrocknet. Aber viel interessanter war ein länglicher, brauner Fleck am Rand.

»Könnte das nicht Rotwein sein?«, fragte die gnä' Frau.

»Das ist Weißwein, Helene!«, tadelte Oskar. »Außerdem hätte der Fleck dann eine etwas andere Farbe. Jedenfalls lässt Blut sich nicht so leicht auswaschen. Weder aus Textilien noch aus Papier. Das liegt an dem Eiweiß, das sich mit den Fasern verbindet, weißt du?«

Frau Ehrenstein betrachtete ihren Mann stirnrunzelnd. Kurz dachte sie daran, wie sie ihre Detektivarbeit noch vor ein paar Monaten händeringend vor ihm verheimlicht hatte, aus Sorge vor einem Eklat. Jetzt stand er neben ihr, mit einem Beweismittel in der Hand, und sie tauschten Theorien aus. Aber noch etwas anderes fiel ihr bei der Erwähnung von Sherlock Holmes ein. Sein Chemielabor, das er sich in der Wohnung in der Bakerstreet 221b eingerichtet hatte.

»Oskar, man kann Blut doch nachweisen, mit irgendeinem chemischen Test. Irgendwo hab ich das gesehen oder gelesen. Weißt du, wie das geht?«

»Ähm, also … mein Fachgebiet ist das nicht, aber lass mich kurz überlegen. Wir haben so was einmal auf der Schule gemacht. War eigentlich ganz lustig … Der Name war … ja,

Kastle-Meyer-Test hat das geheißen. War gar nicht so kompliziert, wenn ich mich recht erinnere.«

»Kannst du das hier machen?« Frau Ehrensteins Herz bumperte vor Aufregung. Beinah hätte sie ihn angesprungen und am Revers gepackt, weil er sich mit seiner Antwort so lange Zeit ließ.

»Jetzt? Also, erstens dauert das ein paar Stunden, weil die Lösung erst einkochen muss. Zweitens, nein, das sollte eigentlich erstens sein, muss ich überhaupt erst einmal nachschauen, ob es die einzelnen Stoffe hier gibt. Ich meine, Kalilauge findet man in Holzbeize, ja in Rohrreinigern haben wir's auch schon verkauft. Und Phenolphthalein wird in Abführmitteln verwendet, aber …«

Frau Ehrenstein ließ ihren Mann mit einer Geste verstummen. »Oskar, ich fürchte, wir haben keine Zeit für jedes Detail. Oder für Vorlesungen über chemische Stoffe. Denkst du, es wäre rein theoretisch für dich machbar?«

Er schnaufte und fuhr sich durch sein zurückgegeltes Haar, woraufhin einige Strähnen kreuz und quer abstanden.

»Ich kann's versuchen. Aber wozu? Ich gehe fest davon aus, dass es sich bei dem Fleck am Etikett um Blut handelt. Außerdem kommt doch die Gendarmerie morgen früh.«

»Das haben sie gesagt. Aber sobald unser amoklaufender Bombenleger noch mal gesichtet wird, schaut das schon wieder ganz anders aus. Ich kann mich nicht drauf verlassen, und wir brauchen Gewissheit. Und mir geht es nicht ums Etikett. Ich dachte eher an die Kleidung des Mörders.«

Oskar und Marie nickten zustimmend und betrachteten schweigend die Flasche und die Gläser auf der Abwasch. Doppler verdankten ihren Namen ihrer Füllmenge. Sie fassten zwei Liter und waren dementsprechend größer und schwerer. Mit genügend Wucht könnte selbst eine zierliche

Person damit erheblichen Schaden anrichten. *Bäng!* – wie Else es im Salon so anschaulich ausgedrückt hatte.

Der Wind rüttelte am Fenster und ließ den Holzrahmen knarzen. In der Mordnacht war noch bestes Wetter gewesen. Frau Ehrenstein fragte sich, ob Opfer und Täter zufällig aufeinandergetroffen waren oder es ein geplantes Rendezvous gewesen war, nachdem der Rest der Gästeschaft müde und betrunken ins Bett gesunken war. Der Gedanke ließ sie auch die Erschöpfung in den eigenen Gliedern spüren. Das Adrenalin und die Bereitschaft, einen Mord aufzuklären, konnten den Körper nicht die ganze Nacht auf den Beinen halten. Aber die Zeit lief ihnen davon. Wenigstens war sie nicht allein. Sie konnte von Glück reden, so kluge Köpfe an ihrer Seite zu haben.

»Eins würde mich noch interessieren: Wie bist du auf den Doppler gekommen, Oskar? Also, dass wir darauf Blut finden würden?«

Seine Wangen röteten sich, und er blickte unsicher von seiner Frau zu seinem Dienstmädchen. So musste er als kleiner Junge ausgesehen haben, wenn er etwas ausgefressen hatte. Sein Gesichtsausdruck hatte fast etwas Entzückendes.

»Also, nun, ich habe einfach über den Fleischwolf nachgedacht, dass er nicht zur Hand war, verstehst du? Und dann habe ich mir die Situation vorgestellt und was ich mir in der Situation greifen würde, wenn ich … also, wenn ich schnell jemanden umbringen wollte. Die Flasche war ja gleich da, weil sie daraus getrunken hatten, oder?«

Marie presste die Lippen aufeinander, als müsste sie ein Lächeln unterdrücken.

»Sehr gut kombiniert, Oskar. Bissl erschreckend, dass du dich so gut in einen Mörder hineinversetzen kannst, aber ansonsten beeindruckend«, sagte Frau Ehrenstein. »Ich denke, hier können wir nichts mehr ausrichten. Marie, könnten Sie …«

Ein gellender Schrei ließ der gnä' Frau das Blut in den Adern gefrieren.

19

Tote schlafen fest

Sonntag, Mitternacht
Dienstbotentrakt

Ein weiterer markerschütternder Schrei wies ihnen den Weg. Marie lief voran. Die drei verließen die Küche durch die Tür, die zum Dienstbotentrakt führte. In diesem Teil des Hauses war Frau Ehrenstein noch nie gewesen. Die Herrschaften waren im Reich der Bediensteten nicht gern gesehen, wie Marie ihr versichert hatte. Es war der Ort, an den man sich nach einem langen Tag harter Arbeit zurückziehen konnte, um sich auszuruhen. Da hatte man keine besondere Freude an herumschnüffelnden Gästen.

Statt feiner Tapeten und gepflegter Teppichläufer gab es hier weiß verputzte Wände und Holzboden, auf dem die polternden Schritte der Ehrensteins und Maries laut widerhallten. Neben einer offenen Tür stand eine leichenblasse junge Frau. Sie trug keine Uniform, ihr Haar war nicht hochgesteckt, sondern zu einem seitlichen Zopf geflochten, doch die gnä' Frau erkannte sie als eines der Dienstmädchen.

»Was is denn g'schehn, Rosi? Bist verletzt, hat dir wer was tan? Was?«

Marie schüttelte die weinende junge Frau nicht, aber ihre Körperhaltung verriet, dass sie es nur allzu gern getan hätte. Rosi hielt beide Hände vor den Mund gepresst, als wollte sie verhindern, dass sich weitere Schreie herausdrängten. Sie zitterte und blickte durch die offene Tür in das Zimmer neben sich. Darin war es dunkel, vom Gang aus nichts weiter zu erkennen als das Eck eines Tischs und der schattenhafte Umriss eines Betts. Doch was immer sich da drin sonst noch befand, der verzweifelten Rosi jagte es eine Heidenangst ein.

»Des is des Zimmer von der Fanny«, erklärte Marie Frau Ehrenstein. In ihrer Stimme schwang eine unheilvolle Vorahnung mit.

Von der Unruhe aufgeschreckt, eilten andere Dienstboten heran. Oskar bat sie, Ladislaus zu wecken. In Fannys Zimmer musste etwas Schlimmes geschehen sein, und es war angebracht, den Hausherrn vor Ort zu haben. Der Magen der gnä' Frau zog sich zusammen. Sie nahm einen tiefen Atemzug und nickte ihrer Gefährtin zu. Schulter an Schulter betraten sie den Raum.

»Ähm, soll ich …«

Oskar stand das Unbehagen ins Gesicht geschrieben. Ob es an der weinenden Rosi, dem Dienstbotentrakt oder der vermutlich unschönen Entdeckung lag, war nicht ersichtlich. Wie die gnä' Frau ihn kannte, war es eine Kombination aus allem. Wenn sie es hier mit einem neuen Tatort zu tun hatten, musste sie sich konzentrieren und konnte sich nicht auch noch um ihn kümmern.

»Bitte bleib vor der Tür und pass auf, dass erst mal keiner reinkommt. Vielleicht kriegst du ja auch ein paar Infos aus Rosi raus.« Nein, das war die falsche Formulierung. Sie hatte mit ihm vor Kurzem *Tote schlafen fest* gesehen und hatte noch Humphrey Bogart vor Augen, wie er Martha Vickers eine Ohrfeige verpasste. Frau Ehrenstein wollte nicht riskieren, dass Oskar zu barsch mit der jungen Frau umsprang. »Ich meine, vielleicht kannst du vorsichtig mit ihr reden und herausfinden, was geschehen ist. Marie und ich schauen uns derweil da drin um.«

Oskar sah Marie an, und aus seinem Blick sprach ein gewisser Widerwille. Frau Ehrenstein war sich ziemlich sicher, dass er nicht das Bedürfnis hatte, Fannys Zimmer zu betreten, aber gleichzeitig gefiel es ihm auch nicht, dass Marie diejenige war, die seine Frau begleitete. Nun, darüber musste sie noch ein ernsthaftes Gespräch mit ihm führen. Die Liste dieser Themen verlängerte sich stündlich, aber jetzt waren andere Dinge pressierlicher.

Ohne seine Antwort abzuwarten, wandte sie sich wieder dem Zimmer zu. Im Halbdunkel war nicht viel zu erkennen. Die Vorhänge des kleinen Fensters waren nicht zugezogen, doch die dicken Regenwolken ließen keinen Sternen- oder Mondschein herein. Lediglich das Licht aus dem Flur erhellte die Szene im Raum. Das war allerdings schon fast zu viel.

Auf dem Bett war schemenhaft ein menschlicher Körper erkennbar, alle Glieder von sich gestreckt. Gänsehaut prickelte über Frau Ehrensteins Kopfhaut ihren Rücken hinunter. Ein metallischer Geruch lag in der Luft.

»Blut«, flüsterte Marie. Ruckartig drehte sie sich um und fand den Lichtschalter neben dem Türrahmen. Die Glühbirne an der Decke flackerte. Diese Zehntelsekunden boten den beiden Frauen einen gräulichen Vorgeschmack auf das Ausmaß der Tragödie. Fannys fahles Gesicht. Blut auf der Matratze. Reflexartig fassten sich Frau Ehrenstein und Marie an den Händen.

Als die Glühbirne zur Ruhe kam und das gesamte Zimmer von kaltem Licht geflutet wurde, hielten beide Frauen die Luft an. Fanny lag schräg im Bett, den Mund leicht geöffnet, als hätte sie noch ein letztes Wort stöhnen wollen. Ihre Haut wirkte in dem blutigen Nachthemd umso blasser.

Von draußen hörte die gnä' Frau abwechselnd Oskars leise, tiefe und Rosis tränendurchtränkte Stimme. Glücklicherweise hatten sie sich ein paar Schritte von der Tür wegbewegt und schauten gerade nicht ins Zimmer. Sie wären vermutlich nicht in der Lage gewesen, ihr Gespräch fortzuführen.

Frau Ehrenstein atmete flach, als sie sich von Maries Hand löste und auf Fannys Leichnam zuging. Auf dem Nachttisch stand eine kleine Lampe, deren Schirm etwas verbogen aussah, daneben lag ein Groschenheft aus der *Rosmarin-Roman*-Reihe. Die bekam man für zehn Schilling in jeder Trafik. Ein Paar vor einer Hochzeitskapelle war darauf abgebildet. War Fanny eine Romantikerin gewesen? Hatte sie sich bei der Lektüre ein glückliches Leben erträumt? Und jetzt war sie mitten in einen Groschenroman eines ganz anderen Genres hineingeraten.

Die gnä' Frau bemerkte sofort das große Messer, gleich neben dem leblosen Arm auf dem Bett. Bei den Flecken auf der Klinge würde Oskar keinen speziellen Test durchführen müssen. Das Blut war hier praktisch überall. Dadurch war die tödliche Wunde auf den ersten Blick gar nicht zu erkennen. Doch dann sah die gnä' Frau einen tiefen Schnitt von der Armbeuge bis hinunter zum Handgelenk.

»Selbstmord?«, stieß sie fassungslos hervor.

Erst jetzt löste sich Marie aus ihrer Erstarrung. Sie atmete schwer und wankte für einen Moment so stark, dass die gnä' Frau fürchtete, sie könne umkippen. Sie schlang einen Arm um die Hüfte ihres Dienstmädchens, um ihm Halt zu geben, und spürte Maries schnellen Herzschlag und die sehnigen Muskeln, die zum Zerreißen gespannt schienen.

»Wann … wann die Fanny sich was antan hat«, die Stimme ihrer Gefährtin klang vor Wut ganz heiser, »dann hat der

Mörder vom Joe sie am G'wissen. Sie … sie hat ihre Strafe abg'sessn und g'hackelt, um zu überleben, so wie wir alle. Und irgendwer wollt sie wieder ins Loch werf'n, nur um mit an Mord davonzukommen. Sie muss so a Angst g'habt ham, dass sie sich nimmer hat helfen könnan …«

Eine einzelne Träne rollte über Maries Wange, und ehe Frau Ehrenstein sichs versah, hatte sie sie mit dem Daumen fortgewischt.

»Marie, es tut mir so schrecklich leid! Sie müssen sich das nicht antun, ich kann mich hier auch allein umschauen. Wollen'S vielleicht lieber draußen warten und Oskar bei seiner Befragung unterstützen?«

»Na, gnä' Frau. Ich dank Ihnen, oba … Ich pack des. Es is nur so ungerecht, verstehn'S?«

»Ich kann verstehen, wie wütend und traurig Sie das macht. Sie haben vollkommen recht: Joes Mörder ist dafür verantwortlich. Aber, ich glaube, anders, als sie denken. Schaun'S amal her.«

Sie drehte Fannys kalten Arm so, dass die Handfläche nach oben zeigte.

»San des …? San des no mehr Schnitte?«

»Ja, es sieht ganz so aus, als wären da auch Schnitte in Fannys Handfläche, als ob …«

»Ois ob sie sich g'wehrt hätt, meinen'S?«

»Ganz genau. Und schaun'S hier, bei der linken Wange, das könnt so was wie ein Bluterguss sein. Den hat sie gestern Abend noch nicht gehabt, oder?«

»Na, mit Sicherheit net! Ich hab's ja herbracht!« Marie schob Fannys Nachthemd etwas zur Seite. »Meinerseel, schaun'S, gnä' Frau, da san no Schnitte. Bei der Brust und am Oberarm. Die san oba net so tiaf.«

»Und fallen bei dem ganzen Blut auf den ersten Blick gar nicht auf. Wenn die Gendarmerie den Fall schnell abschließen will, dann gehen's davon aus, dass Fanny den Joe erschlagen und sich dann selbst umgebracht hat, als sie geschnappt wurde. Sie haben ja schon seinen Tod nicht ernst genommen.« Mit grimmiger Erbitterung dachte sie an Hofrat Simmel, den Chef des Wiener Sicherheitsbüros. Bei ihren letzten Fällen hatte er immer voreilige Schlüsse gezogen, um sich nicht lange mit einer Ermittlung aufhalten zu müssen. Ob er den falschen Würger von Hietzing eingesperrt, eine vornehme Familie in Döbling in Schutz genommen oder für einen Mord am Spittelberg die Einwohner aus der Unterschicht verantwortlich gemacht hat. Warum sollte die Gendarmerie in Niederösterreich anders ticken?

»Sie hat sich g'wehrt, die Fanny. Oba wer a immer sie nachts überrascht hat, war stärker.«

»Sie war eher zart. Ich nehme an, der Mörder hat gedacht, er könnte sie leicht überwältigen. Irgendwie eigenartig.«

»Wos meinen'S, gnä' Frau?«

Frau Ehrenstein war ein paar Schritte zurückgetreten, um sich den Tatort in seiner Gänze vor Augen zu führen, und Marie tat es ihr gleich.

»Der Mord in der Küche war so sauber, dass es schon auffällig war. Der Fleischwolf ist fein säuberlich platziert worden, die Gläser und die Flasche abgewaschen. Das hier wirkt alles so … chaotisch.«

»Und was machen'S draus?«

»Ehrlich gesagt, weiß ich's nicht. Vielleicht war Joes Mord geplant und dieser nicht. Vielleicht war es hier eine Affekthandlung und geschah in Eile. Vermutlich hat es gar nichts zu bedeuten. Es kam mir nur eigenartig vor.«

Vom Gang her hörte sie Schritte und Stimmen. Lange würden sie hier nicht mehr mit ihren Gedanken in Ruhe sein können.

»Sie sollte doch eingesperrt werden, oder? Wer hatte den Schlüssel? Hat wer Wache gestanden?«

»Der Schlüssel hat draußen an der Tür g'steckt. Kaner hat ang'schafft, dass ma Wache halt'n müss'n. Hat a kaner für nötig g'haltn. Die Fanny war … sie war halt immer so lieb, wissen'S?«

Die gnä' Frau drückte Maries Schulter in Anteilnahme, doch ihre Gedanken waren woanders.

»Das Messer. Wissen Sie, woher das ist? Es schaut aus wie ein gewöhnliches Küchenmesser, oder?«

»A Fleischermesser. Ich werd no schaun, ob eins aus der Kuchl fehlt.«

Der Selbstmord war vorgetäuscht, so viel war Frau Ehrenstein klar. Doch wer für das Ganze verantwortlich war, das lag im Dunkeln. Die Eindrücke von Joes Mord und diesem hier waren noch so frisch, dass sie alles kaum verarbeiten konnte. Hoffentlich konnte Oskar im Gespräch mit dem Dienstmädchen Rosi einige Informationen sammeln.

Die Stimmen vor der Tür wurden lauter, dennoch konnte Frau Ehrenstein noch ein Geräusch ausmachen, das ihr einen Kloß im Hals verursachte. Räder eines Rollstuhls auf dem Holzboden.

»Nein, du lieber Gott, nein, das kann nicht sein!«

Es rumpelte, als Ladislaus über die Türschwelle fuhr. Er trug einen seidenen Pyjama und Lederpantoffeln. Hinter ihm tauchten neugierige Gesichter im Türrahmen auf. Nicht nur die der Dienstboten, auch einige Gäste waren darunter. Die gnä' Frau konnte die Zwillinge und den alten Griesgram ausmachen.

Aus Ladislaus' Gesicht wich sämtliche Farbe. Er näherte sich dem Bett mit der toten Fanny nur zaghaft. Er wollte nach ihr greifen, zog seine zitternde Hand aber in letzter Sekunde wieder zurück. Sein kräftiger Oberkörper erbebte,

Tränen strömten aus den sonst so fröhlichen Augen. »Mein armer, armer Schatz! Was hast du nur getan? Mein Liebling, warum nur?«

Vor der Tür schnappten die Schaulustigen schockiert nach Luft.

20

Whisky mit den Marx Brothers

Montag, 0 Uhr 45
Bibliothek

Ladislaus musste von Oskar in sein Zimmer geleitet werden, nachdem er sich nur widerstrebend von Fannys Bett lösen wollte. Er war in seiner Trauer kaum zu beruhigen gewesen, und schließlich hatte Oskar entschieden, ihm ein Beruhigungsmittel zu verabreichen. Eigentlich wäre es Siggis Aufgabe gewesen, sich um seinen aufgebrachten Vater zu kümmern. Doch der war zu keiner Entscheidung in der Lage gewesen. Die gnä' Frau hatte unterdes beschlossen, Fannys Zimmer zu versperren, bis die Polizei eintraf, und hatte den Schlüssel an sich genommen. Kurz war ein erneuter Tumult ausgebrochen, als man nach einem Schrei die Köchin bewusstlos in der Küche aufgefunden hatte. Doch sie war rasch wieder zu sich gekommen, und es hatte sich herausgestellt, dass es der Anblick des am Boden liegenden – und immer noch blutigen – Fleischwolfs gewesen war, der sie so sehr erschüttert hatte.

»Wie bei einem Marx-Brothers-Film. Oder bei Laurel und Hardy? Ich weiß nicht mehr genau. Hat mich an eine der Schwarz-Weiß-Komödien erinnert, bei denen Willi und ich uns immer biegen vor Lachen«, murmelte Frau Ehrenstein und merkte, wie sehr sie ihren Sohn vermisste.

Gedankenverloren schwenkte sie die bernsteinfarbene

Flüssigkeit in ihrem Kristallglas, ehe sie einen großen Schluck nahm. Der samtene Lagavulin mit seiner dezenten Rauchnote schenkte ihr immer ein Gefühl von Behaglichkeit. Nur heute wollte das dem Whisky nicht so recht gelingen. Es war spät, und so viel Fürchterliches war geschehen.

»Gnä' Frau? Ich hab g'fragt, wie'S des meinen?«

»Was? Ach, die Marx Brothers? Wie wir von einem Schrei zum nächsten ständig quer durchs Haus hasten und immer wieder einen neuen leblosen Körper vorfinden. Das hat schon fast was von Slapstick. Ich hab die lustige Melodie richtig im Kopf. So eine unglaublich schnelle, auf dem Klavier. Wo man das Gefühl hat, die Finger des Pianisten verknoten sich gleich, Sie wissen schon.«

»Gnä' Frau, vielleicht sollten'S Ihnen hinlegen ...«

»Könnten *Sie* sich jetzt schlafen legen? Nein, das hab ich mir schon gedacht. Ja, ich bin erschöpft, und meine Gedanken überschlagen sich wie Harpo Marx, wenn sein Bruder Chico ihm eine auflegt.«

Sie kicherte leise, obwohl ihr sehr wohl bewusst war, wie unpassend das war. Marie tätschelte ihr den Arm und nippte an ihrem Glas. Die gnä' Frau hatte den letzten Rest ihres guten Lagavulin schwesterlich mit ihrer Gefährtin geteilt, als sie es sich hier in der Bibliothek in den Fauteuils gemütlich gemacht hatten. Nur eine kleine Tischlampe brannte in einer Ecke. Die beiden Frauen wollten keine Aufmerksamkeit auf sich ziehen. Wenn jemand sie entdeckte, könnten sie hier nicht mehr ungestört sitzen. Die fahle Beleuchtung warf lange Schatten auf die Regale, auf die Bücher, auf ihre Gesichter. In Kombination mit dem wilden Sturm, der vor dem Fenster tobte, hätte die Situation etwas Gruseliges haben können, wie in *Bis das Blut gefriert*. Dort waren die Gäste in einem Spukhaus eingesperrt. Doch an der Seite ihrer Vertrauten fühlte die gnä' Frau sich sicher.

Aus dem Salon drangen gedämpfte Stimmen und Gläserklirren zu ihnen hinüber. Sogar ein knappes Auflachen war zu hören. Die Professorenwitwen, der alte Griesgram und die Jus-Zwillinge hatten beschlossen, noch ein paar Schlaftrünke einzunehmen, während die anderen Gäste wieder in ihre Zimmer zurückgekehrt waren. Die Mörderin hatte sich selbst gerichtet, und somit löste sich aus ihrer Sicht alles in Wohlgefallen auf. Die gnä' Frau hatte in dem Tohuwabohu um Ladislaus' Trauer und die ohnmächtige Köchin keine Gelegenheit gefunden, die anderen über Fannys tatsächliche Todesumstände aufzuklären. Vielleicht war es sogar erst mal besser so. Der Täter musste nicht unbedingt wissen, dass sie seinen Plan schon durchschaut hatte.

Einige der Dienstboten saßen derweil um den Küchentisch herum und unterhielten sich leise. Die Mienen zwischen Trauer und Wut pendelnd, die Finger um Tassen gekrallt, die Kaffee enthielten oder auch etwas Hochprozentiges. Für das Hauspersonal war Fanny immer eine freundliche und unterstützede Vorgesetzte gewesen. Laut Marie hatte sie die anderen nie angeschnauzt oder heruntergemacht, wie so manch andere Haushälterin es gerne tat. Wenn es einige von ihnen vielleicht auch schockierte, dass Fanny vor zwanzig Jahren einen Mord begangen hatte, war der Blick der Dienstboten auf die Situation etwas differenzierter: Ein bettelarmes, junges Mädchen in der Nachkriegszeit hatte sich gegen die Avancen eines reichen Mannes gewehrt. Und nun hatten die Anschuldigungen der wohlhabenden Hausherrin eine aus ihren Reihen in den Selbstmord getrieben. Marie hatte ihr das alles erläutert, nachdem Frau Ehrenstein sich über die am Küchentisch stehende Schnapsflasche überrascht gezeigt hatte. Aber wer sollte das Personal jetzt noch deswegen tadeln? Die Haushälterin war tot, der Hausherr mit Medikamenten ruhiggestellt, und Siggi, der Erbe des Imperiums, auf dessen Schultern sämtliche Hoffnungen für die Zukunft lagen, schien völlig überfordert.

Er war wie viele der Gäste von den Schreien aufgeschreckt vor Fannys Zimmer aufgetaucht. Selbst Jolanthe hatte sich eingefunden, gestützt von der erschöpft wirkenden Victoria. Den beiden hatte es beim Anblick der toten Haushälterin und des trauernden Hausherrn die Sprache verschlagen. Keine spitze Bemerkung war mehr über ihre Lippen gekommen. Der enge Flur des Dienstbotentrakts war zum Bersten voll gewesen. Gebannt hatten alle die Hälse gereckt, um nichts von dem Spektakel zu verpassen, das seit der Ausgangssperre ein paar Stunden zuvor seinen Lauf genommen hatte.

Als wären sie alle nur Zuschauer in einem Kinofilm. Niemandem war bewusst, dass sie mit einem Mörder in diesem Haus eingesperrt waren. Hielten sie das alles nur für Spaß, der zu ihrer Unterhaltung diente? Zwei Tote innerhalb von vierundzwanzig Stunden. Nur weil Joe und Fanny nicht ihren Kreisen angehörten, redeten die Herrschaften sich ein, die Sache hätte nichts mit ihnen zu tun. Die feine Gesellschaft verhielt sich öfter so. Einen Aufschrei würde es erst geben, wenn es einen aus ihrer Mitte traf. Bis dahin würden sie mit reichlich Alkohol weiterfeiern, bis die Welt unterging. Am besten zu dieser rasanten Klaviermusik aus einer Stummfilmkomödie, wie die gnä' Frau es sich vorhin vorgestellt hatte. Ob der gebuchte Pianist dazu in der Lage war? Da fiel ihr ein …

»Wo war eigentlich Frederick?« Der Aufruhr vor Fannys Zimmer und in der Küche hatte sowohl Gäste als auch Dienstboten angelockt, aber der Pianist hatte sich nicht blicken lassen. Hatte er einen so tiefen Schlaf, dass er den Tumult gar nicht mitbekommen hatte?

Marie schreckte hoch. Die gnä' Frau war so lange in ihren

Gedanken versunken gewesen, dass ihr Gegenüber offensichtlich ein Weilchen brauchte, um die Frage zu verarbeiten.

»War er jetzt net da? Stimmt, Sie ham recht. Wo hab ich ihn g'sehn, des letzte Mal? Er war in der Kuchl, wie die Herrschaften ins Esszimmer gangen san. Nachdem ma die Fanny in ihr Zimmer bracht ham. Dort hat er nur schnell was g'essn, hat oba nix g'sagt. Hat nervös g'wirkt, oba wir war'n da alle bissl neben uns. Wegen dem, was die jetztige Frau Trentner dazählt hat. Des Radio is g'laufn, ich weiß noch, dass er nach den Nachricht'n gangen is.«

»Und nach dem Essen hat keiner mehr so recht Lust auf Musikunterhaltung gehabt, nicht wahr? Seine Dienste als Pianist wurden nicht mehr gebraucht, deswegen ist auch nicht aufgefallen, dass er nicht da war.«

»Glauben'S, er hat sich g'schlichn? Dass er womöglich …«

»… der Mörder ist und sich auf und davon gemacht hat, nachdem jemand anderes glücklicherweise dafür verantwortlich gemacht worden ist?«

»Vielleicht isses ihm oba afoch zu entrisch g'wordn. In an Haus mit Leichen und Mördern und lauter fremden Menschen, die er net kennt. Vielleicht hat er sich im Zimmer eing'sperrt und kommt erst raus, wenn ois vorbei is.«

»Wann auch immer das sein mag. Da fällt mir ein: Gab's in den Nachrichten im Radio etwas Neues über den flüchtigen Bombenleger?«

Wenn die Ausgangssperre endlich aufgehoben wurde, würde das der Situation einiges an Zündstoff nehmen.

»Angeblich is er wo in der Steiermark g'sehn word'n. Leibniz war's, glaub ich. Oba sicha weiß ma's net.«

»Vielleicht versucht er, nach Jugoslawien zu kommen? Wenn das stimmt, ist er jedenfalls nicht mehr das Problem von Niederösterreich.«

»Oder von uns«, sagte Oskar in müdem Tonfall, und die beiden Frauen zuckten mit einem Quietschen zusammen. Gott sei Dank waren ihre Whiskygläser bereits leer, sonst hätten sie womöglich die letzten wertvollen Tropfen auf den Teppich verschüttet.

»Herrschaftszeiten, dass du dich immer so anschleichen musst!«

»Ich muss nicht, und ich tu's auch nicht bewusst. Es liegt einfach …«

»… in deiner Natur, ich weiß, Oskar. Ich bin einfach nervlich ein wenig am Rande.«

Frau Ehrenstein rieb sich über die Stirn, spürte die glitschige Kälte ihres Schweißes und versuchte sich daran zu erinnern, wann sie sich zuletzt nachgeschminkt hatte. Das musste vor dem nachmittäglichen Zusammentreffen im Salon gewesen sein, vor den Darbietungen der Gäste für das Brautpaar. Gott, es fühlte sich an, als wäre das drei Tage her.

Marie war aufgesprungen und strich fahrig ihre Dienstmädchenuniform glatt. Sie warf Oskar einen unsicheren Blick zu, un der sah seinerseits irritiert auf das gerade abgestellte Glas der jungen Frau.

»Marie, so setzen Sie sich doch wieder hin!« Die gnä' Frau hörte die angespannte Ungeduld in ihrer Stimme und hoffte, dass ihre Gefährtin das nicht als Tadel auffasste. Ihr Ärger galt ihrem Mann. Sie hatten gerade weitaus Besseres zu tun, als sich über Klassenunterschiede Gedanken zu machen.

»Na, gnä' Frau, ich dank Ihnen recht herzlich.« Diese Förmlichkeit klang so gar nicht nach Marie, jedenfalls nicht, wenn sie beide unter sich waren. »Ich sollt schau'n, ob ich drauß'n braucht werd. Außerdem wollt ich amal beim Frederick nachfrag'n, obs ihm eh gut geht. Sie versteh'n.«

»Passen'S gut auf sich auf, Marie. Die anderen mögen vielleicht nicht daran glauben, aber in dem Haus läuft ein skrupelloser Mörder herum. Halten'S die Augen offen, und sein'S vorsichtig, bitte!«

Marie nickte und machte einen Knicks vor Oskar. Tatsächlich einen Knicks, obwohl diese leidige Antiquität der Etikette schon vor einem Jahr von der gnä' Frau aus dem Ehrenstein'schen Haushalt verbannt worden war. Die junge Frau schüttelte selbst verwirrt den Kopf, als hätten ihre Beine ein Eigenbleben entwickelt. Dann eilte sie aus dem Zimmer, noch ehe Frau Ehrenstein etwas sagen konnte.

Oskar ließ sich auf Maries frei gewordenen Platz fallen und musterte seine Frau mit ernster Miene. Sie hatte immer schon Schwierigkeiten gehabt, darin zu lesen. Meistens deutete sie seine Gedanken falsch, und sie verwickelten sich in einen Streit, wegen nichts und wieder nichts. Aber jetzt war sie sich sicher, dass er sie missbilligend ansah.

»Oskar ...«

»Findest du es passend, mit einem Dienstmädchen im Dunkeln zusammenzustecken und Alkohol zu trinken, in einem Haus, wo wir zu Gast sind?«

»Marie ist für mich nicht irgendein Dienstmädchen ...«

»Macht ihr das zu Hause auch? Bei uns in Hietzing?«

Die Vorstellung löste bei ihm unüberhörbar fassungslose Bestürzung aus. Sie wusste beim besten Willen nicht, wie sie darauf reagieren sollte, ohne ihre Contenance zu verlieren.

»Ja, das machen wir. Häufig, sogar. Und es gefällt uns. Was willst du dagegen tun?«

Eventuell war sie lauter geworden, worauf sie nicht sonderlich stolz war. Abgesehen davon, dass es nicht besonders klug war, wenn man unbemerkt bleiben wollte. Und das in einem Haus, in dem Schreie mittlerweile eng mit Tod verknüpft waren.

Fanny konnte sie nicht mehr retten, und ein Mörder lief frei im Haus herum. Dagegen war sie im Moment machtlos.

Aber ihrem Mann wegen seiner seine Bigotterie die Leviten zu lesen, dazu war sie in genau der richtigen Verfassung.

»Du siehst immer nur die Uniform oder das Geld oder den Stand in der Gesellschaft, nie den Menschen, der dahintersteckt. Marie ist die klügste und mutigste Person, die ich kenne, und ich bin stolz darauf, sie eine Freundin zu nennen. Sie hat mir schon mehr als einmal das Leben gerettet. Sie sagt mir, wenn ich Blödsinn mache und versteht mich auch ohne Worte. Mir ist egal, ob ihre Familie einen Adelstitel oder Vermögen hat, sie ist wunderbar!«

Oskar war tiefparadeiserrot angelaufen und schnaufte so heftig, dass seine kurzen Schnauzbarthaare flatterten. Er war normalerweise nicht leicht schmähstad zu kriegen, sondern gab bereitwillig Konter. Selbst wenn der aus der schlichten Aufforderung »Mäßige dich!« bestand.

Doch nun starrte er sie mehrere Augenblicke lang nur entsetzt an. Frau Ehrenstein wähnte sich schon triumphierend als Gewinnerin des Streits. Wobei eine leise Stimme in ihrem Hinterkopf ihr zuflüsterte, dass es bei derlei Auseinandersetzungen keinen wirklichen Sieger gab, und sie daran erinnerte, dass sie solche Kindereien mit ihrem Mann eigentlich hinter sich hatte lassen wollen.

Doch plötzlich platzte es aus Oskar heraus, und seine donnernde Stimme ließ die altehrwürdigen Wälzer in den Regalen erzittern.

»WAS IST MIT EUCH ALLEN EIGENTLICH LOS?«

21

Von Verhältnissen und Verständnis

Montag, 1 Uhr

Frau Ehrenstein war so perplex, dass sie nur eine Reihe von Konsonanten brabbelte. Vor der Tür der Bibliothek waren Schritte und Stimmen zu vernehmen, doch niemand kam herein. Keiner wollte in einen Ehestreit hineinplatzen, das schickte sich nicht.

»Du verbringst deine Zeit heimlich mit unserem Dienstmädchen, und Ladislaus unterhält eine Liebesbeziehung zu seiner Haushälterin? Die im Gefängnis gesessen hat? Und die ihre Arbeit auch noch schlecht macht? Und Siggi heiratet Hals über Kopf eine Frau, die halb so alt ist wie er, von der er nichts weiß, außer – und ich zitiere – dass sie ihn ›scharf macht‹. Ich wiederhole: Was ist eigentlich los mit euch allen?«

Er hielt inne und sah sie mit feurigem Blick an. Ihr wurde bewusst, dass er tatsächlich auf eine Antwort von ihr wartete. Auf eine Erklärung, warum sein Weltbild so ins Wanken geraten war. Es dauerte einen Moment, ehe sie die Konsonanten wieder mit Vokalen verbinden konnte.

»Ich weiß nicht, was ich darauf sagen soll, Oskar. Außer vielleicht, dass sich alles immer irgendwie verändert und dass das auch gut so ist. Wir entwickeln uns. Manche vielleicht zurück, aber die meisten eher weiter, und manchmal, ja manchmal kann das für die Leute um uns herum anstrengend sein.«

Frau Ehrenstein war aufgebracht, und ihre Stimme klang gepresst. Hauptsächlich, weil sie unentschlossen war, ob sie noch wütend auf ihn sein oder Mitleid mit ihm haben sollte. Ihr wurde bewusst, dass auch sie sich verändert hatte, seit sie damals Jagd auf den Würger von Hietzing gemacht hatte. Die gelangweilte und desinteressierte Vorzeigeehefrau war einer Hobbydetektivin gewichen, die das Abenteuer suchte und der Welt außerhalb ihrer Blase immer aufgeschlossener wurde. Und die eine Freundschaft mit ihrem Dienstmädchen aufgebaut hatte. Kurz loderte der Ärger über sein Verhalten noch einmal auf.

»Marie ist mir wichtig, Oskar. Falls ich das vorhin noch nicht deutlich gemacht habe. Sie ist unverzichtbar für meine Ermittlungsarbeit, aber noch viel wichtiger ist mir ihre Gesellschaft. Es ist mir ehrlich gesagt egal, ob du das gutheißt. Aber du musst es akzeptieren. Ist das klar?«

Die gnä' Frau und ihr Ehemann lieferten sich einen Wettkampf im Niederstarren. Bis Oskar schließlich den Blick abwendete und sich stöhnend in die Lehne des Ledersessels sinken ließ.

»Er hat es gewusst, kannst du dir das vorstellen?« Oskars Stimme war auf einmal so leise, dass es schwer war, ihn durch das laute Regengeprassel zu verstehen. Frau Ehrenstein beugte sich nach vorn, als er weitersprach. »Ladislaus. Fanny hat ihm beim Einstellungsgespräch sofort die Wahrheit über ihre Vergangenheit gesagt, und er hat sie trotzdem eingestellt. Er war von ihrer Ehrlichkeit und ihrer Stärke beeindruckt. Kannst du dir das vorstellen?«

Die gnä' Frau konnte sich das bei Ladislaus gut vorstellen. Er war ein Mensch, der gerne half, immer bereit war, zweite Chancen zu geben. Allerdings war es nicht besonders klug, jemanden für so einen wichtigen Posten ohne nennenswerte Referenzen einzustellen. Ob es besonders gescheit war, mit einer solchen Person eine Liebesbeziehung einzugehen, war eine andere Frage.

»Hat er dir das gerade erzählt, als du ihn auf sein Zimmer gebracht hast?«

Oskar nickte müde und fuhr sich über die Augen. »Er hat gesagt, dass sie sich geliebt haben, und zwar schon lange. Dass er sie heiraten wollte, wenn der Aufruhr um Siggis Hochzeit verklungen war. Dann hätte sich auch Else beruhigt, da war er sich sicher. Sie hat die beiden übrigens erst vor Kurzem ertappt, hinterm Schuppen, kannst du dir das vorstellen? Da ist Ladislaus auch klar geworden, dass er ihre Liaison nicht länger geheim halten konnte. Oder wollte. In ein paar Wochen hätt er's offiziell gemacht, eine neue Haushälterin war sogar schon engagiert. Ach, ganz vernarrt war er in Fanny, der arme Kerl.«

Ähnlich wie sein Sohn in Else, dachte Frau Ehrenstein bei sich. Die beiden Männer waren ihr immer so völlig unterschiedlich vorgekommen, doch in Herzensangelegenheiten schienen sie ähnlich zu ticken. Aber sie fand auch bewunderswert, wie mutig sie sich in die Liebe hineinstürzten. Oskar hatte sie wiederholt gefragt, ob sie sich das vorstellen könne. Konnte er das denn?

Frau Ehrenstein strich über ihre Perlenkette und legte sich die Worte sorgfältig zurecht, ehe sie zu sprechen begann. »Nimm doch einmal an, es gäbe eine Person, die dich glücklich macht. Mit ihrer bloßen Anwesenheit. Eine Person, die dein Herz höherschlagen ließe, sobald sie den Raum betritt. Jemand, bei dem du dich wohlfühlst, weil du einfach so sein kannst, wie du bist. Und dieser jemand liebt dich auch so, wie du bist.«

Sie gab ihm ein paar Sekunden, um die Vorstellung sacken zu lassen. Zwar hatte er erst einmal die Augen verdreht, aber jetzt hörte er aufmerksam zu, ohne Einwände zu erheben. Also sprach sie weiter: »Und jetzt nimm einmal an, dass dieser jemand nicht als passend für dich angesehen würde. Von der Gesellschaft. Ob es jetzt an der Herkunft oder an der Vergangenheit liegt oder an … etwas anderem. Vielleicht würdest du dich anfangs noch gegen die Beziehung verwehren, weil es so hart wäre, gegen all die anderen, die eine Meinung dazu haben, anzukämpfen. Aber letztendlich wäre dir diese Person wichtiger. Wäre dir die Liebe zu ihr wichtiger. Kannst du dir das vorstellen? Oskar?«

Schweigen legte sich über die Bibliothek. Die alte Standuhr in der Ecke schlug scheppernd ein Uhr. Sonst war nur das stete Prasseln des Regens zu hören. Selbst die Stimmen aus dem Salon waren verklungen. Oskars Miene war im diffusen Licht der kleinen Lampe kaum zu deuten, doch die Anspannung schien aus seinem Körper gewichen. Er betrachtete seine Hände und nickte schließlich bedächtig. Ja, das hatte sie sich gedacht. Wenn sich jemand vorstellen konnte, wie das war, dann Oskar. In diesem Moment beschloss sie, dass sie ihn nie auf seine Beziehung mit Felix Hall ansprechen würde. Dieser Wunsch war selbstsüchtig von ihr gewesen. Bei dem ganzen Hin und Her, wie und wo und wann sie mit ihm darüber reden sollte, war es ihr immer nur um sich selbst und ihre Befindlichkeiten angesichts seiner Liaison gegangen. Marie hatte ganz recht gehabt. An der Freundschaft zu ihrem Mann änderte das nichts. Und sollte er von sich aus jemals die Entscheidung treffen, mit ihr darüber sprechen zu wollen, wäre sie für ihn da. Mit offenem Ohr und offenem Herzen.

»Er schwört, dass Fanny den Hippie nicht erschlagen hat. Ladislaus«, sagte er etwas lauter und richtete sich wieder auf seinem Fauteuil auf. »Ihr Selbstmord hat ihn schockiert und überrascht, sagt er. Damit hätte er nie gerechnet. Er hätte mehr tun sollen, meint er.«

»Ich glaube nicht, dass es Selbstmord war«, sagte Frau Ehrenstein müde. Ihre Gedanken waren in den letzten Minuten um Felix Hall, Oskar und Marie gekreist. Beinahe hätte sie vergessen, warum sie eigentlich hier saßen. Sie erläuterte ihrem perplexen Mann ihre Beobachtungen.

»Du meine Güte!«, entfuhr es ihm.

»Das fasst es gut zusammen. Hast du von Rosi eigentlich etwas erfahren? Dem Dienstmädchen, das Fanny gefunden hat?«

»Ähm, also, nicht viel Zusammenhängendes. Aber lass mich kurz nachdenken ...«

»Für die Zukunft wär's besser, wenn du deine Verhöre entweder aufzeichnest oder aufschreibst.«

»Für die *Zukunft*?«

»Vergiss das. Also, erzähl, was die Rosi g'sagt hat!«

Viel war es tatsächlich nicht. Nur, dass die Dienstmädchen untereinander vereinbart hatten, alle zwei Stunden nach Fanny zu schauen, und dass Rosi, die um Mitternacht eingeteilt war, deshalb die fürchterliche Entdeckung machen musste. Das Zimmer war von außen versperrt gewesen, der Schlüssel hatte gesteckt. Also alles, wie es sein sollte, deswegen hatte sich Rosi auch nichts weiter dabei gedacht. Sie hatte nur einen Blick hineingeworfen und dann zu schreien begonnen.

»War ihr zuvor etwas aufgefallen? Hat sie etwas gehört, vielleicht?«

»Das habe ich sie gefragt!«, sagte Oskar eifrig. »Sie hätte nichts Eigentümliches gehört, hat sie gesagt. Aber bei genauem Nachdenken ist ihr doch was eingefallen, was ihr komisch vorgekommen ist. Ungefähr eine Stunde, bevor sie Fanny entdeckt hat, musste sie, nun ja, die Toilette aufsuchen, und da hat sie ein anderes Dienstmädchen aus Fannys Zimmer kommen sehen.«

Frau Ehrenstein rutschte an den Rand ihres Sessels und packte Oskar an den Knien, was ihn überrascht zurückzucken ließ.

»Welches Dienstmädchen? Wie hat sie ausgeschaut? Hatte sie Blut an der Kleidung?«

»Bitte, beruhige dich doch, Helene. Also, das war der Punkt, der Rosi so komisch vorgekommen ist. Es war nicht Zeit, nach Fanny zu sehen, und das Dienstmädchen trug ein Tablett mit so einer … wie heißt das? Ja, mit so einer *Glocke* darüber. Das hat Rosi gewundert, weil Fanny ihr Abendessen eigentlich schon bekommen hatte. Jedenfalls ging das Dienstmädchen mit dem Tablett dann Richtung Haupthaus, in die Küche vermutlich.«

»Aber hat sie erkannt, wer es war?«

»Nein, sie hat sie nur kurz von hinten gesehen, ehe sie ums Eck gebogen ist. In den Uniformen sehen ja auch alle gleich aus, findest du nicht auch?«

Die Gedanken der gnä' Frau rasten. Wenn Rosi die Mörderin tatsächlich gesehen hatte, war der Tatzeitpunkt ziemlich genau zu bestimmen. Wären die Ehrensteins und Marie nur ein Euzerl früher in die Küche gekommen, um den Tathergang von Joes Mord zu rekonstruieren, wäre sie ihnen in die Arme gelaufen.

»Wir müssen herausfinden, ob das eins der Dienstmädchen war, oder ob sich jemand von den Herrschaften verkleidet hat. Marie kann in der Dienerschaft herumfragen. Vielleicht kriegt sie noch eine genauere Beschreibung aus Rosi heraus. Du …«

»Ich bin eigentlich hergekommen, um in den Chemie-Büchern nach dem Kastle-Meyer-Test zu suchen, beziehungsweise nach der Dosierung der verschiedenen Bestandteile. Ich glaub, ich kann mich mittlerweile eh wieder dran erinnern, aber sicherheitshalber …«

»Ach ja, um das Blut nachzuweisen, genau. Danke, das ist großartig! Ich werde dann die Gäste, die noch wach sind, genauer befragen. Vielleicht ist jemandem etwas aufgefallen, oder jemand fühlt sich ertappt und gesteht sofort, wer weiß.« Frau Ehrenstein lachte halbherzig und stand auf. Ihre Glieder schmerzten, und ihr Körper fühlte sich doppelt so schwer an wie sonst. Sie würde sich ausruhen können, wenn sie wieder in ihrem gemütlichen Bett in Hietzing lag. Lange sollte das nicht mehr dauern. Der Bombenleger war auf dem Weg nach Jugoslawien, und morgen früh würde der Chauffeur sie wieder abholen. Wenn alles gut ging, hatte sie die Mörderin bis dahin enttarnt.

Oskar knipste den Kronleuchter an der Decke an, der die dunkle Bibliothek in so grelles Licht tauchte, dass die gnä' Frau die Augen zusammenkneifen musste. Er ging zu einem der Regale und ordnete zunächst die Zeitungssstapel im unteren Fach, ehe er die Reihen nach den gesuchten Büchern durchforstete. Frau Ehrenstein kam ein Gedanke. Nein, eigentlich prasselten gleich mehrere auf einmal auf sie ein.

»Oskar, vorhin hast du was über Ladislaus und die geplante Hochzeit mit Fanny gesagt. Dass sich die Else da auch wieder beruhigen würde. Was meinte er damit?«

Er zog die Augenbrauen konzentriert zusammen, ehe er langsam antwortete, als müsste er jedes Wort einzeln aus seiner Erinnerung ziehen. »Also, er war schon etwas neben sich, wegen der Aufregung und dem Beruhigungsmittel. Aber er hat gesagt, dass sich die Else so schrecklich aufgeregt hat, weil er die Fanny heiraten wollte. Dass sie nicht fassen konnte, dass er eine Kriminelle heiraten wollte. Aber das ist wenig überraschend, oder?«

»Ja, aber nur, wenn das der tatsächliche Grund für ihren Widerstand gegen die Hochzeit war. Hast du eigentlich von Siggi erfahren, wo er in der Nacht von Joes Tod war?«

Frau Ehrenstein hatte ihren Mann gebeten, seinen Freund in einem lockeren Gespräch noch einmal danach zu fragen. Sie ging davon aus, dass die beiden Männer untereinander unbefangener miteinander redeten und Oskar so vielleicht noch weitere Informationen beschaffen konnte.

»Ähm, ja, also, wir wissen ja, dass er sich an dem Abend noch ziemlich betrunken hat. Nachdem wir von der Ausgangssperre erfahren haben und dass die Hochzeit abgesagt werden musste. Er ist ja kaum die Treppen hochgekommen, so wackelig war er auf den Beinen. Jedenfalls, soweit er sich erinnern konnte – eher verschwommen, hat er gesagt, der Siggi –, ist er in seinem Zimmer mehr oder weniger auf dem Bett kollabiert und war weg. Bis er in aller Früh von dem Tohuwabohu um den toten Hippie geweckt wurde.«

»Warte.« Frau Ehrenstein rieb sich die Nasenwurzel, um klarer denken zu können. »Mir hat er gesagt, dass Else die ganze Nacht neben ihm geschlafen hat. Woher wollte er das wissen, wenn er so weggetreten war?«

»Nun, ich nehme an, er ist davon ausgegangen. Ich meine, sie lag offensichtlich neben ihm im Bett, als er aufgewacht ist. Du meinst doch nicht etwa …?«

»Ach, Oskar …«

»Warte, Helene! Wo willst du denn hin?«

»Ich muss Marie finden und noch schnell etwas erledigen! Komm in einer halben Stunde in den Salon und nimm deine Chemiebücher mit!«

»Aber …«

Doch die gnä' Frau hatte die Bibliothek bereits verlassen.

22

Keine Zeit für Finesse

Montag, 1 Uhr 30
Salon

Die Ansammlung im Salon ähnelte kaum noch der Gesellschaft, die sich dort am Nachmittag eingefunden hatte, um die Heirat von Siggi und Else zu feiern. Der Griesgram schnarchte auf einer Chaiselongue, gehüllt in eine Wolke aus Zigarrenduft und Schnapsdämpfen. Die Jus-Zwillinge und die Professorenwitwen kippten Stamperl und tauschten lustige Anekdoten über ihre Männerbekanntschaften aus. Sie plapperten fröhlich weiter, als Frau Ehrenstein mit Else und Siggi den Raum betrat. Das Brautpaar war irritiert und leicht verärgert gewesen, als die gnä' Frau sie aus ihrem Zimmer geholt hatte. Doch sie hatten sich bereit erklärt, ihr in den Salon zu folgen, nachdem sie ihnen versichert hatte, dass die ganze unleidige G'schicht jetzt aufgeklärt werden würde, bevor die Gendarmerie morgen früh – hoffentlich – eintraf.

Überraschenderweise fanden sie in der kleinen Sitzgruppe hinter dem Klavier auch Victoria und die alte Jolanthe vor, beide ein halb ausgetrunkenes Glas Rotwein in der Hand, unbeachtet von den anderen Feierenden im Salon.

»Schreie, Tränen, Getrampel im ganzen Haus. Wie soll eine alte Frau da Ruhe finden? Wie, frage ich dich, Helene? Es ist eine Schande!« Der Blick der alten Großmutter wirkte trüb, doch ihre Worte waren laut und klar. Victoria nickte nur abwesend und tätschelte der alten Frau den Arm, während sie an ihrem Glas nippte. Sie wirkte in Gedanken versunken und verzichtete dankenswerterweise auf ihre üblichen giftigen Bemerkungen.

»Was hat das alles zu bedeuten? Wieso hast du nicht gesagt, dass diese Person auch hier ist? Wieso werden wir zu dieser späten Stunde von dir zusammengetrommelt wie eine Herde Vieh?« Else feuerte ihre Fragen rasch und anklagend ab. Victorias abwesender Gesichtsausdruck wich einem kampflustigen Blick, und sie drückte die Schultern nach hinten. Frau Ehrenstein fluchte innerlich. Sie hatte nicht damit gerechnet, die Ex-Freundin und die Großmutter, die mit ihren Kommentaren dazu neigten, eine unangenehme Situation noch brenzliger zu machen, hier anzutreffen. Aber sie wollte nicht den Anschein erwecken, die Lage nicht unter Kontrolle zu haben. Also sagte sie im Brustton der Überzeugung: »Das gehört alles zum Plan!« Auch wenn sie nicht einmal den Hauch einer Ahnung von einem Plan hatte.

Nachdem Else und Siggi in gebührendem Abstand von Victoria und Jolanthe Platz genommen hatten, räusperte sich die gnä' Frau lautstark. Alle Aufmerksamkeit richtete sich auf sie, selbst die schnapskippenden Schwestern verstummten in ihrem Gekudere. Der schlafende Griesgram auf der Chaiselongue schnarchte leicht. Von Oskar und Marie fehlte noch jede Spur.

Frau Ehrenstein musste an Elses Auftritt vor ein paar Stunden denken, ziemlich genau an der Stelle, an der sie selbst jetzt stand. Wie die junge Braut die Fakten und Beweise und Motive für ein großes Publikum dargelegt hatte, ganz einem Hercule Poirot oder Sherlock Holmes ebenbürtig. Alle hatten mit angehaltenem Atem an ihren Lippen gehangen und waren jedem ihrer Schlüsse gefolgt, bis sie mit ihrem manikürten Finger auf Fanny gezeigt hatte.

Eine beeindruckende Vorstellung, von der sich die gnä' Frau ein paar geistige Notizen gemacht hatte, um sie eines Tages reproduzieren zu können.

Allerdings nicht heute und nicht jetzt. Sie war müde und hatte keine Lust auf Finesse.

»Else, ich denke, du hast Joe umgebracht und dabei eine günstige Gelegenheit erkannt, auch Fanny loszuwerden.«

Die fünf Schnaps-Schwestern schnappten nach Luft, Victoria und Jolanthe steckten sofort die Köpfe zusammen, Siggi lachte unsicher auf, als hätte er den Witz nicht ganz verstanden. Else schüttelte nur sacht, beinahe mitleidig, den Kopf. Frau Ehrenstein gab allen einen Moment, um zur Ruhe zu kommen, ehe sie weiterredete.

»Nachdem alle zu Bett gegangen waren, hast du dich mit Joe in der Küche getroffen. Ihr habt Wein getrunken, und du hast ihm mit der Flasche den Schädel eingeschlagen.«

Sie hätte das wirklich etwas ausschmücken sollen, etwas Atmosphäre schaffen, damit sich alle in diese Nacht in der Küche hineinversetzen konnten. Beim nächsten Mal vielleicht.

»Also, wirklich, Helene!« Siggi kicherte, blickte mit hochrotem Kopf in die Runde und wischte sich mit seinem Taschentuch den Schweiß von der Stirn. »Du bringst da ein bissl was durcheinander, so durcheinander. Der arme Joe wurde mit einem Fleischwolf erschlagen. Von der Fanny. Das haben wir doch schon geklärt.«

Die gnä' Frau seufzte. Also würde sie doch ein wenig ausholen müssen.

»Der Fleischwolf ist platziert worden, um den Verdacht auf Fanny zu lenken. Aber es wurden zwei Gläser und eine Flasche Wein abgewaschen. Und der Boden vor dem Waschbecken. Das war am Tatort sofort eindeutig. Die Frage für mich war nur: von wem?«

Siggis Lächeln verblasste langsam. »Also, also wirklich, Helene ...«

»Nein, nein, lass sie nur ausreden, Sigismund!«, rief Victoria. Ihr vergnügter Ton war überaus unpassend für den Moment. Still, in Gedanken versunken, war sie der gnä' Frau lieber gewesen. »Die Helene weiß schon ganz genau, wovon sie spricht!«

Frau Ehrenstein warf ihr einen kurzen, irritierten Blick zu, befasste sich aber gleich wieder mit Else. Die immer noch schwieg.

»Die abgewaschenen Gläser und die Flasche sind nicht vom Personal so abgestellt worden, das wurde geklärt. Auf dem Etikett der Flasche war noch Blut zu erkennen. Und an einem der Gläser ein fast verblasster Lippenstiftabdruck. Da wusste ich, dass es sich um eine Frau handeln musste.«

Außerdem hatte der Anblick sie an etwas erinnert. Erst jetzt wurde ihr bewusst, woran. Bei ihrem Ausflug am Samstagnachmittag nach Traiskirchen hatte Else den roten Lippenstift von der Tasse im Café weggewischt. Das hatte Frau Ehrensteins Gedanken in eine bestimmte Richtung gelenkt. Joes Andeutungen beim Abendessen hatten nicht nur Fanny betroffen, sondern auch die junge Braut. Else hatte in der Zoofachhandlung einiges gelernt über Viecher und Pheromone. Außerdem hatte er ein paar wohlgezielte Fragen über das Erbe vom Trentner-Imperium gestellt.

»Else hatte versucht, Fanny aus dem Haus zu bekommen. Hatte sie bei Siggi, sogar bei dem Butler angeschwärzt. War nicht müde geworden, ihre Unfähigkeit hervorzuheben. Aber nicht, weil es sie so schockierte, eine Kriminelle im Haus zu haben. Sonst wäre sie wohl kaum mit Joe befreundet gewesen. Sondern weil sie von der Liebesbeziehung zwischen Fanny und Ladislaus Wind bekommen hatte.«

»Oh mein Gott!«, schrie eine der Professorenwitwen auf.

»Das wussten wir bereits, Liebes. Erinnerst du dich, wie sich der Ladislaus so gekränkt hat bei der toten Haushälterin?«, erklärte ihr eine ihrer Schwestern behutsam.

»Oh, ach so, ja. Du hast wie immer recht.«

»Worauf ich hinauswill«, fuhr Frau Ehrenstein mit erhöhter Lautstärke fort, um das Gespräch der Schwestern zu übertönen. »Else war sich im Klaren darüber, dass Fanny als neue Hausherrin im Haushalt noch über ihr gestellt war. Und dass die Heirat eine weitere Person in der Familie bedeuten würde, der ein Stück des Erbes zustehen würde. Das konnte Else natürlich nicht zulassen.«

»Alles schön und gut«, schaltete sich nun Victoria mit Nachdruck ein. Wobei an der Situation wenig Gutes und noch weniger Schönes zu erkennen war. »Else wollte also die kaltblütige Mörderin loswerden. Kein großer Verlust. Aber was ist jetzt mit dem langhaarigen Hippiejungen? Hat sie ihm nur den Kopf gespalten, um danach die Haushälterin leichter töten zu können?« Sie klang ungeduldig, als wollte sie die Sache einfach schnell hinter sich bringen. Die alte Jolanthe tätschelte ihr beruhigend die Hand. Von Mitgefühl für das Schicksal ihres Enkels, oder dem von Fanny und Joe, war nichts zu bemerken.

»Ich denke«, sagte die gnä' Frau und blickte dabei nervös zur Tür, »ich denke, dass Joe den Bogen überspannt hat. Vielleicht wollte er Else erpressen mit dem, was er wusste. Vielleicht hat er zu viele Andeutungen gemacht, als er betrunken war, und sie wollte nicht riskieren, dass er die Wahrheit ausplauderte.«

Siggi wischte sich mit seinem Taschentuch wiederholt über das schweißnasse Gesicht. Sein Blick huschte von seiner Frau zu der offenen Flügeltür, die zum Esszimmer führte. Dort hatte sich ein Großteil des Personals versammelt und lauschte gespannt.

»Welche Wahrheit, Helene? Welche Wahrheit denn?«, fragte er leise, fast flehend.

»Ganz genau wird uns das nur Else sagen können. Ich denke«, sagte sie erneut und wollte sich auf die Zunge beißen, weil das viel zu unsicher klang. Else war bei ihrem Vortrag viel selbstbewusster aufgetreten, als wäre jeder Zweifel an ihren Ausführungen lächerlich. »Dass Else Siggi Pheromone verabreicht hat, damit er ihr verfällt. Das würde erklären, warum er sich so eigenartig verhält, wenn sie nicht in seiner Nähe ist. Ja, weshalb er überhaupt wirkt wie ein anderer Mensch. Es würde mich nicht wundern, wenn sie dein Taschentuch damit eingesprüht hat, Siggi. Das, mit dem du dir ständig über die Haut und die Nase fährst.«

Der Trentner-Erbe starrte entsetzt auf das Taschentuch in seiner Hand, als hätte er es noch nie zuvor gesehen. Da fing Else plötzlich an zu lachen. Ein tiefer, kehliger Klang, der schwerfällig in der Luft hing. Sie applaudierte wie eine feine Dame in der Oper, indem sie nur leicht mit den Fingerspitzen gegen die Handfläche tippte.

»Sehr aufregend, meine schöne Helene. Was für eine spannende Geschichte! Sag, ist das dein Beitrag zur Hochzeitsfeier? Die Vorführungen der anderen waren im Vergleich dazu ja gar nichts. Ich danke dir für diesen Spaß!«

Sie stand auf und bedeutete Siggi, es ihr gleichzutun. Doch Frau Ehrenstein stellte sich ihr in den Weg. »Das ist kein Scherz, Else.«

»Nicht, Helene? Was ist es denn dann? Eifersucht, weil ich die wahre Mörderin bloßgestellt habe? Ich wollte dir das Rampenlicht gönnen, aber du hast einfach nicht gehandelt.« Elses Stimme war leiser geworden, beinahe gurrend.

Die gnä' Frau wollte sich verlieren in ihren blauen Augen, die im warmen Licht fast violett erschienen.

Sie räusperte sich, bevor sie weitersprach. Ihre Stimme sollte nicht plötzlich höher klingen. »Jemand hat mich im Keller belauscht, als ich über Joes Tod gesprochen habe, und gleich darauf lag die Zeitung mit dem Artikel über Fannys Verurteilung vor meiner Zimmertür. Das hast du veranlasst, oder? Wen hast du damit beauftragt? Siggi? Nein, seinem verwirrten Blick nach wohl eher nicht. Oder einen deiner Freunde? Vielleicht den geheimnisvollen Erwin Delpke? Den kurioserweise keiner kennt?«

Else lachte wieder auf und kam Frau Ehrenstein jetzt so nahe, dass sie ihr herbes Parfum riechen konnte. Sie tippte auf »Rive Gauche« von Yves Saint Laurent. »Ich kenne Erwin, das wird doch wohl reichen. Er stammt einfach aus einem anderen Freundeskreis, das ist doch nicht verboten, oder, Helene?«

»Ein Freundeskreis aus deiner Zeit in Wien? Kurz bevor du Siggi kennengelernt hast?«

Elses selbstsicheres Lächeln wurde blasser, und sie warf einen giftigen Blick in Richtung der Jus-Zwillinge. Sie konnte sich denken, woher Frau Ehrenstein diese Informationen hatte.

»Das ist ja wohl auch kein Verbrechen, oder? Bisher hast du nur mit Mutmaßungen um dich geworfen, die der Reputation dieses Hauses schaden könnten. Verleumdung ist das passende Wort dafür, nicht wahr? Ich glaube, die Anwälte der Familie Trentner könnten sich damit beschäftigen.«

Frau Ehrenstein wischte sich die feuchten Handflächen an ihrem Rock ab. Nicht, dass sie sich vor Anwälten ängstigte. Jemand aus ihren Kreisen und mit ihren Vermögen konnte sich die beste Rechtsvertretung leisten, sollte es hart auf hart kommen. Doch wo zur Hölle blieben …

In dem Moment hörte sie draußen auf dem Gang energische Schritte. Sie seufzte erleichtert auf.

»Was soll das denn jetzt?«, zischte Else, und Victoria rief amüsiert: »Ist das nicht dieses grottenhässliche Plastikkleid?«

Marie näherte sich der Gruppe, Elses Semperit-Kleid an einem Bügel von sich gestreckt, offenbar bemüht, es möglichst wenig zu berühren. Oskar stolperte ihr hinterher, mehrere dicke Bücher an sich gedrückt, die er mit einem erleichterten Stöhnen auf den Flügel ablegte.

Marie flüsterte Frau Ehrenstein etwas ins Ohr und übergab ihr das Kleid. Die Professorenwitwen tuschelten miteinander, und die Jus-Zwillinge wirkten mit einem Schlag nüchtern. Die Stimmung im Raum wäre zum Zerreißen angespannt gewesen, wäre da nicht das selige Schnarchen des Griesgrams von der Chaiselongue gewesen.

»Ich fand dein Kleid sehr schick, als ich es zum ersten Mal gesehen habe«, fuhr Frau Ehrenstein nun fort. »Und so praktisch. Sämtliche Flecken können einfach abgewischt werden. Weißt du, das ist mir am Fleischwolf schon aufgefallen. Er war für eine Mordwaffe zu sauber. Bei so einer Tat müsste viel Blut spritzen. Die Mörderin müsste auch etwas abbekommen haben. Da wäre ein Kleid aus Lack natürlich fast ideal, nicht wahr?«

»Also, was willst du uns jetzt weismachen, Helene? Ich habe ein abwaschbares Kleid, also hab ich Joe umgebracht? Ich bitte dich!« Elses Art zu sprechen war nicht mehr so langsam und gediegen, dennoch hielt sie den Kopf noch hoch erhoben und markierte die majestätische Grande Dame.

»Ich beschäftige mich sehr viel mit Garderobe, Else. Manche mögen meinen, zu viel, aber ich kenne mich mit Kleidern aus. Auch wenn sie auf den ersten Blick wie aus einem Guss aussehen mögen: Sie brauchen Nähte. Würdest du dich mit dem Kleid hinknien, um – sagen wir mal ganz hypothetisch – einen Fleischwolf in eine blutige Wunde zu drücken und dann neben einer Leiche zu platzieren, dann müssten sich Blutspuren auf der Innenseite des Kleides finden lassen, unten am Saum.«

Frau Ehrenstein hob das Kleid an besagter Stelle mit den Fingerspitzen an. Sie drehte sich leicht, damit alle einen Blick erhaschen konnten: Die braunroten Flecken an den hellen Nähten waren nicht zu übersehen. Die fünf Frauen sprangen auf, auch Jolanthe erhob sich mühselig und wurde von Victoria herangeleitet, um sich die Sache näher anzuschauen.

»Ich habe auch die großen Taschen an deinem Kleid bewundert, Else. Ein Nachteil an diesem Material ist aber, dass es sich nicht so anschmiegt wie Stoff. Wenn man sich bewegt, klaffen die Taschen auf, und wenn man jemandem den Kopf einschlägt«, Frau Ehrenstein hielt inne, um eine der Taschen aufzuhalten, »landen Blutspritzer darin.«

Auch hier war das Blut bereits getrocknet, aber gut zu erkennen. Victoria schlug sich die Hand vor den Mund und riss die Augen auf. Scheinbar hatte sie nicht gedacht, dass Frau Ehrenstein mit ihren Behauptungen tatsächlich recht haben könnte. Sie hatte nur Spaß daran gehabt, dass Else vorgeführt wurde. Eine der Professorenwitwen schrie ein »Marandjosef!«, die beiden anderen Schwestern tätschelten ihr von jeder Seite die Hände.

»Das ist doch Blödsinn. BLÖDSINN!«, schrie Else ihnen entgegen. »Das ist Rotwein oder Sauce oder sonst was! Joe war mein FREUND! Ich war die ganze Nacht in meinem Bett, sag's ihnen, Siggi!«

Siggi versuchte das erste Mal, Abstand zwischen sich und seine Frau zu bringen. Das Taschentuch hatte er zerknüllt auf seinem Platz liegen gelassen. Er vermied es, in ihre Richtung zu schauen und schüttelte nur heftig den Kopf.

Frau Ehrenstein schaffte es in diesem Aufruhr, ihre Stimme ruhig zu halten. »Es gibt eine einfache chemische Methode, mit der wir feststellen können, ob es sich um Blut handelt. Den Castorp-Leier-Test.«

»Kastle-Meyer«, warf Oskar hilfreich ein.

»Genau den meinte ich. Mein Mann hat ja die angesehene Chemie-HTL in Wien besucht und kann diesen Test problemlos durchführen. Was denkst du, wird dabei herauskommen, Else?«

Die junge Frau sah mit wildem Blick um sich. Doch von keiner Seite war Hilfe zu erwarten. Ihr Mann hatte sich abgewandt, aus den Mienen der Jus-Zwillinge sprach kalter Hass, und aus der Ecke der Dienstboten kam aufgebrachtes Gemurmel, das immer lauter wurde.

»Else«, sagte Frau Ehrenstein ruhig. Sie spürte die zuvor noch überhebliche Ruhe ihres Gegenübers in Panik umschwenken. »Es hat doch keinen Sinn mehr. Die Gendarmerie wird in ein paar Stunden eintreffen. Auf dem Fleischwolf werden sie Fingerabdrücke finden. Und bei genauerer Untersuchung werden sie feststellen, dass Joes Wunde nicht zur Form des Fleischwolfs passt. Dein Kleid wird als Beweisstück sein Übriges tun. Keine Pheromone der Welt können dir da noch raushelfen.«

Elses Attitüde änderte sich schlagartig. Wie ein Ballon, aus dem die Luft gelassen wurde. Ihre Positur fiel in sich zusammen, sie ließ Schultern und Kopf hängen. Ihre Mundwinkel sackten hinunter, auch ihre Augenlider wirkten schwer. Plötzlich stand da eine erschöpfte junge Frau, keine schillernde Diva an einem Filmset.

»Meine Güte, Helene. Und ich dachte, du wärst meine Freundin«, sagte sie leise. »Pheromone. Schau ihn dir doch an. Glaubst du wirklich, ich hätte ihn groß überreden müssen?«

Frau Ehrenstein war sich des Motivs sicher gewesen. Relativ sicher. Die Zoofachhandlung, Joes Bemerkung beim Abendessen, Siggis eigentümliches Gebaren. Außerdem fühlte sie sich selbst in Elses Nähe immer so eigenartig, das musste doch etwas mit diesen Sexuallockstoffen zu tun haben!

»Also … hatte Joes Mord nichts damit zu tun?«

Else strich sich gedankenverloren übers Haar. »Doch, doch. Ja, genau, die Pheromone. Deswegen musste Joe sterben.«

Die Jus-Zwillinge stürzten sich mit einem wutentbrannten Schrei nach vorne. Sie hätten Else auch erwischt, wäre in diesem Moment nicht der Griesgram von der Chaiselongue heruntergerollt und vor ihren Füßen gelandet. Es war ein Durcheinander aus Gliedmaßen, durchsetzt von Stöhnen und Flüchen. Frau Ehrenstein betrachtete das Gewurl perplex, den Kleiderbügel mit Elses Kleid immer noch in der Hand.

»Wegen derer hat sich die Fanny das Leben genommen!«, rief nun die Köchin. Der Rest der Dienerschaft pflichtete ihr lautstark bei.

»Hat sich für was Bessres g'halten!«

»Jetzt tut sie gar nimmer so fein!«

Der Pulk des Personals setzte sich in Bewegung. Acht mordlustige Dienstmädchen und Diener, samt einer erzürnten Köchin, die nur zu gern die jetzige und bald ehemalige Frau Trentner in die Finger bekommen hätten. Marie stürzte mit ausgebreiteten Armen nach vorne, wie um eine Herde aufgeschreckter Pferde zu beruhigen.

»Seid's net deppat. Ihr wollt's euch do net die Finger schmutzig machen bei derer! Ihr verlierts die Anstellung, und die macht sich's im Krankenhaus bequem, anstatt wo einzusitzen. Wollt's ihr des?«

Der Pulk hielt tatsächlich inne und hörte ihr zu. Währenddessen stellte sich Oskar vor Else, und Frau Ehrenstein tat es ihm gleich, nachdem sie das Kleid auf dem Klavier abgelegt hatte. Die Zwillinge waren wieder auf die Beine gekommen. Ihre Angriffslust schien aber verpufft, und sie wussten so recht nichts mehr mit sich anzufangen. Die Professorenwitwen klammerten sich aneinander, Victoria stützte Jolanthe, die allerdings nicht im Geringsten erschüttert wirkte. Der Griesgram war am Boden wieder eingeschlafen.

»Des is ma wurscht!«, kreischte eine Stimme, die die gnä' Frau kurz darauf als Rosis identifizierte. »Die Fanny hat nix g'macht, und die da hats ang'schwärzt. Hats vor uns allen schlecht g'macht, die Hex!«

»Recht hast. Oba jetzt wissen's alle, dass die Fanny dem jungen Herrn nix g'macht hat. Die da wollt die Fanny in Häfn bringen, und jetzt landets selber dort. Is des net gerecht? Was bringt's euch oder der Fanny, wenn ihr dann in der Zell'n neber derer da landets?«

In den Gesichtern der Dienerschaft war deutlich abzulesen, dass sie Marie recht gaben. Aber glücklich war niemand damit. Das Dienstmädchen nutzte den Moment des Zweifels, ging ihnen energisch entgegen und scheuchte sie zurück in Richtung der Flügeltüren.

»Jetzt geh ma in die Kuchl und beruhigen uns wieder bei an Glasl. Die Herrschaften kümmern sich derweil um ihre Bagage.«

Sie warf Frau Ehrenstein über die Schulter einen fragenden Blick zu, und diese nickte bestimmt. »Else, bis die Gendarmerie kommt und sich um alles kümmert, werden wir dich in deinem Zimmer einsperren.« So wie wir es mit Fanny getan haben, wollte sie noch hinzufügen, doch ihr lief ein Schauer über den Rücken. Sie würden sichergehen müssen, dass Else keine Waffen bei sich oder im Zimmer hatte.

»Aber … aber das ist doch auch mein Zimmer. Mein Zimmer«, jammerte Siggi zaghaft.

»Meine Güte, wie wäre es, wenn du endlich einmal Verantwortung übernimmst, anstatt nur Probleme zu verursachen?« Oskar brüllte nicht, aber seiner Lautstärke nach zu urteilen fehlte nicht mehr viel. Er war offenbar am Ende seiner Geduld und Unterstützung seinem alten Freund gegenüber.

»Aber, aber …«, sagte Siggi weinerlich, und Victoria donnerte: »Was bist du nur für ein Schlappschwanz, Siggi!«

So ähnlich ging es noch eine Weile weiter, und auch die alte Jolanthe schaltete sich ein. Aber Frau Ehrensteins Gedanken wirbelten gerade in eine ganz andere Richtung. Sie wandte sich wieder Else zu: »Was mir nicht in den Kopf will: Warum hast du auch noch Fanny umgebracht? Du hattest sie doch genau dort, wo du sie haben wolltest?«

Else sah sie müde an, einer ihrer Mundwinkel zuckte. »Was stimmt eigentlich nicht mit dir, Helene? Du hast mein Leben schon zerstört, was willst du noch?«

»Aber Fanny …«

»Auch wenn's genehm ist, alle Schuld der unliebsamen Braut aus einfachen Verhältnissen zuzuschieben. Mit dem Tod von der Fanny hab ich nichts zu schaffen gehabt.«

23

Törichter Schmarrn

Montag, 2 Uhr
Im und ums Haus herum

Letztendlich war Else in eins der kleineren, noch freien Zimmer gebracht worden. Der Vorteil war, dass es bis auf die Einrichtungsgegenstände leer war und Else keine Gelegenheit gehabt hatte, dort Waffen zu verstecken. Die Braut war schlicht auf das Bett gesunken und hatte die Augen geschlossen.

Frau Ehrenstein verstaute das Kleid mit den Blutspuren und Siggis weggeworfenes Taschentuch, auf dem sich – womöglich – Pheromone befanden, in ihrem Schrank. Sie wollte schon wieder hinuntergehen, um Oskar und Marie zu suchen, als sie bemerkte, dass Fredericks Tür einen Spalt offenstand. Sie klopfte. Einige Sekunden verstrichen, dann trat sie vorsichtig ein. Das Zimmer des Pianisten war leer, keine Spur von Kleidung, kein Koffer. Das Bett war unberührt.

Er hat sich also wirklich aus dem Staub gemacht, dachte die gnä' Frau fassungslos. Soweit sie wusste, war sein Auto noch nicht repariert worden. War er bei diesem Unwetter zu Fuß losgezogen? Oder hatte er ein Auto der Trentners entwendet?

Sie eilte die teppichbesetzten Stufen hinunter und wollte schon zur Eingangstür hinaus, um die Garage zu inspizieren, als sie Klaviermusik aus dem Salon hörte. War es ein Missverständnis und Frederick saß an seinem Arbeitsplatz, um die noch wachen Gäste zu unterhalten?

Doch nicht der gebuchte Pianist, sondern die Jus-Zwillinge spielten eine fröhliche Melodie am Klavier, während Victoria und der Griesgram dazu tanzten. Jolanthe und die Professorenwitwen saßen am Rand und klatschten im Takt. Der Anblick erschien Frau Ehrenstein so absurd, dass sie innehalten und ein paar Mal blinzeln musste. Sie fühlte sich an die Szene aus *Der Zauberer von Oz* erinnert, in der alle das Lied »Ding Dong, die Hex ist tot« anstimmen.

Außerdem waren noch mehr Gäste dazugekommen. Vermutlich waren sie von dem Tumult, als Else enttarnt und weggesperrt worden war, aus ihrem Zimmern gescheucht worden und hatten beschlossen weiterzutrinken. Sie mussten schon wissen, dass die Braut, deren Hochzeit sie ja eigentlich feierten, einen Mord gestanden hatte, aber sie schienen sich nicht besonders daran zu stören. Solange es ihnen selbst gut ging – also genug zu essen und zu trinken vorhanden war –, sahen sie wohl keinen Grund, die Party für beendet zu erklären. Als wollten sie noch jeden Moment des Wochenendes auskosten, ehe der Alltag wieder begann.

Fünf Personen standen um die Bar herum und schenkten sich lachend gegenseitig ein. »Morgen«, sagte die kleine, rundliche Frau mit roten Ringellocken, »können wir sicher wieder nach Hause. Der Bombenleger ist ja weit weg von uns!«

Victoria entdeckte die gnä' Frau, und das erste Mal schien sie sich tatsächlich darüber zu freuen. Sie versuchte, Frau Ehrenstein auf die Tanzfläche zu ziehen, doch die hatte von diversen Bällen schon ausreichend Erfahrung mit unliebsamen Tanzpartnern. Also stemmte sie die Hacken in den Boden und schaffte es, der deutlich kräftigeren Victoria Paroli zu bieten. Jetzt zu feiern kam ihr nicht nur unpassend, sondern schlichtweg falsch vor. Abgesehen davon, dass noch viel zu viele Fragen offen waren. Es war heiß im Salon, die Luft getränkt von Alkohol und Parfum. Sie hatte das Gefühl, nicht mehr richtig atmen zu können, und flüchtete durch die Terrassentür nach draußen.

Der Regen hatte nachgelassen. Auf dem kleinen Tischchen stand noch der Aschenbecher, in dem Frau Ehrenstein heute früh ihre Zigaretten ausgedrückt hatte. Die leichten Tropfen erzeugten auf dem metallenen Rand vereinzelte, hohe Töne. Durch die Vorhänge der hohen Fenster des hell erleuchtenden Salons drang kaum Licht hinaus. Den Umriss des Pavillons konnte sie noch vage ausmachen, doch das Wäldchen dahinter verschwand im tiefsten Schwarz. Trotz des Unwetters war es noch ungewöhnlich warm. Dennoch fröstelte sie und schlang sich die Arme um den Körper. Aus Wien kannte sie so eine undurchdringliche Dunkelheit gar nicht. Irgendwo leuchteten immer Straßenlaternen, Reklamen oder die Fenster der vielen Wohnungen, in denen Menschen lebten. Hier war kein Lichtstrahl zu sehen, kein Hinweis auf Zivilisation. Nur das vereinzelte Aufblitzen der Sterne und des Mondes, wenn die Wolken es zuließen. Als wären sie in diesem Haus allein auf der Welt.

Frau Ehrenstein schüttelte heftig den Kopf, um die unheimlichen Gedanken zu verscheuchen. Sie war erschöpft, und ihre Beine schmerzten, doch an Ausruhen war nicht zu denken. Als Nächstes wollte sie in der Garage nachsehen, ob ein Auto fehlte. Dass sich Frederick inmitten einer Ausgangssperre und Mordermittlung mitsamt seinem Gepäck aus dem Staub machte, war höchst verdächtig. Sein Bett war unberührt gewesen, was bedeuten musste, dass er nach Elses Enthüllungen nicht schlafen gegangen war. War Frederick womöglich gar nicht so zufällig engagiert worden, sondern steckte mit Else unter einer Decke? Das würde auch seine mittelmäßige Darbietung am Klavier erklären.

Die Garage befand sich an der Vorderseite des Hauses, gleich neben den Ställen. Sollte ein Auto fehlen, würde das erklären, wie Frederick das Anwesen verlassen hatte. Wie unglaublich töricht von ihm, einfach zu verschwinden! Frau Ehrenstein konnte sich keinen Reim drauf machen. Abgesehen davon, dass ein einzelnes ziviles Fahrzeug in der Nacht in Niederösterreich auffallen würde, wenn gerade Ausgangssperre herrschte. Er müsste sich doch denken können, dass die Gendarmerie einem fehlenden Gast in diesem Haus besonderes Augenmerk widmen würde.

Sie wollte gerade wieder in den Salon hineingehen, als sie Victoria lallen hörte: »Ja, wo ist denn jetzt die Helene, das alte Haus? Ich muss mich bei ihr noch bedanken, dass sie diesen Trampel aus der Welt geschafft hat!« Auf dieses Gespräch hatte sie nicht die geringste Lust. No, dann würde sie einfach durch den Garten gehen.

Frau Ehrenstein hielt sich nah an der Wand, um nicht allzu nass zu werden. Sobald sie ums Eck gebogen war, wurde ihr bewusst, dass das nicht eine ihrer besten Ideen gewesen war. Hier endete die Terrasse, und sie musste auf einem schmalen Betonstreifen balancieren, um nicht in den Schlamm steigen zu müssen. Außerdem war es hier noch dunkler. Nur ein paar vereinzelte Fenster in den oberen Stockwerken waren beleuchtet. Sie verfluchte ihre Unüberlegtheit, wollte aber nicht mehr umkehren. Es waren nur noch ein paar Schritte, da war sie sich sicher. Den Weg kannte sie theoretisch. Ja, das Haus war groß, aber Stunden würde sie für den Weg zur Vorderseite auch nicht brauchen. Die Musik und das Gelächter entfernten sich, je weiter sie ging. Sie hörte ihren eigenen Atem, der raue Verputz der Mauer kratzte an ihrem nackten Oberarm.

»Du nennst den Pianisten töricht und machst dann selbst so einen Schmarrn, na bravo!«, sagte sie laut zu sich. Der Versuch, sich selbst aufzuheitern, scheiterte. Sie musste etwas aufgeschreckt haben, neben ihr in den Büschen raschelte es. Nicht laut genug, dass es von einem Menschen herrühren könnte, aber das beruhigte sie kein bisschen. Die Vorstellung von kleinen, haarigen Körpern mit langen, nackten Schwänzen auf ihren Füßen ließ ihr Herz schneller schlagen und sie erschauern. Während ihre Arme sich mit Gänsehaut überzogen, beschleunigte sie panisch ihren Schritt. Sie rutschte ab und landete mit einem zweitausend Schilling teuren Stöckelschuh im Gatsch. Kalte Feuchtigkeit und dickflüssiger Schlamm umschlossen ihren Fuß. Sie stöhnte auf. Voller Ekel zog sie ihn wieder hinaus. Nur widerstrebend, mit einem schmatzenden Geräusch, löste er sich aus dem Schlick.

Whisky. Nein, den hatte sie schon ausgetrunken. Nun gut, dann eine Zigarette. Aber erst, wenn sie diesen vermaledeiten Drahtseilakt hinter sich gebracht hatte. Ungeschickt humpelte sie Meter für Meter weiter, der verschlammte Fuß deutlich schwerer als der saubere. Weiter hinten konnte sie schemenhaft die Ställe ausmachen. Auf der Vorderseite des Hauses würde es wieder heller sein. Sie hatte das Gefühl, auf das Licht am Ende des Tunnels zuzuhasten. Ihre Erleichterung kannte keine Grenzen. Auch wenn ihr klar war, dass sie weniger als fünf Minuten hier draußen verbracht haben konnte, kam ihr der Weg wie eine Odyssee vor.

Sie hielt inne. Hatte sie gerade Schritte gehört? Nein, das musste das Stampfen der Pferde gewesen sein. Kein Wunder, dass sie bei diesem Wetter unruhig waren und nicht schliefen. Wahrscheinlich spürten sie die Gefahr, die in der Luft lag. Sie ging weiter, bemüht, die schleimige Feuchtigkeit in ihrem Schuh zu verdrängen. Der Geruch von Stroh und

Pferdemist stieg ihr in die Nase. Kauerte da jemand in den Büschen neben dem Stall? Nein, das war nur ein umgekippter Behälter, ein Kübel oder eine kleine Wanne.

Die Garage war ein großer klobiger Klotz, der so gar nicht zum Rest des schönen Anwesens passen wollte. Ladislaus scherte sich nicht um Autos, aber Siggi hatte sich im Laufe der Jahre eine schöne Sammlung Oldtimer zugelegt. Wo wohl die Schlüssel dafür aufbewahrt wurden? Um diese Frage würde sie sich später kümmern. Erst einmal würde sie überprüfen, ob ein Auto fehlte, und sich dann um alles Weitere kümmern. Wobei alles Weitere ein Fußbad und neue Schuhe bedeutete.

Endlich erreichte sie das vordere Eck des Hauses. An der Eingangstür brannten Lampen, ebenso wie entlang der Einfahrt zum Anwesen weiter unten am Eisentor. Auf dem Kies konnte sie keine Reifenspuren entdecken, aber das musste nichts bedeuten. Die gnä' Frau zog den Kopf ein, während sie von der schützenden Hauswand hinüber zur Garage lief. Kalte Tropfen trafen ihren nackten Rücken, und sie zuckte zusammen. Unter dem Vordach angekommen, schüttelte sie den Regen von ihren Armen und rieb sich die Haut unter den Augen, um eventuell verlaufenen Mascara zu entfernen. Sie warf einen mitleidigen Blick auf ihren Schuh. Es war eine Gnade Gottes, dass sie im schwachen Licht nicht das ganze Ausmaß des Malheurs erkennen konnte. Sie schlüpfte aus dem Stöckelschuh und leerte mit spitzen Fingern den Gatsch daraus aus. Um das Gleichgewicht nicht zu verlieren, stützte sie sich an der Garagentür ab, die aber sofort nachgab. Frau Ehrenstein ruderte mit den Armen in der Luft wie ein aufgeschreckter Schwan, doch jegliche Bemühungen, auf den Beinen zu bleiben, misslangen. Sie vollführte eine halbe Pirouette und knallte längs auf den Betonboden, den schlammigen Schuh noch immer in der Hand. Ein heißer Schmerz fuhr ihr durch Kinn und Knie. Töricht war schon gar kein Begriff mehr für ihr Verhalten, saudeppert traf es wohl eher. Der beißende Gestank von Benzin stieg ihr in die Nase, der Boden drückte sich eiskalt gegen ihre Wange, als sie mühsam den Kopf drehte.

Ihr Gehirn brauchte einige Sekunden, ehe sie das Bild, das sich in ihre Netzhaut brannte, verarbeiten konnte. Sie hörte den Schrei schon in ihrem Inneren, ehe er aus ihrem Mund drang. Frau Ehrenstein lag Auge in Auge mit Frederick, nur dass aus seinem jegliches Leben gewichen war.

Unfähig, so schnell auf die Beine zu kommen, kroch sie auf allen vieren so weit wie möglich von der Leiche weg. Ein Regal mit Werkzeug wackelte, als sie dagegenstieß. Erst als sie sich mit dem Rücken an die Wand drückte, fiel ihr auf, dass sie immer noch schrie. Sie presste die Lippen aufeinander, sonst hätte sie nicht aufgehört. Ihr Kinn pulsierte, ihre Kehle war vor Anstrengung ganz rau. Sie wollte die Augen schließen, wollte wegschauen, doch sie konnte nicht. Frederick lag in einer Lache zwischen einem Jaguar und Elses Cabriolet. In einer Lache, die im Halbdunkel schwarz wirkte. Doch die gnä' Frau wusste, dass sie in Wahrheit rot war.

Beruhige dich, das ist nicht deine erste Leiche!, redete sie sich selbst gut zu, während das Blut in ihren Ohren rauschte. Sie musste den Schock überwinden. Die gnä' Frau atmete dreimal tief ein und aus, dann hatte sie das Gefühl, wieder klarer denken zu können. Auf den ersten Blick war nicht zu erkennen, woran Frederick gestorben war, eine Waffe konnte sie nirgends sehen. Nur ein Haufen Zigarettenstummel lag neben ihm. Das mickrige Licht, das vom Haupteingang des Trentner'schen Anwesens durch die offene Tür fiel, erleuchtete die Szene spärlich. Ihr wurde bewusst, dass, wo ein Mord geschehen war, auch ein Mörder nicht fern sein würde. Hinter jedem der Autos konnte jemand lauern, und sie saß da wie auf dem Präsentierteller. Und keiner im Haus wusste, wo sie hingegangen war.

Zitternd kam sie wieder auf die Beine. Dabei fiel ihr auf, dass sie immer noch ihren von Dreck verkrusteten Stöckelschuh festhielt. Zwar war der hohe Absatz eine nicht zu unterschätzende Waffe, aber mit einem schwereren Gegenstand in der Hand hätte sie sich eindeutig wohler gefühlt. Mühselig schlüpfte sie wieder in den Schuh hinein und griff sich von dem wackeligen Regal ein großes Werkzeug aus Metall, von dem sie glaubte, dass es zum Festziehen von Schrauben verwendet wurde.

Als Erstes musste sie zurück ins Haus, Hilfe holen. Erneut die Gendarmerie anrufen und ihnen Feuer unter dem Allerwertesten machen. Vor allem aber ins Licht und in den Schutz der Menge kommen. Langsam tastete sie sich seitwärts in Richtung Tür und ließ dabei den Blick durch den länglichen Raum gleiten, das schwere Werkzeug über den Kopf erhoben. Sie sollte vermaledeit sein, wenn sie dem Täter nicht einen ordentlichen Kampf lieferte.

Frau Ehrenstein atmete flach. Der Regen war wieder stärker geworden und trommelte hart auf das Dach der Garage, sodass hier drinnen kaum andere Geräusche auszumachen waren. Sie war schon bei der offenen Tür, spürte erleichtert den kalten Wind im Rücken und wollte gerade nach draußen stürzen, als sie hinter sich im Freien eine Präsenz wahrnahm. Sie spannte alle Muskeln an, drehte sich mit Schwung um, bereit zuzuschlagen.

»Keine Bewegung!«, hörte sie eine Männerstimme rufen. Sie schaute direkt in die Mündung einer Pistole.

24

Die Betrunkenen, die Toten und die Mörderin

Montag, 2 Uhr 30
Garage

Nach zwei, drei Sekunden – ihr Zeitgefühl hatte sie verlassen – wagte sie wieder Luft zu holen. Wie geheißen, bewegte sie sich nicht, hielt den Arm mit dem schweren Werkzeug also noch immer hoch über ihren Kopf. Den Mann hinter der Waffe kannte sie nicht, und ihr war nicht ganz klar, ob das ein gutes oder ein schlechtes Zeichen war. Sie bemerkte Kleinigkeiten wie die Härchen auf seinen Händen oder die Wassertropfen, die ihm stetig vom Ohrläppchen auf den nassen Anzug tropften.

»Gut, Sie nehmen jetzt ganz langsam den Gabelschlüssel runter«, sagte der Mann mit fester Stimme.

»Den was?« Frau Ehrenstein hatte das Gefühl, in einer Waschmaschine zu sitzen. Alles war nass und drehte sich.

Seine Miene verriet Ungeduld, wenn nicht gar Wut.

»Nehmen Sie den Arm runter!«

Sie ließ sich diesen Vorschlag kurz durch den Kopf gehen.

»Nein. Erst wenn Sie Ihre Waffe auch runternehmen.«

Jetzt wirkte er perplex. Offensichtlich war er nicht davon ausgegangen, verhandeln zu müssen.

»Sie … Sie müssen tun, was ich Ihnen sage!«

»Warum? Weil Sie eine Pistole auf mich richten?« Ihr war

selbst nicht ganz klar, woher sie ihre Kaltschnäuzigkeit nahm. Vielleicht fußte ihr Mut auf der Tatsache, dass er noch nicht abgedrückt hatte. Vielleicht hatte sie auch einmal zu oft gesehen, wie Humphrey Bogart als Sam Spade jeder Einschüchterung unbeeindruckt trotzte.

»Vielleicht war auch der Aufprall auf dem Boden zu hart.«

»Wie bitte?«

Frau Ehrenstein schüttelte den Kopf, als ihr klar wurde, dass sie den letzten Satz laut ausgesprochen hatte. Das Mienenspiel ihres Gegenübers war von ungeduldig über verwirrt nun zu argwöhnisch übergegangen. Doch seine Schusshand senkte sich ein wenig, was die gnä' Frau dazu veranlasste, den Gabelschlüssel auch nur noch neben ihrem Körper zu halten. So konnte sie ihm, falls nötig, immer noch eins von der Seite überbraten.

»Ich bin Polizist. Inspektor Radinger. Man hat heute im Gendarmerieposten angerufen, dass jemand wegen eines Todesfalls vorbeikommen soll. Bevor ich anläuten konnte, hab ich einen Schrei gehört.«

Er wartete einige Momente, als wollte er ihr Zeit geben, das zu verarbeiten.

»Also lassen Sie jetzt bitte das Werkzeug fallen, und dann sagen Sie mir, was passiert ist.«

»Nein«, antwortete die gnä' Frau schlicht.

»Um Himmels willen, was glauben Sie eigentlich, wer Sie sind? Verstehen Sie nicht …«

»Ich bin Helene Ehrenstein, aber das tut gerade nichts zur Sache. Bevor ich Ihnen irgendetwas glaube, möchte ich Ihren Ausweis sehen.«

Nun war er verblüfft. Ohne die gnä' Frau aus den Augen zu lassen, fischte er in seinem Sakko nach dem Ausweis und hielt ihn ihr hin. Es war dunkel, sie war übermüdet und stand unter Schock, aber soweit sie das beurteilen konnte –

und den Ausweis von Major Raab aus dem Sicherheitsbüro hatte sie schon mehrere Male gesehen –, handelte es sich tatsächlich um einen echten.

Mit einem klirrenden Geräusch landete der Gabelschlüssel – was war das überhaupt für ein eigenartiger Name? – auf dem Betonboden der Garage. Sie schüttelte ihr Handgelenk aus, nachdem sie sich die letzten Minuten verkrampft daran festgeklammert hatte. Mit einem Schritt zur Seite gab sie den Blick auf Frederick frei und erklärte: »Ich bin vorhin hier hineingestolpert und hab ihn entdeckt. Sein Name ist Frederick Albert, er war hier für das Wochenende als Pianist gebucht.«

Der Polizist – Radinger war sein Name, rief sich Frau Ehrenstein in Erinnerung – steckte sich die Pistole hinten in den Hosenbund und hockte sich vor Fredericks Leiche nieder.

»Allem Anschein nach eine Schusswunde in der Brust. Keine Waffe in nächster Umgebung. Aber … was ist das?«

Er legte sich auf den Bauch und zog etwas unter Elses Cabriolet hervor. Eine zerknüllte Papiertüte. Er schaute hinein und verzog das Gesicht.

»Marihuana. Eine anständige Menge.«

Er stellte sich neben Frau Ehrenstein und betrachtete den Tatort.

»Vermutlich ein Drogengeschäft, das irgendwie schiefgegangen ist. Diese verdammten Hippies kommen jetzt auch aus der Großstadt hier zu uns aufs Land. Kommen Sie, wir sollten erst einmal hineingehen.«

»Bitte was? Aber …«

Radinger schob die verdatterte gnä' Frau aus der Garage und schob den Riegel vor. Dann hastete er mit eingezogenem Kopf durch den Regen in Richtung Eingangstür. Frau Ehrenstein blieb gar nichts anderes übrig, als ihm nachzulaufen, obwohl ihr das so gar nicht passte.

»Jetzt warten Sie doch! Wie kommen Sie denn auf so etwas?«, rief sie über das Knirschen des Kieses unter ihren Sohlen hinweg. Unter dem Vordach angekommen gab sie sich nicht die geringste Mühe, ihre Frustration zu verbergen. »Ich meine, gäb's da nicht naheliegendere Motive? Immerhin sind in den letzten Stunden da drinnen bereits zwei Morde geschehen. Außerdem läuft in der Gegend immer noch ein Amokläufer frei herum.«

Er lachte lauthals auf und tätschelte ihre Wange. »Jetzt zerbrechen Sie sich mal nicht Ihr hübsches Köpfchen! Die Kavallerie ist da und kümmert sich um alles. Der Amokläufer ist bald geschnappt, der in der Garage ist ein Drogenhändler, und das Missverständnis im Haus wird sich auch noch aufklären.«

Frau Ehrenstein wischte seine Hand von ihrem Gesicht und war kurz davor, ihm eine Watsche zu geben. Wie konnte der Kerl nur so impertinent sein? Doch Radinger hatte sich schon wieder abgewandt und drückte die Klingel. Drinnen erklang eine klassische Melodie.

Sie hatte nicht vor, sich ignorieren zu lassen. »Das kann doch nicht Ihr Ernst sein! Sie sind gerade seit zwei Minuten hier und ... Wo ist eigentlich Ihr Auto?«

»Heilige Maria Mutter Gottes! Marandjosef, gnä' Frau! Geht's Ihnen gut? Was ist denn g'schehn, um Himmels Willen? Hat der da Ihnen irgendwas tan?«

Marie hatte die Eingangstür aufgerissen und war bleich wie ein Schneeengel geworden. Sie schien unschlüssig, ob sie sich um Frau Ehrenstein kümmern oder den Neuankömmling verprügeln sollte.

»Marie, machen'S Ihnen keine Sorgen, alles ist gut. Also, nein, eigentlich nicht, aber ... Das ist der Inspektor Radinger von der Polizei.«

Der junge Mann marschierte wie selbstverständlich in die

Eingangshalle, die Hände tief in die Hosentaschen gesteckt. Das Dienstmädchen schloss die Tür hinter ihm, den Blick immer noch fassungslos auf ihre Dienstgeberin geheftet. Frau Ehrenstein schaute in den goldgerahmten Spiegel an der Wand und erlitt bei dem Anblick beinahe einen Schwächeanfall. Ein großer roter Fleck zeichnete sich schon auf ihrem Kinn ab, ihre Haare hatten sich aus der Hochsteckfrisur gelöst und hingen in nassen Strähnen herunter. Ihr Chiffonkleid war am Knie gerissen und verdreckt, ihr rechter Fuß mit verkrustetem Gatsch bedeckt. Ihr Gesicht war feucht, durch den verschmierten Mascara glichen ihre Augen denen eines Waschbären.

Mit einem Taschentuch tupfte Marie Frau Ehrenstein das Kinn ab.

»Meinerseel, was haben'S nur angestellt? Sie san ja verletzt! Sie brauchen trockene Sach'n und …«

»Eine Zigarette und was Hochprozentiges, das brauch ich«, erklärte die gnä' Frau bestimmt. Sie wandte sich von ihrem Spiegelbild ab und versuchte, nicht weiter darüber nachzudenken. Auch wenn es ihr schwerfiel: Die Morde waren doch etwas wichtiger als ihr ramponiertes Erscheinungsbild. »Frederick ist tot. Ich hab ihn in der Garage gefunden. Erschossen. Der Inspektor ist in dem Moment gerade angekommen.«

Marie hielt im Abtupfen inne und sah die gnä' Frau mit aufgerissenen Augen an. »Oba, wie? Und wieso? Kann's die derzeitige Frau Trentner g'wesen sein, bevor wir sie …«

»Ich unterbreche das Getratsche von Weibsbildern höchst ungern, aber irgendjemand sollte wohl den Herrn des Hauses herholen«, sagte der Inspektor, ohne die beiden Frauen anzusehen.

»Der gnädige Herr Trentner ist ruhigg'stellt in seinem Zimmer. Der hat nach dem Schock a Mittel kriegt und wird bis morgen früh weggetreten sein.« Maries Ton war überaus höflich, doch Frau Ehrenstein, die sie gut genug kannte, hörte sofort, dass die junge Frau den Inspektor auf Anhieb nicht leiden konnte.

»Na, dann bringen'S mir wen, der zuständig ist. Muss ich Ihnen Ihre Arbeit erklären, Mädchen? Die Hausherrin, die nächsten Verwandten, den Butler, die Haushälterin?«

Maries Nasenflügel bebten, aber sie musste sich ihrem Stand gemäß zurückhalten. Frau Ehrenstein musste das allerdings nicht. Sie rückte ihre feuchte Perlenkette gerade, reckte das angeschlagene Kinn hoch und stolzierte mit durchgedrückter Wirbelsäule auf den Inspektor zu.

»Die Haushälterin ist tot, der Butler über alle Berge, die derzeitige Hausherrin wegen Mordes weggesperrt, und der Junior des Hauses betrinkt sich gerade mit seiner Ex-Freundin im Salon. Als langjährige Vertraute des Hauses, die das ganze Chaos überblickt, bin ich hier zuständig, also müssen Sie sich mit mir auseinandersetzen. Und ich rate Ihnen, mich mit dem gebührenden Respekt zu behandeln, sonst werden Sie es bereuen, das kann ich Ihnen garantieren!«

In der leeren Eingangshalle hallte ihre grollende Stimme von den Wänden wider. Der Inspektor war schmähstad. Sein Mund stand offen, das linke Augenlid zuckte. Er schien es nicht gewohnt zu sein, Paroli geboten zu bekommen. Jedenfalls nicht von einer Frau, wie es aussah. Frau Ehrenstein war höchst zufrieden mit sich.

»No, dann fass ich Ihnen zusammen, was in den letzten vierundzwanzig, nein, achtundvierzig Stunden passiert ist. Vorgestern sind wir …«

»Helene, ich hab dich überall gesucht! Wo in Herrgottsnamen warst du denn?«

Oskar stürmte die geschwungene Treppe hinunter und

nahm weder Notiz vom Inspektor noch von Marie. Er musterte seine Frau von oben bis unten, dabei verzog sein Mund sich tadelnd. Als hätte sie sich absichtlich in einen so desolaten Zustand gebracht, nur um seinen Ordnungssinn zu beleidigen.

»Im Regen. Bei einer Leiche. Einer neuen. Da hab ich auch den Inspektor Radinger vorgefunden.«

Erst jetzt nahm Oskar den jungen Mann wahr, und Erleichterung weichte seine eben noch so strenge Miene auf.

»Na endlich! Oskar Ehrenstein, ich habe Sie angerufen! Das wurde aber höchste Zeit!«

Er schüttelte Inspektor Radinger enthusiastisch die Hand. Die gnä' Frau konnte die Gedanken des Polizisten förmlich lesen, als schwebten sie in einer Sprechblase über seinem Kopf: »Gottseidank, endlich ein Mann!«

»Ich war gerade dabei, dem Inspektor zu erläutern ...«, begann Frau Ehrenstein, doch ihr Mann unterbrach sie.

»Aber doch nicht in diesem Aufzug! Helene, ich bitte dich, was sollen die Leute denken?«

»Welche Leute?«, platzte es aus der gnä' Frau heraus. Es war, als verwandelte sich ihr Mann plötzlich wieder in den verklemmten, pingeligen Spießer, den sie vor ein paar Jahren noch so verabscheut hatte. »Die Betrunkenen, die Toten oder die Mörderin?«

»Also ... ich meinte ... äh ...«

Oskar war nun der zweite Mann, den Frau Ehrenstein innerhalb von ein paar Minuten schmähstad gemacht hatte. Doch statt Befriedigung empfand sie nur unendliche Müdigkeit.

»Gnä' Frau?« Marie war an sie herangetreten und wollte wohl gerade die Hand auf ihre Schulter legen, besann sich dann aber eines Besseren. So viel Intimität wollte sie vor einem Fremden nicht zeigen. »Gnä' Frau, verzeihen'S, wenn ich mich einmisch. Aber vielleicht warat's wirklich besser, wenn'S aus dem nass'n G'wand rauskommen …«

Frau Ehrenstein wollte protestieren, sich echauffieren – Hauptsache irgendwas mit -ieren am Schluss –, doch dann sah sie an sich herab. Sie stand in einer Pfütze bestehend aus Regenwasser und Schlammklumpen, ihr Kleid klebte an ihr, und die Kälte fuhr ihr bereits in die Knochen. Nein, in diesem Zustand würde sie nicht viel ausrichten können. Es widerstrebte ihr, den Platz zu räumen, doch sie musste sich eingestehen, dass es klüger war.

»In Ordnung«, presste sie zwischen knirschenden Zähnen hervor. »Mein Mann kann Sie in der Zwischenzeit auf den neuesten Stand bringen. Ich stoße dazu, sobald ich fertig bin.«

»Aber … ich …«

Oskar hatte seinen Wortschatz noch nicht wiedergefunden, doch das würde sich bald geben. So verärgert Sie im Moment auch über ihren Mann war, sie vertraute darauf, dass er die Dinge korrekt wiedergeben und sich von den haarsträubenden Theorien des Polizisten nicht verunsichern lassen würde.

Ihr Schuh machte schmatzende Geräusche, als sie die Treppen hinaufschritt, doch sie bemühte sich, sich das nicht anmerken zu lassen. Sie spürte die Blicke der beiden Männer auf sich. Marie blieb dicht hinter ihr, als wollte sie verhindern, dass ihre Dienstgeberin es sich doch noch anders überlegte. Als sie die Gemälde der Trentner'schen Ahnen passiert hatten und oben am Treppenabsatz angekommen waren, hörte sie Radinger sagen: »Na, endlich können wir ein seriöses Gespräch unter Männern führen. Ich denke, wir können die unschöne Angelegenheit ohne hysterische Einmischungen schneller bereinigen.«

Frau Ehrenstein kümmerte sich in diesem Moment recht

wenig um Etikette, das Einzige, was sie jetzt wollte, war ihren ohnehin schon ruinierten Stöckelschuh zu nehmen und dem Inspektor gegen den Schädel zu schleudern. Sie musste nur schnell genug sein, damit Marie sie nicht aufhalten konnte.

Doch ehe sie ihren wenig ausgereiften Plan in die Tat umsetzen konnte, hörte sie hinter sich die donnernde Stimme Oskars. »Ich verbitte mir derart despektierliches Verhalten meiner Frau gegenüber! Sie können von Glück reden, dass sie hier war und Ihre Arbeit gemacht hat, während Sie draußen mit einem Phantom Räuber und Gendarm gespielt haben!«

Frau Ehrenstein musste lächeln. Vielleicht kam der pingelige Spießer noch manchmal zum Vorschein, aber Oskar hatte sich in der Zwischenzeit ein Rückgrat wachsen lassen.

25

Ein Mörder zu viel

Montag, 3 Uhr
Frau Ehrensteins Zimmer

Die gnä' Frau fühlte sich erst wieder wie sie selbst, nachdem sie frisches Make-up aufgetragen hatte. Trockene Kleidung, gewaschene Beine und Marie, die ihr die Haare geföhnt und dann hochgesteckt hatte, waren auch hilfreich gewesen. Aber erst mit Puder, Rouge, Lidstrich und Mascara wusste sie wieder, dass sie der bevorstehenden Aufgabe gewachsen war. Als würde sie damit zu guter Letzt den Helm auf ihre Rüstung setzen.

»Oh, du meine Güte! Sie sind ein Schatz, ein Geschenk Gottes, ich bin Ihnen zu ewigem Dank verpflichtet«, rief Frau Ehrenstein, als sie aus dem Bad trat.

Maries blasse Wangen nahmen einen roséfarbenen Ton an. Sie lächelte schüchtern und überreichte ihrer Gefährtin feierlich die Flasche Whisky und Zigaretten.

»Wo ist denn …? Ah, da ist das verflixte Feuerzeug!« Frau Ehrenstein stöhnte nach dem ersten Zug erleichtert auf und widmete sich der Flasche. »Red Label ist nicht schlecht. Haben Sie den aus der Bar unten im Salon?«

»Ja, des war der einzige Whisky, von dem ich g'wusst hab, dass er Ihnen schmeckt! Na, danke, für mich nix mehr heut. Sonst schlaf ich noch ein.«

»Ist der Salon eigentlich schon zur Ruhe gekommen?«

Marie verdrehte die Augen und setzte sich neben die gnä' Frau aufs Bett. »Im Gegenteil. Es san no mehr Leut kommen, um zu saufen. Die amüsieren sich prächtig und wechseln sich am Klavier ab.« Die junge Frau verzog das Gesicht. Die Gäste wussten noch nicht einmal, dass der Pianist nie wieder an seinen Arbeitsplatz zurückkehren würde. Frau Ehrenstein war sich allerdings nicht sicher, ob sie das großartig kümmern würde.

Sie hatte Marie jede Einzelheit von dem Leichenfund erzählt, während sie sich umgezogen und frischgemacht hatte. Das Dienstmädchen war gleichermaßen schockiert – vom unbedachten Verhalten der gnä' Frau und dem Tod des jungen Mannes – wie verwirrt gewesen. Auch sie zermarterte sich das Hirn darüber, was da draußen geschehen sein könnte.

»Den gnädigen Herrn hab ich a g'sehn übrigens. Wie ich dem Kieberer, oiso dem Herrn Inspektor, a Handtuch bracht hab in die Bibliothek. Glücklich hat er net ausg'schaut. Der gnädige Herr, mein ich.«

Frau Ehrenstein hatte sich ein großzügiges Glas eingegossen. Ganz entgegen ihrer Gewohnheit ließ sie den ersten Schluck nicht auf dem Gaumen verweilen, um ihn zu genießen, sondern kippte ihn runter wie eine Verdurstende. Er brannte angenehm in ihrer Kehle und ihrem Bauch. Jetzt wurde ihr erst richtig bewusst, wie sehr ihr der Schock und die Kälte des Regens zugesetzt hatten.

»Ich fürchte, er ist nicht der hellste Stern am Firmament, unser Herr Inspektor.«

»Die werd'n halt net den hellsten Kopf zu uns g'schickt ham. Die guten Leut brauchen's für den Bombenleger. Falls so was überhaupt gibt bei der Kieberei. Gute Leut.«

»Umso wichtiger, dass wir keinen Fehler machen. Wenn morgen früh … eigentlich kann man ja schon heute früh sagen, oder? Also, wenn dann hoffentlich in ein paar Stunden die Verstärkung eintrifft, sollten wir alle Beweise bei der Hand haben, dass kein Zweifel aufkommt.«

»No, von der derzeitigen Noch-Frau-Trentner hamma a Geständnis vor Zeug'n und des blutige Kleid. Des is scho amal was.«

»Richtig. Leider deckt das aber nur den ersten Mord ab.« Frau Ehrenstein ließ den Kopf kreisen, um die Verspannungen in ihrem Nacken zu lösen. Schließlich rutschte sie ein wenig nach hinten, lehnte sich mit dem Rücken an das Kopfende des großen Bettes und schwang die Füße hoch. Nach kurzem Zögern tat Marie es ihr gleich. Eine Weile saßen sie schweigend nebeneinander. Das Dienstmädchen mit den Händen im Schoß, die Dienstherrin in der einen Hand eine Zigarette, in der anderen ein Whiskyglas.

»Fangen wir von hinten an«, sagte die gnä' Frau schließlich. »Frederick wurde das letzte Mal in der Küche beim Abendessen gesehen. Er war still und wirkte nervös. Nach den Nachrichten ist er gegangen, haben Sie gesagt. Das muss dann so um neunzehn Uhr gewesen sein. Ich habe ihn um circa zwei Uhr tot in der Garage gefunden. Also hat er irgendwann dazwischen das Haus verlassen und wurde umgebracht. Es wäre hilfreich, wenn wir den Todeszeitpunkt genauer bestimmen könnten. Vielleicht kann Oskar ja was über den Zustand des Blutes sagen, wenn er es sich anschaut. Wegen der Gerinnung und so. Ich denke, den Castorp-Leier-Test wird er nun nicht mehr machen müssen, was meinen'S?«

»Kastle-Meyer-Test. Den hätt er ohnehin net machen können. Gnä' Frau, passen'S bitte auf, dass net auf die schöne Überdecke asch'n.«

»Aber … aber, wieso hätt er ihn nicht machen können? Warum hat er mir das nicht gesagt?«

Doch noch während sie die Frage stellte, fiel ihr der Grund ein. Seit sie sich in der Bibliothek unterhalten hatten, hatte sie mit ihrem Mann nicht mehr in Ruhe sprechen können. Danach war er, wie geheißen, mit seinen Chemiebüchern erschienen, und sie hatte einfach angenommen …

»Er hat's ma verraten, ois ma am Weg zum Salon war'n. Wie ich des Kleid von der jetzigen Noch-Frau-Trentner bracht hab, Sie wissen scho. Er hat g'sagt, er kann's net machen, den Test, weil er net die Komponenten hat, net alle. Und ich hab ihm g'sagt, des soll er ja net laut sag'n, wenn ma dann da drin sind, weil die andern soll'n ruhig glauben, dass er's kann. Und dann war er ganz baff und hat g'sagt, dass des sehr g'scheit von mir gedacht is und hat mitg'spielt. Hat eh super funktioniert.«

Frau Ehrenstein schmunzelte und zündete sich noch eine Zigarette an. War Oskar baff gewesen, weil ihm das nicht selbst eingefallen war oder weil er Marie nicht zugetraut hätte, so vorausschauend zu denken? Dass er sie gelobt hatte, war eine Premiere, und wenn auch ein kleiner Schritt, so doch ein wertvoller.

»Gut, dann zurück zu Frederick. Was ist zwischen neunzehn und zwei Uhr geschehen? Erinnern Sie sich noch, wie ihm die Noten auf den Boden gefallen sind, als die Else die Fanny beschuldigt hat?«

»Es kommt ma vor, als wär'n seitdem drei Tag vergangen, oba ja. Des war oba a schockierend. Für wen, der sich net so oft mit Mord auseinandersetzt, so wie unsereins.«

»Was, wenn ihm der Fleischwolf-Mord ein Begriff war? Vielleicht war er sogar in irgendeiner Weise persönlich involviert damals – hat das Opfer womöglich gekannt … Nein, dazu ist er wohl zu jung, oder? Aber angenommen, er hatte irgendeine Verbindung zu dem Mord, findet zufällig heraus, dass die Mörderin nicht nur auf freiem Fuß, sondern sogar hier in seiner unmittelbaren Nähe ist. Er schleicht sich in ihr Zimmer, tötet sie und will sich aus dem Staub machen und …«

»Und dann wos? Wer hat ihn daschoss'n? Und warum?«

Maries Frage klang mehr interessiert als zweifelnd. Sie war offen für verschiedene Theorien, die mussten aber belegt werden. Das gefiel der gnä' Frau immer so am Austausch mit ihrer Gefährtin. Sie konnten aufgeschlossene Gespräche führen, die sich vielleicht auch mal erhitzten, aber bei denen beide einander respektierten und zuhörten.

»Eventuell hat ihn jemand beim Mord beobachtet und wollte Rache nehmen? Ladislaus würde sich da natürlich als Erster anbieten. Aber der schläft ja in seinem Zimmer. Wobei, haben wir das überprüft?«

»Na, unsereins geht net afoch so ins Schlafzimmer vom Hausherrn.«

»Ich werd dann noch bei ihm reinschauen. Es ist unwahrscheinlich, aber er hätte Frederick in die Garage folgen und ihn erschießen können. Wenn er bei dem Wetter draußen war, müsste das an seinem Rollstuhl zu erkennen sein. Ich werd ein Auge drauf werfen.«

»Guat, oba sonst? Wer vom Personal, der die Fanny g'mocht hat? Da hat's a paar geb'n, oba wo sollt'n die a Puffn herhab'n?«

»Woher die Pistole kam und wo sie abgeblieben ist, wird wohl der ausschlaggebende Punkt bei der Ermittlung zu Fredericks Ermordung werden«, sagte Frau Ehrenstein. Bei Fannys Tod mussten sie andere Anhaltspunkte finden. Wenigstens war Joes Ableben schon geklärt. Jedenfalls hoffte sie das. »Was meinen Sie denn, was mit Frederick passiert ist?«

Sie spürte, wie Marie mit den Schultern zuckte. Es war richtig gemütlich, wie sie beide hier Seite an Seite im Bett saßen. Frau Ehrenstein schlief am besten allein. Die paar Jahre, in denen sie das Bett noch mit Oskar geteilt hatte, waren mit unruhigen Nächten einhergegangen. Selbst mit dem größtmöglichen Abstand zwischen ihren Körpern hatte jede noch so kleine Bewegung, jeder Atemzug von ihm sie gestört. Doch neben Marie konnte sie sich vorstellen, richtig entspannt zu sein und einfach einzuschlafen.

»Gnä' Frau, geh, machen'S die Aug'n wieder auf, sonst schlafen'S no ein. Ich glaub net, dass ich Sie dann wieder wach krieg. Oiso, wenn ich mich in den Frederick reindenk'n würd, dann warat's so gewesen: In dem Haus voller b'soffener Leut gab's an Mord, was scho schlimm g'nug is. Dann stellt sich raus, dass da seit Jahr'n a wohlbekannte Mörderin hackelt. Ich weiß, die Kieberei wird morgen antanz'n, wird Fragen stell'n, wird rumschnüffeln. Da denk ich ma, da wird sich mein Stoff net so gut mach'n. Oiso ...«

»Also ignorier ich die Ausgangssperre, insbesondere weil der Gesuchte ohnehin kilometerweit entfernt ist, und mach mich besser aus dem Staub. Aber wir wissen nicht, ob das Marihuana tatsächlich ihm gehört hat. Vielleicht wurde es platziert.«

»Na, des war scho seins. Er hat des Wochenende fleißig g'raucht und hat den andern a was abgeb'n. Geht's, gnä' Frau?«

Frau Ehrenstein hatte sich verschluckt, hielt den Mund aber fest geschlossen, damit weder der Whisky vergeudet noch die schöne Überdecke ruiniert würde. Ihre Augen tränten, doch nach ein paar kräftigen Schlägen auf den Rücken von Marie hatte sich alles wieder beruhigt.

»Wieso«, krächzte sie, »haben Sie mir davon nichts erzählt?«

»Wieso hätt ich soll'n? Bis jetzt war's net wichtig. Gnä'

Frau, Sie wissen eh, dass die jungen Leut gern mal was rauch'n, zur Entspannung. Grad wenn ma so vü hackeln muss wie die Dienerschaft da an dem Wochenend. Ich brauch's net, oba ich verurteil a niemanden, wenn er's macht.«

Das warf ein klareres Licht auf Fredericks Verhalten in den letzten Tagen. Wie freimütig er mit ihr gesprochen hatte, wie dilettantisch sein Klavierspiel mitunter gewesen war. Vermutlich war er benebelt gewesen, oder wie sagte man das? Richtig, *eingeraucht*.

»Nun gut, aber könnte dann vielleicht doch etwas an der Theorie des Inspektors dran sein? Dass da ein Drogengeschäft schiefgegangen ist?«

»Sein kann ois, ich glaub's oba net. Welcher Dealer, der was auf sich hält, hätt den Stoff lieg'n g'lassn? Oiso kommt ma's komisch vor.«

»Das ganze Wochenende kommt mir komisch vor! Drei Morde und drei verschiedene Todesarten. Ich denke, vom zeitlichen Ablauf her hätte Else sowohl Fanny als auch Frederick töten können. Wir haben sie erst vor ein paar Stunden eingesperrt. Aber die Motive erschließen sich mir nicht. Ganz abgesehen davon, dass sie den Mord an Fanny geleugnet hat. Und ich schein mich auch beim Motiv für Joes Mord vertan zu haben. Was vielleicht nicht wichtig erscheint, aber mich fuchst es. Was?«

Marie rutschte unruhig herum, und ihre bisher gefalteten Hände zupften an ihrer Schürze.

»Wissen'S, ich hab ja mit den andern in der Kuchl g'redt, damit's die derzeitige Noch-Frau-Trentner net lynchen.«

Marie berichtete, dass sie die erhitzten Gemüter mit Müh und Not und Kaffee und Schnaps hatte beruhigen können. Sie hatte sich insbesondere Rosi zur Brust genommen. Die hatte nicht nur die tote Haushälterin entdeckt, sondern auch ein anderes Dienstmädchen aus deren Zimmer kommen sehen, das eigentlich zu dieser Uhrzeit nicht hätte dort sein sollen. Nichtsdestotrotz maß sie dem keine große Bedeutung bei. Angesichts der vielen Bediensteten hier, die teilweise aus anderen Häusern stammten, war ihr das nicht verdächtig vorgekommen. Trotzdem hatte sie sich bemüht, Marie genau zu beschreiben, was sie gesehen hatte.

»Sie hat's ja nur kurz von hinten g'sehn, oba die Figur war eher groß und schlank. Die Haar war'n teils vom Häubchen verdeckt, oba die Rosi glaubt, es war eher hell ois dunk'l.«

»Was überhaupt nicht auf Else zutrifft, nicht wahr? Konnten Sie herausfinden, ob es jemand anderes von der Dienerschaft war?«

»Ich hab rumg'fragt, oba keiner will's g'wesn sein. Entweder aner schwindelt …«

»Oder jemand von den Herrschaften hat sich verkleidet. Eigentlich die perfekte Maskerade, keiner wirft einen Blick auf umherhuschende Dienstboten. Laut Rosis Beschreibung hätte es genauso gut ein Mann sein können.«

»Da is no was. Aner der Diener hot des dazählt. Der junge Herr Trentner und seine Frau ham sich nach'm Abendess'n ins Zimmer verzog'n und lautstark, no ja, oiso, sie ham Sex g'habt. Der Diener hat oben im Stockwerk g'hackelt. Jedenfalls hat er g'sagt, dass die so laut war'n, dass die Wände g'wackelt ham und dass sie sich gar nix schämen, die Partie. Und dass sie sich erst wieder ham anzieh'n müss'n, wie ma ihnen g'sagt hat, dass die Fanny tot war.«

»Warten Sie, dass ich das nicht falsch verstehe. Das heißt, der Diener kann bestätigen, dass sich Siggi und Else die ganze Zeit in ihrem Zimmer aufgehalten haben. Auch während der Tatzeit?«

»So schaut's aus.«

Frau Ehrenstein schwang die Beine vom Bett, drückte die

Zigarette aus und stellte das Whiskyglas beiseite. »Das heißt dann wohl, dass wir zwei Mörder im Haus haben.«

»Mindestens«, erklärte Marie lakonisch.

26

Quo Vadis?

Montag, 3 Uhr 45
Eingangshalle

Der Inspektor telefonierte mit angespannter Miene, als Frau Ehrenstein und Marie die Treppen hinunterkamen. Oskar stand neben ihm, bedeutete den beiden Frauen aber, sich mit ihm zu entfernen.

»Wie ist es gelaufen?«, fragte die gnä' Frau.

»Kann ich nicht sagen.« Oskar fuhr sich mit der Hand über die Augen und stöhnte. »Ich hab ihm die ganze Geschichte dargelegt. Zunächst hat er alles mit einem – wie ich sagen muss, äußerst herablassenden – Lachen abgetan. Wollte mir doch tatsächlich erklären, dass Joe von der Haushälterin ermordet wurde und sie sich dann aus Reue das Leben genommen hat. Könnt ihr euch das vorstellen?«

»Ja«, erwiderten Marie und Frau Ehrenstein, synchron wie die Jus-Zwillinge. Die beiden hatten schon zu oft gegen die haarsträubende Phantasielosigkeit der Polizei ankämpfen müssen.

»Nun ja«, fuhr Oskar stirnrunzelnd fort. An die Vertrautheit zwischen den beiden würde er sich erst noch gewöhnen müssen. »Ich habe ihm dann ziemlich eindeutig gesagt, was ich von diesem Schmarrn halte und dass er besser die Situation ernst nimmt, ehe ich dafür sorge, dass er die Konsequenzen zu tragen hat. Ganz abgesehen davon, dass Else

Trentner die Tat bereits vor Zeugen gestanden hat und deswegen eingesperrt ist. Er wollte dann wissen, in welchem Zimmer, und sie sofort befragen. Aber ich habe ihm gesagt, dass das jetzt nicht in Frage kommt und es erst mal Wichtigeres gibt. Ich meine, sie ist ohnehin überführt und gut verwahrt, vermutlich schläft sie sogar, oder? Ich bin schon etwas müde und grundsätzlich gereizter, aufgrund der Umstände. Jedenfalls hab ich ihm wohl einen Schrecken eingejagt. Er telefoniert gerade mit dem Gendarmerieposten und sucht um Verstärkung aus Wien an.«

»Na, wenigstens geschieht jetzt was. Marie und ich sind draufgekommen, dass Else Fanny nicht ermordet haben kann. Sie war die ganze Zeit mit Siggi auf ihrem Zimmer.« Frau Ehrenstein redete so schnell, dass sie sich beinahe verhaspelte. Es war unklar, wie lange sie sich noch ungestört unterhalten konnten, ehe der Inspektor wieder auftauchte.

»Aber … Stimmt, Siggi hat noch so etwas erwähnt.« Oskars pikiertem Gesichtsausdruck nach zu urteilen, hatte Siggi wohl recht detailliert ausgeführt, was er und seine Frau in ihrem Zimmer getrieben hatten. »Allerdings habe ich ihm nicht geglaubt. Das erste Alibi von Else hat ja auch nicht gestimmt.«

»Nun, diesmal gibt es einen Diener, der es bezeugen kann. Hilf mir noch mal auf die Sprünge, wie kann man anhand des Blutes die Tatzeit bestimmen?«

»Also … Ich weiß, dass Blut gerinnt, wenn längere Zeit vergangen ist, seit das Herz zu schlagen aufgehört hat. Aber wie lange das dauert, dazu kann ich nichts sagen. Meinst du wegen Fanny? Ich weiß nicht, ob das …«

»Nein, es geht um Frederick. Ich hätte seinen Todeszeitpunkt gerne eingeschränkt.«

»Wer?«

»Frederick, der Pianist. Ich hab ihn in der Garage erschossen vorgefunden. Da bin ich auf den Inspektor gestoßen, hat er dir das nicht erzählt?«

Oskar war ganz bleich geworden. Er öffnete und schloss den Mund wie ein Karpfen, für einen Moment wankte er. Marie fasste ihn rasch am Ellbogen und gab ihm Halt.

»Noch eine Leiche? Wie ist das …? Warum hast du mir das nicht gleich gesagt?«

»No, wennst nicht so auf mein Äußeres fixiert gewesen wärst, hättest du's früher erfahren!« Frau Ehrenstein musste zugeben, dass dieser Seitenhieb gut tat, auch wenn sie sich eigentlich vorgenommen hatte, nicht darauf herumzureiten.

Oskars Wangen nahmen wieder Farbe an, und er wollte offensichtlich etwas erwidern. Doch Frau Ehrenstein sah, wie Inspektor Radinger sein Telefonat beendete, und beeilte sich: »Ich muss noch einmal in Fannys Zimmer, vielleicht ist mir ja etwas entgangen. Marie fragt bei den Dienstboten nach, wann und wo Frederick zuletzt gesehen wurde. Vielleicht weiß auch jemand mehr über ihn.«

»Und ich?«, fragte Oskar atemlos, bevor Radinger in Hörweite war.

»Du bleibst in seiner Nähe. Pass auf, dass er keinen Blödsinn macht. Wir treffen uns hier in einer halben Stunde wieder. Ah, Herr Inspektor, was sagt der Gendarmerieposten?«

»Sie schicken jemanden, um die Leichen abzuholen, und wen, der sich um die Spuren kümmert. Die Krimineser aus Wien, also Kriminalbeamten, will ich sagen. Sie sehen irgendwie verändert aus, Frau Ehrenstein.«

»Sie sind so scharfsinnig, Herr Inspektor. Eine bewundernswerte Eigenschaft für einen Gesetzeshüter. Wollen Sie vielleicht eine kleine Stärkung zu sich nehmen, ehe Ihre Kollegen eintreffen?«

Er zögerte, als würde er das Angebot noch abwägen, wäre sich seiner Sache aber nicht sicher. »Ich sollte unbedingt mit der angeblichen Mörderin reden. Ein Verhör, Sie verstehen?«

»Aber selbstverständlich«, sagte die gnä' Frau mit charmantem Lächeln, hakte sich bei ihm unter und schob ihn in Richtung Salon. »Vielleicht wollen Sie aber vorher noch mit dem Ehemann sprechen und einigen Zeugen?«

Die Lautstärke im Salon hatte sich noch nicht verringert, und zusätzlich schlug ihnen jetzt noch ein aufdringliches Geruchspotpourri aus Zigaretten- und Zigarrenrauch, Alkohol und Schweiß entgegen. Auf der Türschwelle kam der Inspektor abrupt zum Stehen. Kein Wunder, die Szenerie hatte etwas Erschlagendes. Die Jus-Zwillinge tanzten mit zwei der Professorenwitwen Csardas, der Griesgram küsste der dritten hingebungsvoll die Hand. Siggi und Victoria saßen kichernd auf der Chaiselongue, wohlwollend beäugt von Jolanthe, die ohne Anzeichen von Müdigkeit in gebührenden Abstand auf einem Sessel thronte. Andere Gäste scharten sich um die Bar und unterhielten sich lautstark.

»Ist ... ist das die Köchin, die am Klavier den Csardas spielt?«, fragte die gnä' Frau, gleichzeitig amüsiert und fassungslos.

»Ja«, sagte Marie grimmig. »Da hob ich ihr wohl z'vü Schnaps zur Beruhigung geb'n.«

»Hier kann ich nicht bleiben.« Radinger machte auf dem Absatz kehrt und marschierte wieder hinaus. Der Anblick der Meute war ihm wohl zu viel gewesen, und Frau Ehrenstein konnte es ihm nicht verübeln. Sie fühlte sich an das ausschweifende Gelage aus dem Film *Quo Vadis* erinnert, in dem Peter Ustinov den Nero gab.

»Herr Inspektor, wie warat's, wenn ich Ihnen was in die Bibliothek bring? Zum Aufwärmen. Der gnädige Herr Ehrenstein wird Ihnen Gesellschaft leisten.« Marie ging an der einen Seite Radingers, und Oskar beeilte sich, auf die andere zu kommen, während er dem Dienstmädchen zustimmte. Gemeinsam schoben sie den Gendarmen in die gewünschte Richtung.

»Ich finde, ich sollte vorher die beschuldigte Frau … Else verhören. Nur um sicherzugehen«, sagte Radinger, zwischen den beiden eingezwängt. Doch sein Widerstand klang halbherzig. Was er sich auch vorgestellt haben mochte, als man ihn mitten in der Nacht zum Trentner'schen Anwesen geschickt hatte, damit hatte er sicher nicht gerechnet.

Vor ein paar Stunden war Fanny ganz ähnlich zwischen Oskar und Marie zu ihrem Zimmer geleitetet worden. Das Bild versetzte ihr einen Stich. Wenigstens hatte Frau Ehrenstein sie von Joes Mord reinwaschen können. Doch sie hatte fürchterliche Angst, dass sie Fannys Mörder nicht rechtzeitig finden würde, bevor die polizeiliche Verstärkung eintraf.

Marie warf noch einen Blick über die Schulter, und Frau Ehrenstein nickte ihr aufmunternd zu. Sie war nicht allein in diesem Kampf. Und das war mehr als nichts.

27

Noch einmal zurückgespult

Montag, 4 Uhr 10
Fannys Zimmer

Die Glühbirne summte, als Frau Ehrenstein den Lichtschalter betätigte. Lieber wäre es ihr gewesen, die Szene im Dunkeln ruhen zu lassen. Fannys Leichnam lag unverändert im Bett. Das Blut war überall, auf ihrem Nachthemd, der Decke, der Matratze. Nur war es inzwischen dunkler und teilweise eingetrocknet. Die gnä' Frau versuchte krampfhaft, alles analytisch zu betrachten und so sachlich wie möglich zu bleiben, um einen klaren Kopf zu bewahren. Doch hier lag eine blutdurchtränkte Leiche, die gewaltsam zu Tode gekommen war. Es war mitten in der Nacht, ein Regensturm tobte, und mindestens ein Mörder war im Haus auf freiem Fuß. Frau Ehrenstein hatte viel zu viele Gruselfilme in ihrem Leben gesehen, um jetzt nicht nervös zu werden.

Sie schüttelte die Arme aus, wie um dieses Gefühl loszuwerden, atmete tief durch und näherte sich vorsichtig dem Bett. Bei jedem Schritt knarzten die unebenen Holzdielen unter ihren Füßen. Abgesehen davon war es gespenstisch still. Die Klänge des Treibens im Salon drangen nicht bis in den Dienstbotentrakt. Der Großteil des Personals war wieder schlafen gegangen. Welche Katastrophen sich hier im Haus auch abspielten, sie mussten morgen in aller Frühe wieder auf den Beinen sein und sich um das Wohlergehen der Herrschaften kümmern. Nur die Köchin spielte noch am Klavier, und das Dienstmädchen Rosi sowie ein junger Diener hatten in der Küche gesessen, als Frau Ehrenstein auf dem Weg in Fannys Zimmer an ihnen vorbeigekommen war. Die beiden hatten ihr gedankt, weil sie die jetzige Noch-Frau-Trentner – »diese *Schlange*« – überführt hatte.

Die gnä' Frau blieb einen halben Meter vor dem Bett stehen. Der Geruch hatte sich in den letzten Stunden verändert, er war gleichzeitig beißend und süßlich. Sie war froh, die Tür etwas offen gelassen zu haben. Nicht nur wegen der stickigen Luft hier drin, sondern auch weil sie sich wohler fühlte, wenn sie jederzeit einfach hinausstürzen konnte. Nein, das war lächerlich. Es gab keine Geister, nur eine tote Seele, der Recht widerfahren sollte. Frau Ehrenstein wischte sich die feuchten Handflächen an ihrem Leinenrock ab und nahm den Tatort genauer unter die Lupe.

Das fiel ihr leichter, wenn sie sich auf einzelne Abschnitte und nicht auf das Gesamtbild konzentrierte. Das große Messer lag neben Fanny, das Blut darauf mittlerweile so trocken, dass es fast schon abblätterte. Würde man am Griff Fingerabdrücke des Mörders finden? Er war davon ausgegangen, dass der Tod der Haushälterin als Selbstmord deklariert werden würde, also hatte er sich eventuell nicht die Mühe gemacht, Handschuhe anzuziehen. Nach dem Anruf des Inspektors würde sich jetzt das Sicherheitsbüro aus Wien um die Ermittlungen kümmern. Die hatten die Möglichkeiten, die Fingerabdrücke von allen im Haus zu überprüfen.

Ohne den Körper der Haushälterin zu bewegen, begutachtete sie die tiefen Schnitte entlang der Adern am Unterarm, dann die oberflächlicheren auf der rechten Handfläche. Sie musste nah herangehen und den Kopf verdrehen, um alles genau sehen zu können. Doch ihr Unwohlsein war mittlerweile Entschlossenheit gewichen.

An den Oberarmen fand sie vier weitere Schnitte, zwei an jedem, eigentlich nur Kratzer, auffallend parallel, als wären sie präzise gesetzt worden. Unterhalb des Wangenknochens prangte ein großer rotbläulicher Fleck. Der Mund war leicht geöffnet, in den Mundwinkeln klebten kaum sichtbar helle Fasern. Vielleicht vom Polster, beim Kampf hängengeblieben. Wo war der eigentlich? Ach ja, er war hinters Bett gefallen, ein Zipfel ragte hervor.

Es hatte ein Kampf stattgefunden, das war offensichtlich. Selbst dem arbeitsscheusten Polizisten würde das auffallen, wenn er nur einen zweiten Blick auf die Szene warf. Der Plan, demzufolge der Mord als Selbstmord getarnt werden sollte, war wohl aus dem Ruder gelaufen.

Frau Ehrenstein trat einen Schritt zur Seite, sah zur Tür, dann zum Bett. Wie konnte sich die Tat ereignet haben?

Der Mörder schließt die Tür auf, was kein Problem darstellt, weil der Schlüssel außen steckt. Er schlüpft ins Zimmer. Ein Tablett in der Hand, denn damit hatte Rosi die verdächtige Person dann weggehen sehen. Ist Fanny wach? Hätte sie schlafen können, nach allem, was ihr vorgeworfen worden war? Mit der Angst, erneut angeklagt und womöglich eingesperrt zu werden? Doch sie hatte jahrelang im Gefängnis gesessen und mit Sicherheit schon Schlimmeres erlebt. Vielleicht hatte sie die Fähigkeit entwickelt, einfach abzuschalten, wenn es ohnehin nichts gab, was sie tun konnte.

Also, nehmen wir an, Fanny liegt im Bett und schläft. Selbst wenn sie beim Öffnen der Tür aufwacht, sieht sie nur ein Dienstmädchen, das nach ihr sehen will. Ein Tablett in der Hand, als wollte sie ihr etwas zu essen bringen. Vielleicht ist Fanny gerührt und bedankt sich. Versichert, dass sie nichts braucht. Doch das Dienstmädchen kommt trotzdem immer näher, stellt das Tablett ab. Fanny sieht in ihrer Hand etwas aufblitzen, und ehe sie sichs versieht, hat die vermeintlich freundliche Seele sich auf sie gestürzt und will ihr die Pulsadern aufschlitzen. Fanny wehrt sich mit all ihrer Kraft, doch der Angreifer schlägt ihr ins Gesicht und sticht auf sie ein. Letztendlich verliert sie so viel Blut, dass ihre Kräfte sie verlassen.

Nein, irgendwas daran kam der gnä' Frau komisch vor.

Der Mörder mochte davon ausgegangen sein, dass er die Haushälterin leicht würde überwältigen können. Er musste Vertrauen in seine Kraft oder seine Fähigkeiten gehabt haben. Selbst wenn Fanny tief und fest geschlafen hätte, spätestens bei der ersten Berührung mit dem Messer wäre sie aufgewacht und hätte ... geschrien. Das Erste, was sie getan hätte, wäre, laut nach Hilfe zu rufen. Irgendjemand in den umliegenden Zimmern hätte sie hören müssen. Untertags war der Dienstbotentrakt so gut wie leer, weil alle arbeiten mussten. Doch während der Tatzeit wäre ihr das Personal mit Sicherheit zu Hilfe geeilt.

War sie unter Drogen gesetzt worden, damit sie nicht schreien konnte? Nein, dann hätte sie sich auch nicht wehren können.

Also noch einmal zurückgespult.

Der Mörder kommt herein. Entweder schläft Fanny, oder sie denkt sich beim Anblick eines Dienstmädchens nicht Schlimmes. Die Haushälterin merkt, dass etwas nicht stimmt, reißt den Mund auf und ... er knebelt sie. Doch sie wehrt sich, will vielleicht aufspringen. Er muss sie irgendwie in Schach halten.

Frau Ehrenstein stutzte und sah sich noch einmal die Schnittwunden an Fannys Oberarmen an. Das waren keine Messerschnitte. Sondern tiefe Einkerbungen in der Haut, als wäre sie gefesselt worden. Für ein Seil waren die Einschnitte zu gerade und zu parallel. Ein Schal? Nein, das Material musste scharfe Kanten gehabt haben. Ein Gürtel womöglich?

Sie trat einen Schritt näher. Unter ihren Füßen knirschte es. Stirnrunzelnd hob sie einen ihrer nur achthundert Schilling teuren Stöckelschuhe. An der Sohle klebten kleine Scherben. Wo kamen die her? Auf dem Bett waren keine zu sehen. Ihr Blick schweifte zum Nachtkastl. Dort lag nur der Groschenroman mit dem glücklichen Hochzeitspaar darauf, daneben stand die etwas ramponierte Lampe. Verkehrt herum. Das Kabel zeigte nach vorn, statt nach hinten Richtung Steckdose. Frau Ehrenstein bückte sich, um unter den Lampenschirm zu schauen. Die Glühbirne war kaputt.

Also gut, ein letztes Mal:

Der Mörder schlüpft ins Zimmer. Er tritt mit dem Tablett an Fannys Bett, hebt die Glocke und offenbart ein Messer, einen Gürtel und ein Stück Stoff. Er knebelt die Haushälterin, schlägt ihr ins Gesicht, als sie sich wehren will, und fixiert ihre Arme mit dem Gürtel an ihrem Körper. So fest, dass das Leder einschneidet und die Haut zu bluten beginnt. Die Haushälterin wehrt sich heftig und zieht sich dabei am ganzen Körper Stichverletzungen zu. Überall ist Blut. Die Nachttischlampe fällt beim Kampf hinunter, die Glühbirne zerbricht. Der Mörder schafft es, Fannys Pulsadern aufzuschneiden, ihre Kraft schwindet, schließlich sackt sie zusammen. Er stellt die Lampe wieder auf den Nachttisch, platziert das Messer, löst Gürtel und Knebel und versteckt beides auf dem Tablett unter der Glocke. Schließlich schlüpft er aus dem Zimmer und verschwindet aus dem Dienstbotentrakt, wobei er von Rosi beobachtet wird.

Es war ein Wunder, dass der Täter von niemandem entdeckt worden war. Insbesondere, weil die gnä' Frau sich kurz darauf mit Marie in der Küche getroffen hatte, um Joes Mord zu untersuchen. Ihrer Gefährtin wäre ein falsches Dienstmädchen sofort aufgefallen. Eins mit Blut auf der Kleidung erst recht. Es sei denn, es hätte den gleichen Weg genommen wie die gnä' Frau vor knapp eineinhalb Stunden: durch den Salon auf die Terrasse. Vielleicht hatte der Mörder dort gewartet, bis die Luft rein war. Oder er war ums Haus herumgegangen, um sich irgendwo heimlich umzuziehen und das Tablett mit der Glocke loszuwerden. Vielleicht war er dabei in der Garage von Frederick beobachtet worden, der daraufhin sterben musste. Aber woher kam dann die Pistole?

Sie musste die Dienstmädchenuniform finden. Hier war sie sicher nicht. Bevor sie sich auf die Suche machte, warf sie noch einen letzten Blick auf den Tatort. Wohl wissend, dass sie ihn in diesem Zustand nicht mehr zu sehen bekommen würde, wenn erst mal die polizeiliche Unterstützung aus Wien eintraf. Das Messer, das Blut, die Schnitte, die ramponierte Nachttischlampe, die arme Fanny, deren Gesicht so weiß war wie der Überzug des Polsters hinterm Bett. Nein, Moment. Da war noch eine andere Farbe. Gelb.

Frau Ehrenstein stellte sich auf Zehenspitzen und beugte sich über das Bett. Sie versuchte, das Blut oder Fannys Körper möglichst nicht zu berühren. Mit den Fingerspitzen fischte sie nach dem Gelblichen hinter dem Polster. Es war ein Stück Stoff, nicht viel größer als ihr Daumen, eine Art verarbeitete Wolle, weich und flauschig. Zerfranst auf der einen Seite, als wäre es gerissen. Es erinnerte sie an das Futter von Willis Winterjacke, was war das noch gleich gewesen? Schaffell, genau. Die gnä' Frau sah sich ein weiteres Mal um, aber sie erkannte kein Möbel- oder Kleidungsstück, zu dem dieses Stück Wolle passen mochte.

Ihr Atem wurde schneller. Das musste ein Teil des Knebels

gewesen sein. Ein Teil musste abgerissen sein, als der Täter sich aus dem Staub gemacht hatte. Aber woher konnte das Material stammen? Frau Ehrenstein betrachtete es von allen Seiten. Auf der Rückseite war eine Art Vlies, an einem Rand Nähte zu erkennen. Ein Teil einer Decke oder einer Winterjacke? Im Hochsommer waren diese Dinge normalerweise nicht in Reichweite. Sie hielt den Fetzen gegen das Licht, dicht vors Gesicht, um auch keine Einzelheit zu übersehen. Jetzt fiel ihr auf, dass sich zwischen die gelben Fasern schwarze Punkte mischten, als wären sie schmutzig. Sie kniff die Augen zusammen. Nein, keine Punkte, ganz kurze schwarze Härchen hingen in der Wolle. Dann stieg ihr ein Geruch in die Nase. Ganz dezent. Hätte sie das Teil nicht so dicht vors Gesicht gehalten, wäre es ihr in diesem Zimmer voller unangenehmer Gerüche nicht aufgefallen.

»Aber …«, entfuhr es der gnä' Frau ungläubig.

Der Knebel roch nach Stall, und die Härchen stammten von einem schwarzen Pferd.

28

Umtriebige Mörder

Montag, 5 Uhr
Eingangshalle

Helene, nicht schon wieder!«

»Gnä' Frau, ich hab Ihnen doch grad erst die Haar g'macht g'habt!«

Frau Ehrenstein tropfte auf den Marmorboden der Eingangshalle, wo sie sich mit ihren Komplizen verabredet hatte. Sie hatte die beiden warten lassen, doch nachdem ihr klar geworden war, wo sie suchen musste, war sie nicht mehr aufzuhalten gewesen. Ihre Hochsteckfrisur hing etwas schief, Rock und Weste waren durchnässt, doch wenigstens waren diese Stöckelschuhe nicht in einem ganz so desolaten Zustand wie die letzten. Das war allerdings nicht der Grund für ihr triumphierendes Grinsen.

»Was in Dreigottesnamen hast du da?« Oskar war sichtlich fassungslos, aber er verzichtete darauf, sie wegen ihres Äußeren zu tadeln, was Frau Ehrenstein als Fortschritt ansah.

»Is des a Glosche? Und a … Sattel?« Marie war nicht weniger erschüttert über das Auftreten ihrer gnä' Frau. Aber auch sichtlich erleichtert, dass ihr nichts fehlte.

»Ja, das ist eine Servierglocke, und nein, das ist so etwas wie eine Satteltasche. Bei der Untersuchung von Fannys Zimmer habe ich den entscheidenden Hinweis gefunden, und im Stall waren die Beweise!« Stolz hielt sie beides in die Höhe, doch statt Jubelgeschrei und Lob bekam sie eine Standpauke.

»Du warst schon wieder draußen? Allein?«

»Gnä' Frau, was denken'S Ihnen eigentlich immer dabei? Ham'S vergess'n, dass da immer no a Mörder rumrennt?«

»Ohne uns was zu sagen!«

»Es hätt sonst was passieren könnan!«

Frau Ehrensteins Arme und Mundwinkel sanken herab. Sie war es gewohnt, dass Oskar und Marie ihr Predigten hielten. Allerdings nie in Stereo. Das war etwas anstrengend und enervierend, insbesondere weil sie dadurch den Blick aufs Wesentliche verloren. Ganz konträr zu ihrem herkömmlichen Verhalten beschloss sie, keinen Streit anzufangen – obwohl sie zweifelsohne dazu in der Lage gewesen wäre, ihrem Mann und ihrer Gefährtin gleichzeitig Paroli zu bieten. Stattdessen entschuldigte sie sich kleinlaut, gelobte Besserung und fragte, ob jetzt alle bereit seien, Fannys Mord aufzuklären. Etwas betroppezt bejahten sie.

Frau Ehrenstein drückte Oskar die feuchte und dreckige Servierglocke in die Hände und Marie die Satteltasche, ehe sie aus dem Bund ihres Rocks eine Zeitung zog.

»Ich hab sie da reingesteckt, damit sie draußen nicht nass wird. Bevor ich in den Stall gegangen bin, hab ich sie aus meinem Zimmer geholt, weil ich mir gedacht habe, dass die Antwort darin zu finden ist. Ich hatte den Artikel zwar gelesen, war aber viel zu sehr auf Fanny als Fleischwolfmörderin fokussiert. Dabei ist mir der Rest entgangen.«

Frau Ehrenstein tippte mit ihrem lackierten Fingernagel auf eine Stelle im Text. Marie runzelte verständnislos die Stirn. Doch Oskar schnappte lautstark nach Luft und stammelte: »Oh mein Gott, oh mein Gott.«

»Was ist denn hier schon wieder los? Schläft in diesem

Haus eigentlich nie jemand? Waren Sie nicht schon wieder trocken zwischendurch?«

Radinger kam aus der Bibliothek geschlendert, die Hände leger in die Hosentaschen gesteckt. Seine dunklen Haare waren mittlerweile schon wieder gänzlich getrocknet, und dem rötlichen Ton seiner Wangen zu entnehmen, hatte er sich zu einem Gläschen Hochprozentigen überreden lassen.

»Wie immer sehr scharfsinnig, Herr Inspektor. Gut, dass Sie da sind. Sie können uns in den Salon begleiten und ein Verbrechen sühnen.«

»Aber … ich wollte jetzt eigentlich endlich die Beschuldigte verhören. Ist sie jetzt im Salon?«

»Nein, jetzt geht's um einen anderen Mord. Oder andere Morde. Die Menschen in diesem Haus sind sehr umtriebig. Kommen Sie mit, dann muss ich Ihnen nachher nicht alles noch einmal erklären.«

Der sichtlich konfuse Radinger wollte protestieren, wurde aber erneut von Frau Ehrenstein untergehakt und zum Salon geleitet. Seit er hier angekommen war, war er im Grunde nur hin- und hergeschoben worden. An der Türschwelle bremste er abrupt ab, sodass Oskar und Marie, die ihnen mit den Beweismitteln gefolgt waren, ihn anrempelten. Seine Furcht, wieder mit Sodom und Gomorrha konfrontiert zu werden, war verständlich. Für einen braven Gendarmen vom Land, der vermutlich regelmäßig in die Kirche und zu Vereinssitzungen ging, musste das wilde Treiben der feinen Gesellschaft schockierend sein. Noch dazu am Tag des Herrn. Doch der Anblick, der sich ihnen bot, war nicht mehr ganz so schrecklich wie noch vor knapp einer Stunde.

Lautstärke und Gestank hatten sich dankenswerterweise reduziert. Jemand hatte die Weitsicht bewiesen, die Terassentüren zu öffnen, damit der Geruch von schalem Alkohol und Zigaretten abziehen konnte. Die Köchin saß immer noch am Klavier, nur hatte sie jetzt eine glimmende Zigarette im Mundwinkel und spielte eine langsame Melodie, die Frau Ehrenstein entfernt bekannt vorkam. Es waren einige falsche Noten darunter, aber es musste sich um »As Time Goes By« aus dem Film *Casablanca* handeln. Der Griesgram tanzte eng umschlungen mit einer der Professorenwitwen, während die beiden anderen Schwestern sich gegenseitig im Arm hielten und über die Tanzfläche schunkelten. Die Jus-Zwillinge schliefen, die Köpfe aneinandergelehnt, im Sitzen auf der Chaiselongue. Einige Gäste standen rauchend auf der Terrasse unter dem Vordach und unterhielten sich. Der Himmel hatte seinen schweren schwarzen Mantel schon abgelegt und wirkte nun grau-bläulich.

»Sehen Sie, es ist ja gar nicht mehr so schlimm«, sagte die gnä' Frau aufmunternd zum Inspektor. Nach kurzem Zögern und einem erneuten Blick durch den Salon ließ er sich tatsächlich überreden weiterzugehen.

Die kleine Prozession, angeführt von der gnä' Frau, steuerte die hintere Ecke des Raumes an. Dort saßen immer noch Jolanthe, Victoria und Siggi, wobei Letzterer halb lag, den Kopf auf dem Schoß seiner Ex-Freundin, die Augen selig geschlossen. Victoria streichelte ihm mit dem selbstzufriedenen Gesichtsausdruck einer Jägerin, die den Kampf um ihre Beute gewonnen hat, übers Haar und plauderte mit der alten Großmutter.

Bei jedem zweiten Schritt knirschte Frau Ehrensteins linker Schuh auf dem Parkettboden. Für die anderen war das Geräusch vermutlich nicht einmal wahrnehmbar, aber sie war davon irritiert und ließ die Sohle über den Boden schleifen, um, was auch immer sich im Profil verhangen hatte, loszuwerden. Sie musste ihre gesamte Kraft aufbringen, um sich nicht von Kleinigkeiten ablenken zu lassen. Ihre Gliedmaßen fühlten sich an wie Gummi, und durch ihren Kopf schien eine Hummel zu schwirren. Sie konnte sich schon gar nicht mehr erinnern, wann sie zuletzt geschlafen hatte. Marie hatte sie aus dem Bett geholt, nachdem Joes Leiche entdeckt worden war. Ungefähr vor vierundzwanzig Stunden. Aber es hätte genauso gut vor drei Tagen sein können, so, wie sie sich gerade fühlte. Nun, wenn sie erst einmal wieder zu Hause war, könnte sie sich für eine Woche hinlegen. Jetzt hieß es, alle Sinne beieinander zu halten und wenigstens einen fitten Anschein zu erwecken. Sie richtete ihre Perlenkette und betastete ihre Hochsteckfrisur. Die war natürlich pitschnass und hing schief, aber jetzt war es zu spät, um noch etwas deswegen zu unternehmen.

Victoria sah Frau Ehrenstein stirnrunzelnd an und hörte auf, Siggis Kopf zu streicheln. Er setzte sich auf und blinzelte wie eine Eule.

»Kind, ich bitte dich. Du tropfst aufs Parkett. Das hat den Krieg überlebt, ich möchte, dass es auch dieses Wochenende überlebt. Und mich.« Jolanthe machte mit ihren neunzig Jahren noch einen beeindruckend wachen Eindruck. Die schmalen Lippen waren zwar unverändert verkniffen, doch Frau Ehrenstein hatte das Gefühl, dass der Blick der alten Frau milder geworden war. Vermutlich hatte das mit Siggi und Victoria zu tun.

»Victoria, das hier ist Inspektor Radinger von der Gendarmerie. Er wird dich jetzt festnehmen, wegen des Mords an Fanny.«

Darauf folgte erwartungsgemäß protestierendes Stimmengewirr, sowohl von Jolanthe und Siggi als auch von Radinger. Victoria blieb uncharakteristisch still. Es wäre einfacher gewesen, dem Inspektor die Beweise zu übergeben und ihm den Rest zu überlassen. Doch die gnä' Frau vertraute seinen Fähigkeiten nicht. Abgesehen davon war sie ein gebranntes Kind. Victoria kam aus gutem Hause und gehörte zur gehobenen Gesellschaft. Erst vor einem halben Jahr hatte sie miterlebt, wie eine Gräfin mit zwei Morden davongekommen war, weil die Polizei nichts gegen die einflussreiche Dame unternehmen wollte. Wenn Frau Ehrenstein die Beweise allerdings vor mehreren Zeugen präsentierte, insbesondere welchen, die selbst zur Crème de la Crème gehörten, dann wäre der Inspektor zum Handeln gezwungen.

»Die Haushälterin hat sich selbst umgebracht.« Victorias sonst so donnernder, herrschaftsgebietender Ton war einer nachdenklichen und ruhigen Stimme gewichen Die Proteste der anderen verstummten. Siggi musterte seine Ex-Freundin verwundert. Vermutlich hatte er mit einer bissigen Bemerkung, gefolgt von einem knallenden Schenkelklopfer, gerechnet.

»Nein, hat sie nicht, und das ist so offensichtlich, dass selbst ein Laie es erkennen kann. Es gibt Kampfspuren und Schnitte in ihrer Hand ...«, begann Frau Ehrenstein, wurde jedoch von Jolanthe unterbrochen.

»Interpretierst du da nicht etwas zu viel hinein, Kind? Es war eine lange Nacht, und du wirkst schon etwas mitgenommen. Vielleicht, nun, ich weiß ja nicht, vielleicht ist die Haushälterin mit der Klinge abgerutscht.«

Frau Ehrenstein rieb sich die Stirn, ihr Kopf pochte. »Es waren Abwehrverletzungen. Außerdem gibt es Hinweise, dass sie gefesselt und geknebelt wurde.«

»Um was geht es hier jetzt eigentlich?«, fragte der Inspektor leise.

»Um die Haushälterin. Sie hören jetzt erst einmal ruhig zu und walten dann Ihres Amtes, wenn ich es Ihnen sage. Also, wo war ich?«

»Beim Selbstmord der Haushälterin«, erklärte Victoria bestimmt. Sie hatte einen entschlossenen Zug um den Mund, doch ihr Blick wirkte fast traurig. Ihre Hände hatte sie im Schoß zu Fäusten geballt. »Sie hat sich umgebracht, weil sie der Mord an dem Hippie mit dem Fleischwolf an ihre eigene Tat erinnert hat und sie nicht mehr damit leben konnte. Das Wissen, im Grunde ihres Herzens eine kaltblütige Mörderin zu sein, die ein unschuldiges Leben ausgelöscht hat, war zu viel für sie. Und ich sage, die Welt ist dadurch eine bessere geworden. Vielleicht solltest du deine Frau jetzt ins Bett bringen, Oskar. Die Aufregung war wohl zu viel für …«

Als sie sich Oskar zuwandte, erstarrte sie mitten im Satz. Von der Servierglocke in seinen Händen glitt ihr Blick zur Satteltasche, die Marie vor sich hertrug, und zu der Zeitung, die die gnä' Frau umklammert hielt. Gut, dachte die Hobbydetektivin, dann können wir uns das mühselige Geplänkel sparen.

»Die Verbindung zwischen dir und Fanny wurde mir erst im Nachhinein klar. Ich …«

Victoria sprang auf. Sie verpasste Frau Ehrenstein einen Kinnhaken, stieß den Inspektor beiseite und rannte zur Tür. Die gnä' Frau sackte zu Boden, weniger wegen des Schmerzes als vielmehr, weil sie so überrumpelt war. Das Klavierspiel riss abrupt ab, die Tanzenden blieben stehen. Marie war die Erste, die sich aus der Schockstarre löste. Sie ließ die Satteltasche auf den Boden plumpsen und hastete Victoria mit wütender Entschlossenheit nach. Die hatte sich bei ihrer Flucht ihrer Schuhee entledigt und war gerade durch die Tür in Richtung Eingangshalle gelaufen. Plötzlich ertönte ein spitzer Schrei, gefolgt von einem Krachen.

Oskar half Frau Ehrenstein auf die Beine, und sie beeilten sich zu den anderen aufzuschließen. Etwas verspätet folgten auch der Inspektor und die anderen Gäste. In dem breiten Gang zwischen Salon und Eingangshalle lag Victoria niedergestreckt auf dem Boden, neben ihr ein umgefallenes

Tischchen und eine zerbrochene Vase. Und auf ihr, genauer gesagt auf ihren Beinen, balancierte Ladislaus in seinem Rollstuhl. Seine grauen Haare standen in Büscheln ab, er trug einen blauen Morgenmantel, und seine sonst so friedliche Miene war vor Wut verzerrt.

»Ladislaus, bitte …« Frau Ehrenstein näherte sich vorsichtig, wie um ein schreckhaftes Pferd zu beruhigen. Victorias Augen waren geschlossen, doch ihr Rücken bewegte sich mit jedem Atemzug regelmäßig auf und ab.

»Sie hat es getan, nicht wahr? Sie hat das meiner Fanny angetan.«

Sein Gesicht war rot angelaufen, Schweißperlen standen ihm auf der Stirn. Er hielt die Greifreifen seines Rollstuhls so angestrengt umklammert, dass an seinen Händen blaue Adern hervortraten. Die gnä' Frau musste daran denken, wie er am Samstagnachmittag problemlos die Treppen des Pavillons bewältigt hatte. Mörderische Ex-Freundinnen seines Sohnes stellten für das moderne Gefährt wohl auch kein Problem dar.

Oskar trat nach vorn und blieb knapp vor Victorias Beinen stehen, sichtlich um Blickkontakt mit seinem väterlichen Freund bemüht. Frau Ehrenstein konnte das Gesicht ihres Mannes nicht sehen, doch seine Stimme war so sanft und zart, wie sie es noch selten bei ihm gehört hatte.

»Es tut mir so leid, Ladislaus. Ich kann mir kaum vorstellen, wie du dich fühlen musst. Aber ich verstehe, dass viel Schmerz und Wut dabei ist. Die Polizei ist hier, Helene hat die Beweise. Alles wird seinen Weg gehen. Aber bitte komm jetzt von ihr runter. Das ist es nicht wert.«

Ladislaus' Augen füllten sich mit Tränen, und Frau Ehrensteins Herz krampfte sich zusammen. So viel Leid war hier in den letzten achtundvierzig Stunden geschehen. Es würde lange dauern, bis alle Beteiligten das verarbeitet hatten.

Der alte Mann seufzte schluchzend auf und fuhr rumpelnd von Victoria herunter. Die rührte sich noch immer nicht. Marie ging zu ihr, legte ihr zwei Finger an den Hals und nahm ihren Kopf unter die Lupe. »Nur bewusstlos, so wie's ausschaut. Hat was am Schädl kriegt. Wie's g'falln is, nehm ich an.«

»Ich hab ihr einen Schlag vor die Beine versetzt. So, mit meinem Rollstuhl.«

Ladislaus verlagerte sein Gewicht nach hinten und balancierte auf den beiden großen Rädern seines Gefährts, während er die kleineren Vorderräder in der Luft ruckartig nach rechts schwang. Wenn Victoria mit voller Geschwindigkeit dagegen gelaufen war, musste sich das anfühlen wie ein Schlag mit achtzig km/h gegen die Kniescheiben. Frau Ehrensteins Gesichtsmuskeln verzogen sich bei der Vorstellung automatisch.

Oskar brachte Ladislaus' Haare in Ordnung und drückte seine Schulter. Die gnä' Frau rieb sich den Kiefer. Victoria war eine kräftige Frau, und ihr Kinnhaken hatte es in sich gehabt. Dass sie genau die Stelle getroffen hatte, auf die Frau Ehrenstein in der Garage aufgeschlagen war, half dabei auch nicht. Dazu kam, dass sie der Möglichkeit beraubt worden war, ihren Vortrag über den Mord an Fanny und Victorias Motiv zu halten. Ein wenig enttäuschend war das schon. Vor allem, weil sie alles im Kopf durchgegangen war, die erstaunten Zwischenrufe und Nach-Luft-Schnapper unter den Zuschauern inklusive. Sie hatte nicht damit gerechnet, dass Siggis Ex-Freundin Reißaus nehmen würde, noch bevor sie überhaupt angefangen hatte.

»Also, was jetzt?«, fragte sie den Inspektor halb nuschelnd, während sie mit der Zunge ihr Gebiss abtastete. Gott sei Dank wackelte nichts.

Radinger sah mit offenem Mund zunächst sie, dann die

liegende Victoria und schließlich Ladislaus an. Sie fragte sich, wie sein Leben bei der Gendarmerie in Traiskirchen bisher wohl ausgesehen haben mochte. Vermutlich hatte er mit Mehrfachmorden in einem feinen Herrenhaus und Rollstühlen, die als Waffen eingesetzt wurden, bislang nicht oft zu tun gehabt.

»Um was geht es hier eigentlich?«, fragte er schließlich. Frau Ehrenstein stöhnte frustriert auf. Nun gut, dann musste sie die Dinge wohl wieder in die Hand nehmen.

Sie drehte sich zu der Menschentraube um, die ihnen auf den Gang hinaus gefolgt war. Die rauchenden Gäste von der Terrasse, der Griesgram, die Professorenwitwen, die Köchin und Siggi. Nur die Jus-Zwillinge lagen wohl selig schlummernd noch auf der Chaiselongue, als hätte hier nicht gerade ein Bahöl sondergleichen stattgefunden.

Frau Ehrenstein teilte den Griesgram und drei weitere Gäste dazu ein, Victoria in ihr Zimmer hinaufzutragen, dort ins Bett zu legen und abwechselnd bei ihr Wache zu halten, bis die Polizei käme.

Die Gäste verschwanden ins obere Stockwerk zu ihren Zimmern. Die Köchin kündigte an, schon mal mit der Zubereitung des Frühstücks zu beginnen. Wie aufs Stichwort begann Frau Ehrensteins Magen zu knurren.

»Also … was genau ist hier eigentlich passiert?«, fragte Radinger erneut. Die besserwisserische Art des Inspektors bei seiner Ankunft war schon anstrengend gewesen, aber seine absolute Planlosigkeit jetzt war auch nicht viel angenehmer.

»Victoria hat Fanny ermordet, weil sie durch Else erfahren hat, dass sie die Fleischwolfmörderin war«, erklärte die gnä' Frau ungeduldig. »Die Beweise dafür hab ich im Salon …«

Als sie den Satz aussprach, wurde ihr klar, dass sie noch

etwas übersehen hatte. Besser gesagt: jemanden. Sie rannte los.

29

Ein Motiv aus der Vergangenheit

Montag, 5 Uhr 20
Salon

»Leg das sofort wieder hin, Jolanthe!«

Schlafmangel, Hunger und ihr schmerzendes Kinn nagten an Frau Ehrenstein. Ihr Ton klang dementsprechend furchteinflößend. Die alte Großmutter, die in den vergangenen Jahrzehnten zweifellos Schlimmeres erlebt hatte als eine Standpauke der gnä' Frau, wirkte nicht sonderlich eingeschüchtert, verharrte aber dennoch in ihrer Bewegung. Vermutlich, weil sie mit der Satteltasche in der Hand keinen so spektakulären Fluchtversuch hätte hinlegen können wie die junge und kräftige Victoria.

»Ich hätte sofort bemerken müssen, dass du auffällig still warst, während ich deine geliebte Victoria beschuldige.« Im Vorbeigehen hob die gnä' Frau Victorias weggeschleuderte Pumps auf. Der Absätze waren etwas flach, der Schnitt etwas altmodisch, doch das Leder von bester Qualität. »Dass du nicht nachgekommen bist, um zu sehen, was mit ihr passiert ist, war dann mein Warnsignal. Du wolltest die Beweise gegen sie verschwinden lassen, nicht wahr? Du wusstest, was sie getan hat.«

»Oh mein Gott, Omi!«, rief Siggi fassungslos.

»Mutter, um Himmels Willen! Ist das wahr?«

Ladislaus überholte Frau Ehrenstein mit ein paar kräftigen Stößen an seinen Greifreifen und blieb vor seiner Mutter stehen. Die starrte stur geradeaus, wich seinem Blick bewusst aus, die knorrigen Hände um die Satteltasche geschlungen.

Oskar war mittlerweile auch nachgekommen und griff zaghaft nach der ledernen Tasche. Zuerst hielt sich Jolanthe daran fest, nach einem kurzen Moment aber gab sie nach und schleppte sich zurück in die Sitzecke. Schwerfällig ließ sie sich in das weiche Polster sinken, weiterhin schweigend. Der Inspektor schloss sich ihnen nun auch an, mit einem irritierten Seitenblick auf die immer noch schlafenden Jus-Zwillinge.

Marie hob die am Boden liegende Zeitung und die Servierglocke hoch, Oskar streckte Frau Ehrenstein die Satteltasche hin. Beide sahen sie erwartungsvoll an.

»Nun gut, womit anfangen?«, seufzte die gnä' Frau. Nach einer kurzen Denkpause griff sie schließlich nach der Satteltasche und zog etwas heraus, das wie ein Gürtel aussah. Die Blutspritzer darauf waren unübersehbar.

»Ich weiß nicht genau, wie dieses Ding genannt wird. Aber ich habe es Samstagnachmittag das erste Mal am Sattel von Victorias Pferd herunterbaumeln sehen. Vor einer Viertelstunde hab ich es dann in der Satteltasche gefunden. Es wurde verwendet, um Fanny zu fesseln. Die Breite passt zu den Einschnitten auf ihren Oberarmen. Das Blut spricht, fürchte ich, für sich.«

»Das ist ein Bügelriemen. Für die Steigbügel«, sagte Ladislaus tonlos. Er versuchte, sich zusammenzureißen, doch es war zu erkennen, wie sehr ihn die Geschichte mitnahm.

»Und hiermit«, fuhr Frau Ehrenstein fort, »wurde Fanny geknebelt. Einen Teil davon habe ich neben ihrem Bett gefunden. Wären mir die Pferdehaare darauf nicht aufgefallen, wäre ich nie auf die Idee gekommen, im Stall zu suchen.«

»Das ist ein Schoner für den Sattelgurt. Vermeidet Scheuerstellen beim Pferd.«

»Danke, Ladislaus.« Die gnä' Frau zog nun den letzten Gegenstand aus der Satteltasche. Für einen Moment kam sie sich vor wie Mary Poppins, die immer mehr Dinge aus ihrer schier bodenlosen Tasche zauberte, nur dass es sich hier um Mordwerkzeuge handelte.

»Und das ist die Dienstmädchenuniform, die Victoria getragen hat, um im Dienstbotentrakt nicht aufzufallen.« Der Stoff war feucht und klebte stellenweise zusammen. Die gnä' Frau zupfte die Lagen vorsichtig auseinander, damit die anderen die Uniform gut erkennen konnten. Ladislaus stöhnte und schlug sich die Hand vor den Mund. Oskar sog scharf die Luft ein. Auf den schwarzen, groben Fasern des Unterkleids war das Blut nicht sofort auszumachen, doch auf der weißen Schürze war es unübersehbar. Die drei Beweismittel sprachen für sich, also ging die gnä' Frau nicht weiter ins Detail, um Ladislaus zu schonen. In den nächsten Monaten würde er in den Gerichtsverhandlungen oft genug damit konfrontiert werden.

»Mit dieser Uniform wäre sie nicht weit gekommen, insbesondere da Marie und ich uns gerade auf dem Weg in die Küche befanden. Victoria musste zur Terrassentür hinaus, wo sie keiner sehen würde. Sie rannte ums Haus zum Stall, zog sich um und verstaute alles, was sie belastete, in der Satteltasche. Sie hatte wahrscheinlich vor, sich der Sachen morgen zu entledigen. Warum sollte auch jemand den Stall durchsuchen, noch dazu bei diesem Wetter? Das hier«, nun deutete sie auf die Servierglocke und kam sich wie ein minder begabter Zauberer vor, »hatte ich heute schon einmal gesehen. Als ich denselben Weg ums Haus gemacht habe wie Victoria. Im Dunkeln hielt ich es aber für einen Behälter oder dergleichen, den jemand achtlos in die Büsche geworfen hatte. Bei den wilden Feierlichkeiten der letzten Stunden wäre es niemanden komisch vorgekommen, ein Tablett und eine Servierglocke irgendwo im Garten zu finden. Victoria hat den Gurt und den Schoner darunter versteckt und ist Tablett und Glocke losgeworden, als sie sie nicht mehr brauchte. Als Fannys Leiche gefunden wurde, hatte sie längst alles erledigt und gesellte sich unauffällig zu den Schaulustigen.«

Frau Ehrenstein musste innehalten und Luft holen. Ihr Kinn pochte, ebenso wie ihr Kopf, dem der Schlafentzug und die Anstrengungen längst zu viel geworden waren. Die anderen beobachteten sie gespannt, nicht einmal der Inspektor hatte noch eine abfällige Bemerkung parat. Nur Jolanthe blickte stoisch vor sich hin, die Hände im Schoß gefaltet, die Haltung wie immer aufrecht, als wäre ihr Rücken mit einem Stock verwachsen.

»Und falls es doch noch letzte Zweifel gibt, ob Victoria es tatsächlich getan hat und ihr nicht jemand den Mord in die Schuhe geschoben hat.« Die gnä' Frau musste unpassenderweise über ihr eigenes, unbeabsichtigtes Wortspiel kichern. »Hier kleben Scherben der Glühbirne von Fannys Nachttischlampe.« Sie hielt den anderen die Sohle eines von Victorias Schuhen hin. Zwischen getrockneten Gatschresten waren Glassplitter zu erkennen, die sich ins Profil gedrückt hatten. Der gnä' Frau war der ungleiche Klang ihrer Schritte aufgefallen, als Siggis Ex-Freundin davongerannt war. »Wäre Victoria nicht in Fannys Zimmer gewesen, dürften diese Scherben nicht unter ihren Schuhen zu finden sein.«

Zu ihrem Entsetzen sah sie, wie Oskar die Hände zum Applaus hob. Mit einem strengen Blick brachte sie ihn davon ab. So rührend seine Wertschätzung auch war, es war ein etwas deplatzierter Augenblick für Beifall.

»Aber warum?« Ladislaus Stimme klang nun kräftiger, auch seine Gesichtszüge hatte er wieder einigermaßen unter Kontrolle. Nur in seinem Blick lag noch unendliche Traurigkeit. »Fanny war ein stiller und freundlicher Mensch. Für einige war sie *nur* eine Dienstbotin oder *nur* eine Verbrecherin, nicht wahr? Aber für mich hat sie Glück bedeutet, auf meine alten Tage. Warum sollte ihr jemand etwas so Grausames antun?«

»Weil sie selbst grausam war. Und Leid über andere gebracht hat.« Jolanthe sprach leise, aber klar. Weiterhin, ohne jemanden anzuschauen.

Die gnä' Frau hob die zwanzig Jahre alte Zeitung hoch und betrachtete das schwarz-weiße Foto von Fanny. Die Haushälterin war noch deutlich in dem schönen Gesicht der jungen Frau auf dem Titelbild zu erkennen. Kaum vorstellbar, was sie in der Zwischenzeit alles erlebt hatte.

»Die nächsten Verwandten des Opfers, seine Frau Anne-Marie Brednar und seine Schwester Johanna Marhold, waren beim Prozess zugegen«, las Frau Ehrenstein vor. Jolanthe nickte knapp, Ladislaus kniff die Augen zusammen, als ihm die Verbindung klar wurde. »Victorias Nachname ist Marhold. Der erschlagene Schokoladenkönig war ihr Onkel«, erklärte die Dame ihrer Gefährtin und dem Inspektor, die beide verwirrt aussahen.

»Und ihre Mutter hat sich kurz darauf die Pulsadern aufgeschnitten«, sagte Jolanthe. »Konnte nicht mehr leben mit dem Schmerz und der Schmach. Es gab Behauptungen, grässliche Gerüchte, warum Fanny ihn umgebracht haben soll. Dabei war es doch offensichtlich, dass sie es auf sein Geld abgesehen …«

»Fanny war noch ein halbes Kind damals!«, entgegnete Ladislaus heftig. »Gerade mal zwanzig. Versuchte irgendwie über die Runden zu kommen, und da taucht dieser alte, reiche Mann auf, verspricht ihr das Blaue vom Himmel und …« Er seufzte. Seine Stimme war deutlich leiser und erschöpfter, als er fortfuhr. »Sie hat ihre Strafe abgesessen, hat Buße getan und wollte nur noch ein einfaches Leben führen, ohne jemandem zur Last zu fallen. Sie hat mich zum Lachen gebracht, hat mir zugehört. Hat nie etwas von mir erwartet oder gefordert. Sie … sie war der sanfteste, liebevollste Mensch, den man sich vorstellen kann. Die Person, die den Mord begangen hat, gab es nicht mehr. Das könnt ihr mir glauben oder nicht.«

Siggi drückte die Schulter seines Vaters und sank auf einen Sessel, sein Gesicht totenbleich. »Ich … ich wusste das alles nicht. Victoria hat mir nie davon erzählt.«

»Aber mir hat sie sich anvertraut. Schon vor einigen Jahren. Dir oder Ladislaus wollte sie nichts erzählen, hatte Angst vor eurer Reaktion. Sie wollte die Vergangenheit hinter sich lassen, aber sie hat immer an ihr genagt. Sie war ja noch ein Kind damals. Kurz darauf ging sie mit ihrem Vater aus Wien weg und wohnte mit Verwandten hier in der Gegend.« Mit einem Mal wurde Jolanthes Stimme lauter, und sie sah Ladislaus unverwandt an. »Sie dachte, sie hätte in uns eine neue Familie gefunden, hätte hier eine Zukunft. Aber sie wurde nicht nur von meinem verlotterten Enkel weggeworfen wie ein benutztes Papiertaschentuch. Sie musste auch erfahren, dass die Person, die ihr Leben zerstört hatte, in dieses Haus aufgenommen worden war. Darüberhinaus nahm Victoria an, dass die Mörderin erneut zugeschlagen hatte. Sie konnte ja nicht wissen, dass Else die wahre Täterin war.« Bei jedem Satz stieß sie den Zeigefinger vorwurfsvoll in Richtung ihres Sohnes.

»Wusstest du, was sie vorhatte, Jolanthe?«, fragte Frau Ehrenstein sanft. Sie hatte die Großmutter immer als hart und mitunter als herrisch empfunden. Doch sie war auch stets ehrlich und geradeaus.

»Nein. Bis heute habe ich auch gar nicht gewusst, dass es Fanny war, die Victorias Onkel auf dem Gewissen hatte. Sie hat es mir im Nachhinein gesagt. So wie sie mir alles anvertraute. Ich habe ihr versprochen, dass alles gut werden würde.«

»Und hättest du die Satteltasche mit den Beweisen verschwinden lassen, hätte die Polizei nichts gegen sie in der Hand gehabt. Ich verstehe.« Das tat Frau Ehrenstein wirklich. Ihr war die Verbundenheit zwischen Jolanthe und Victoria immer schon aufgefallen. Würde Marie einen Mord begehen, würde die gnä' Frau vermutlich auch versuchen, ihre Motive zu verstehen und sie zu schützen, wo es ging. Victoria hatte den Schmerz über den gewaltsamen Tod ihres Onkels lange mit sich herumgetragen. Es musste ein Schock gewesen sein, die Mörderin in ihrer unmittelbaren Umgebung zu wissen.

»Der junge Mann in der Garage!« Plötzlich erhellte sich das Gesicht des Inspektors. »Die Garage ist neben dem Stall, nicht wahr? Er muss sie beobachtet haben, wie sie die blutigen Sachen versteckte, und sie hat ihn erschossen!«

»Davon hat sie mir nichts gesagt!«, sagte Jolanthe entrüstet.

»Vielleicht weil ihr klar war, dass du den Mord an Fanny gutheißen würdest. Den an einem unschuldigen Pianisten eher nicht«, erwiderte Oskar ungewöhnlich kalt.

»Der Pianist? Die Garage? Gibt es … gibt es noch einen Toten?« Ladislaus' gerade zurückgewonnen Contenance begann wieder zu bröckeln.

Während Oskar Ladislaus und Siggi erzählte, was in den vergangenen Stunden geschehen war, und Jolanthe weiterhin beteuerte, dass im Grunde ihr Sohn und Enkel an allem schuld waren, verschwand Marie in der Küche und kehrte kurz darauf mit einem Eisbeutel für Frau Ehrenstein zurück. Die Jus-Zwillinge auf der Chaiselongue streckten und räkelten sich, mit verschlafenem Blick in die Runde blinzelnd.

Der Inspektor steuerte den Ausgang des Salons an, und Frau Ehrenstein folgte ihm in den Gang.

»Haben Sie alles, was Sie brauchen?« Die gnä' Frau klang etwas gepresst, weil sie das Eis auf ihr schmerzendes Kinn drückte.

»Wie? Oh, Frau Ehrenstein, Sie sind's … Ich brauche nichts weiter, danke. Aber, bevor ich irgendetwas anderes sage, muss ich mich bei Ihnen entschuldigen.« Radinger sah aufrichtig zerknirscht aus. Dadurch wirkte er um einiges jünger, fast wie ein Bursche, der etwas ausgefressen hatte. Er wischte sich die dunklen Locken aus der Stirn. »Mir ist klar, dass ich mich Ihnen gegenüber nicht ganz korrekt verhalten hab. Also, Ihr Mann hat mich ja auch darauf hingewiesen. Recht deutlich. Und jetzt, wo ich mitgekriegt habe, wie Sie das alles, also, aufgelöst haben … Also, ich will einfach sagen: Ich hab mich geirrt. Und Sie haben mir viel Arbeit abgenommen. Danke!«

Frau Ehrenstein war es zwar gewohnt, dass Männer sie nicht für voll nahmen, aber dass sich jemand dafür bei ihr entschuldigte, kam so gut wie nie vor. Sie war baff und wusste einen Moment lang nicht, wohin mit ihren Gefühlen. Um sich zu sammeln, richtete sie erneut ihre Perlenkette, nuschelte ein halbgares »Gern geschehen« und bewegte sich inhaltlich auf vertrauteres Terrain zurück. Die Detektivarbeit. »Und Sie glauben tatsächlich, dass Victoria Frederick, also den jungen Mann in der Garage, erschossen hat? Ich meine, wo ist dann die Pistole?«

»Es wäre ja schon ein großer Zufall, wenn nicht. Fakt ist, dass er ein paar Meter neben ihrem Versteck erschossen wurde. Ungefähr zur gleichen Zeit, als sie draußen gewesen sein muss, oder? Was die Pistole angeht, würde es mich nicht wundern, wenn sie im oder um den Stall herum gefunden wird. Sie könnte sie ins Gebüsch geworfen haben wie dieses Tablett mit der Servierglocke. Die feinen Herrschaften hier am Land haben ja häufiger Waffen, sei's zur Selbstverteidigung oder zum Jagen. Hab ich nicht recht?«

Frau Ehrenstein nickte bedächtig.

»Aber«, Radinger hob die Handflächen, als würde er sich ergeben, »wenn ich aus der Sache was gelernt habe, dann, dass es ja vollkommen wurscht ist, was ich glaube. Es geht darum, was bewiesen werden kann.«

Er zwinkerte ihr zu, und sie ertappte sich bei einem Schmunzeln. Beste Freunde würden sie sicher nicht mehr werden, aber er hatte die Größe besessen, seine Fehler einzugestehen und sich darüber hinaus bei ihr zu entschuldigen. Das respektierte sie. Außerdem würde das den weiteren Verlauf erleichtern, wenn die Polizei aus Wien hier eintraf. Sie glaubte nicht, dass sie noch einmal die Kraft aufbringen konnte, den Beamten die Geschichte nicht nur zu erzählen, sondern sie auch noch von den Fakten zu überzeugen.

Als hätte er ihre Gedanken gelesen – was vermutlich nicht sehr schwer war: Sie musste ziemlich erledigt aussehen in der nassen Kleidung, mit dem verschrammten Kinn und den müden Augen –, sagte er: »Die Kollegen müssten bald da sein. Wie wär's, wenn Sie sich hinlegen, Frau Ehrenstein? Ich kann ja ab jetzt übernehmen, und Sie müssen sich um nichts mehr sorgen. Wo alles andere erledigt ist, kann ich ja nun endlich die Aussage der ersten Verdächtigen aufnehmen. Wo haben Sie die genau eingesperrt?«

Die Beine der gnä' Frau gaben beinahe nach bei der Aussicht, bald nicht mehr gebraucht zu werden. Sie hätte sich nicht ausmalen können, je eine derartige Sehnsucht nach einem Bett zu empfinden. Sie nickte ihm dankbar zu. »Else

Trentner heißt sie. Oben links, das dritte Zimmer auf der rechten Seite. Aber seien Sie bitte vorsichtig!«

Er lachte verschmitzt und drückte ihr freundschaftlich den Arm. Die Geste kam ihr seltsam intim vor, dennoch zuckte sie nicht zurück.

»Machen Sie sich um mich keine Sorgen, Frau Ehrenstein. Ich kann schon auf mich aufpassen.«

30

Eine lachende Detektivin

Montag, 5 Uhr 45
Eingangshalle

Mit federndem Schritt sprang Radinger die geschwungene Treppe hinauf und ließ Frau Ehrenstein allein zurück. Durch die schmalen Fenster neben der Eingangstür drangen helle Lichtstrahlen in die ansonsten dunkle Eingangshalle.

Statt sich in ihr Zimmer zu begeben und endlich die verdiente Ruhe zu genießen, öffnete die gnä' Frau die Tür und ließ die frische Morgenluft ins Haus. Sie fröstelte, als ein kalter Windhauch über ihren feuchten Rock strich. Gleich würde sie zu Bett gehen und vermutlich schon einschlafen, bevor ihr Kopf den Polster berührte. Doch zuvor hatte sie das Bedürfnis, die Sonne zu betrachten und das satte Grün der umliegenden Wälder und Wiesen. Als müsste sie mit eigenen Augen sehen, dass der neue Tag begonnen hatte, um es auch tatsächlich zu glauben.

»Wann hat es denn aufgehört zu regnen?«, fragte sie versonnen. Die Sonnenstrahlen brachten den feuchten Kies zum Glänzen, einzelne Tropfen fielen träge vom Vordach. Die dunklen Wolken hatten sich verzogen, und es war bereits abzusehen, dass ihnen wieder ein heißer Tag bevorstand. Doch noch war es angenehm kühl, und die Luft roch frisch nach Gras und Blättern.

Sie hörte Fußgetrappel hinter sich auf der Treppe. Sie war sich sicher, dass der Inspektor etwas vergessen hatte, aber als sie sich umwandte, blickte sie ins blasse Gesicht von Erwin Delpke. Dem stillen Freund von Else, den keiner kannte.

»Alles in Ordnung?«, fragte Frau Ehrenstein und nahm den Argwohn in ihrer Stimme wahr. Seine blassen Augen weiteten sich erschrocken, doch er nickte hastig.

»Die Polizei ist jetzt bei Else«, nuschelte er leise.

»Woher wissen Sie das?«

»Ich … ich hab vor ihrem Zimmer Wache gehalten. Ich wollte nicht, dass sie … dass sie allein ist. Er hat mich weggeschickt. Der Polizist. Ich soll mich um Kaffee kümmern. Alle werden viel brauchen, hat er gesagt.«

Die gnä' Frau hatte ein ungutes Gefühl, aber sie schob es auf die späte, nein, frühe, Stunde und die Müdigkeit. In der Stille des Hauses hätte sie gehört, wenn es im oberen Stock zu einem Kampf gekommen wäre. Außerdem war Radinger ein kräftiger, junger Mann, noch dazu mit Polizeiausbildung. Trotzdem würde sie nach dem Rechten sehen, ehe sie sich gleich auf ihr Zimmer begeben würde.

»Darf ich jetzt gehen? Wegen … wegen dem Kaffee?«

Sein Ton war unterwürfig, fast weinerlich. Frau Ehrenstein nickte knapp und sah ihm nachdenklich nach. Vielleicht bekam der Inspektor ja mehr aus ihm heraus. Und aus Else. Ja, Frau Ehrenstein würde sich definitiv wohler fühlen, wenn sie noch ein Wörtchen mit Radinger wechselte, bevor sie sich zurückzog.

Sie musste lächeln, als Marie auf sie zueilte.

»Gnä' Frau, sie ham's grad durchg'sagt. Im Radio. Die Ausgangssperre is aufg'hobn, alle dürfn wieder raus. Den Bombenleger ham's nimmer in der Gegend g'sehn. Wahrscheinlich is er ins Ausland abg'haut!«

»Meinerseel, was für eine Erleichterung! Wie spät haben

wir's jetzt eigentlich? Der Chauffeur sollte am Montag um neun kommen, um uns abzuholen. Ist es überhaupt Montag? Ich habe schon etwas die Übersicht verloren!« Die gnä' Frau fing an zu lachen, und Marie stimmte ein. So wie es nur zwei Menschen konnten, die heillos übernächtigt und in den vergangenen Stunden von einer Aufregung zur nächsten geschubst worden waren.

»Wissen'S was, ich werde zu Hause in Hietzing anrufen. Vielleicht kann er uns schon ein wenig früher holen. Dann könnt ich gleich in meinem eigenen Bett schlafen!«

»Wenn ma net scho auf der Heimfahrt wegbüseln.«

Die beiden waren kurz vor einem erneuten Lachanfall, rissen sich aber zusammen, als Frau Ehrenstein zum Telefonhörer griff und den Eisbeutel ablegte. Sie musste sich in Erinnerung rufen, erst die Vorwahl 222 zu wählen, um nach Wien zu telefonieren. »Toto, ich glaube, wir sind nicht mehr in Kansas«, schoss es Frau Ehrenstein durch den Kopf, das Zitat aus *Der Zauberer von Oz*. Ein Kichern bebte in ihrer Brust. Bei der 0 drückte sie ihren Finger in das Loch der Wählscheibe, führte sie einmal rundherum bis zum Anschlag und ließ los. Normalerweise müsste jetzt nach dem Klicken und Surren ein Freiton zu hören sein. Doch da war nichts. Frau Ehrenstein wiederholte den Vorgang, ermahnte sich selbst zur Konzentration. Vermutlich hatte sie aufgrund ihres kindischen Gelächters einen Handgriff falsch getätigt.

Aber im Telefonhörer blieb es still.

»Etwas stimmt mit dem Anschluss nicht«, erklärte sie Marie stirnrunzelnd.

In dem Moment kam die Köchin in die Eingangshalle gestapft. Ihr war nicht anzusehen, dass sie die Nacht durchgemacht und wilden Csardas auf dem Klavier gespielt hatte. Abgesehen davon, dass ihre Schürze etwas zerknittert und ihre Frisur etwas durcheinander war, wirkte sie ganz frisch.

»Gnädige Frau, Ihr Gatte hat mich ersucht, Ihnen Bescheid zu geben, dass es frischen Kaffee gibt und ein paar Mehlspeisen.« Mit einem pointierten Blick auf Marie fügte sie hinzu: »Das warat eigentlich nicht meine Aufgabe, aber wenn das zuständige Dienstmädchen lieber da umadum lungert. Vielleichts macht's ihr das in Wien so, aber bei uns in Niederösterreich …«

»Vielen Dank, dass Sie sich die Mühe gemacht haben. Richten Sie bitte meinem Mann aus, dass ich gleich komme. Oh, wissen Sie vielleicht, was mit dem Telefon los ist? Ich bekomme kein Freizeichen. Liegt das am Apparat?«

Die Köchin warf einen kurzen Blick auf das Telefon und die feine Dame.

»Der Sturm hat gestern die Leitung erwischt. Alle Apparate in der Umgebung san lahmgelegt. Jetzt, wo die Ausgangssperre aufg'hoben is, werden's aber sicher bald wen schicken zum Reparieren. Ist ja schon Montag, Gott sei's gedankt.«

»Das ist aber eigenartig. Wann ist das passiert?«

Die Köchin, die schon halb den Flur entlanggegangen war, drehte sich mit einem Seufzen um. Die Rolle als Botin und Auskunftsperson war ihr sichtlich zuwider.

»Ich weiß nicht, was daran eigenartig sein soll, gnädige Frau. Bei Ihnen in Wien mag das anders sein, aber bei uns ist das nicht ung'wohnt. Es ist scho a wengerl her, so um halb eins, eins hat wer von den Gästen versucht zu telefonieren, und da ist schon nix mehr gegangen.«

»Aber … aber das kann nicht sein. Sie müssen sich irren. Wissen Sie, vor gerade zwei Stunden …«

In Frau Ehrensteins Magen bildete sich ein eiskalter Klumpen, der sie am Weitersprechen hinderte. Sie spürte ihren Herzschlag in den Ohren, fürchtete, dass ihr gleich schwarz vor Augen werden würde.

Sie sah die Szene noch deutlich vor sich: Inspektor Radinger, wie er genau hier stand und telefonierte. Um Verstärkung aus Wien zu rufen.

»Er hat uns die ganze Zeit etwas vorgemacht«, rief sie Marie zu, während sie die Stufen zum ersten Stock erklomm. Da hörte sie von oben Schritte auf sich zukommen.

31

Synapsen und kleine graue Zellen

Montag, 6 Uhr
Eingangshalle

Die gnä' Frau bremste so abrupt ab, dass sie sich am Geländer festhalten musste, um nicht umzufallen. Radinger kam bereits die Treppen hinunter, Else am Oberarm gepackt.

»Sie hat alles gestanden, und ich denke, es ist das Klügste, wenn ich sie gleich in Gewahrsam nehme und zum Posten bringe.« Er hielt inne und studierte Frau Ehrensteins Miene. Von einem Moment auf den anderen veränderte sich seine Haltung. »Ah, okay. So wie's ausschaut, können wir uns das sparen.« In einer fließenden Bewegung ließ er Elses Arm los, zog die Pistole aus seinem Jackett und richtete sie auf die gnä' Frau.

Automatisch schossen Frau Ehrensteins Hände in die Höhe. Aus der Eingangshalle ertönte ein schriller Schrei, und die Köchin flüchtete in Richtung Salon. Marie wollte zu ihrer Gefährtin laufen, doch der Mann, der sich als Inspektor ausgegeben hatte, zischte: »Das würd ich lieber nicht tun.«

Gemeinsam mit Else schritt er gemächlich die Treppen hinunter, die gnä' Frau tastete sich rückwärts hinab, um den Abstand zwischen ihnen aufrecht zu erhalten. Ihr Kopf schien wie leer gefegt, und gleichzeitig rasten tausend

Gedanken hindurch. Wie war der vorgebliche Gendarm hergekommen? Vor dem Haus hatte kein Auto gestanden. Abgesetzt worden konnte er auch nicht sein. Motorengeräusche hätte sie auf jeden Fall wahrgenommen, als sie sich im Dunklen zur Garage vorgetastet und sich den Stöckelschuh im Schlamm ruiniert hatte. Diese Unstimmigkeit war ihr sogar für den Bruchteil einer Sekunde aufgefallen, aber zu dem Zeitpunkt hatte sie den Gedanken nicht weiterverfolgt. Der Hochstapler musste sich schon längere Zeit auf dem Gelände aufgehalten haben. Sie bemerkte fast nebenbei, dass Else verquollene Augen hatte und im Allgemeinen erschöpft wirkte, aber dennoch bei jedem Schritt die gewohnte majestätische Grandezza ausstrahlte. Und ein triumphierendes Lächeln aufgesetzt hatte.

Erst als sie am Fuß der Treppe angekommen war und Maries warme Hand am Rücken spürte, fand sie ihre Sprache wieder. »Ihr Ausweis. Ihre Polizeimarke. Die … die war doch echt, nicht wahr?«

Er wirke locker, fast vergnügt, als er ihr antwortete. »Ja, das haben Sie richtig erkannt, Frau Ehrenstein. Ich hab sie dem Wappler abgenommen, der so dumm war, mir in die Quere zu kommen. Genau wie die Waffe. Dachte mir, das könnte noch nützlich sein.«

Die Geschichte kam ihr bekannt vor. Im Radio auf der Herfahrt hatte sie davon gehört. Ein Polizist war erschossen worden …

»Dann sind Sie also der gesuchte Bombenleger«, sagte sie fassungslos. Marie neben ihr schnappte nach Luft. »Aber warum? Ich meine, was haben Sie hier zu suchen?«

Die gnä' Frau drehte sich nicht um, auf keinen Fall wollte sie die die Pistole aus den Augen zu lassen, doch sie hörte Schritte und das Rollen von Rädern näherkommen.

»Leutl'n, mach ma's uns einfach«, erklärte der falsche Polizist über Frau Ehrensteins Kopf hinweg. »Wenn ihr mir nicht in die Quere kommt, hab ich auch kein Problem mit euch. Wir verschwinden hier einfach …«

»Maximilian!« Hand in Hand stolperten die Zwillinge nach vorne. Mit offenen Mündern starrten sie den Mann und die Pistole an. Leiser, aber mit derselben intensiven Fassungslosigkeit hauchten sie unisono: »Das ist Elses Bruder.«

Frau Ehrenstein schüttelte den Kopf. Sie konnte diese Information nicht so recht begreifen. Sie ließ die Hände sinken, viel zu überwältigt von dieser Offenbarung, um noch Angst vor der Pistole zu haben.

Ladislaus stellte sich neben die Zwillinge und fragte atemlos: »Dein Bruder konnte doch nicht kommen, weil er bei Geschäften in Wien aufgehalten worden war.«

»Ja, Geschäfte! So kann ma's auch nennen! Bin bissl aufg'halten worden, weil mein Fluchtauto kurz nach der Südstadt liegen blieb'n is. Is ein ganz schöner Hatscher, vor allem hab ich am Weg immer wieder abtauch'n müss'n. Aber unterwegs hab ich meinem Schwesterherz Bescheid telefonieren können, dass ich noch vorbeischau.«

Elses Bruder lachte, doch ihre Miene verriet Ungeduld, und sie rammte ihm einen Ellbogen in die Seite. »Das ist überhaupt nicht lustig, und du solltest dich zusammenreißen.«

»Dann hatte Joes Tod damit zu tun? Er wusste, dass es sich beim Bombenleger um deinen Bruder handelte, und drohte es zu verraten?« Frau Ehrenstein war fast entrückt vor Faszination. Und erleichtert. Seit Stunden zermarterte sie sich schon den Kopf, was wohl das wahre Motiv für Joes Mord gewesen sein konnte. Durch ihr umnebeltes Hirn schwebte der unheilvolle Gedanke: Wenigstens muss ich jetzt nicht unwissend sterben.

Else verzog verächtlich das Gesicht. »Du und deine Theorien, Helene! Meine Güte, dass du nichts Besseres mit deiner Zeit anfangen kannst! Nur weil ich in der örtlichen Zoohandlung gearbeitet habe, soll ich Pheromone verwendet haben? Um diesen liebestollen Idioten zu überreden, das hier zu wollen.« Sie machte eine anschauliche Geste ihren Körper entlang.

»Der Joe hätt den Maximilian nie verraten. Der ist selbst lang genug gesessen, der würd keinen andern einfach in den Häfn verfrachten. Schon gar nicht deinen Bruder!«, sagte einer der Zwillinge. Frau Ehrenstein fiel der Name nicht mehr ein. Doch dafür feuerten andere Synapsen in ihrem Hirn. Die kleinen grauen Zellen, wie Poirot sie so gerne nannte.

»Darum ging es ja auch gar nicht, oder?«, fragte sie Else. »Selbst wenn Joe verraten hätte, dass dein Bruder der gesuchte Verbrecher ist. Die Chancen hätten gut gestanden, dass dir die Trentners das nachgesehen hätten. Für seine Verwandtschaft kann man ja nichts. Abgesehen davon beherbergten sie die berüchtigte Fleischwolfmörderin, und Ladislaus wollte sie sogar heiraten. Siggi war verrückt nach dir. Mit deiner Überredungskunst hättest du das schon glattbügeln können. Da muss noch mehr dahinterstecken …«

»Else, vielleicht sollt ma …«, begann Maximilian, doch Else stoppte ihn mit einer Handbewegung. Sie stellte sich breitbeinig vor Frau Ehrenstein auf, die Arme unter der Brust verschränkt.

»Wenn du nicht gewesen wärst, liebe, süße Helene, dann würd ich jetzt in meinem Bett liegen, neben meinem Mann, und meinen Rausch ausschlafen. Und mein Bruder wäre mit einem von Siggis Autos längst über alle Berge.«

»Ich verstehe. Du hättest deinem Bruder vermutlich die Autoschlüssel und einen Batzen Bargeld hinausbringen sollen. Doch bis du bei dem ganzen Tumult einen geeigneten

Zeitpunkt gefunden hast, hatten wir dich schon im Zimmer eingesperrt, und du konntest ihm keine Nachricht mehr zukommen lassen.« Frau Ehrenstein sah Else unverwandt in die Augen. Vor zwei Tagen noch war sie von dem fast violetten Schimmer darin betört gewesen. Jetzt sah sie nur noch die Kälte im Blick der jungen Frau. »Doch dann ist Frederick aufgetaucht, nicht wahr? Er wollte einfach nur verschwinden, nur dummerweise hat er dabei deinen Bruder entdeckt.«

»Er war auch recht gesprächig, nachdem ich ihm versichert habe, dass ich der Chauffeur des Hauses bin«, fügte Maximilian hinzu. Er klang weiterhin jovial, doch die Pistole ließ er dabei keinen Millimeter sinken. »Hat mir erzählt, was so alles ihm Haus passiert ist und dass ihr auf die Gendarmerie wartet. Er hat mir sogar was zu rauchen angeboten. Ich hätt ihn auch nicht erschießen müssen, wenn er die Puffn nicht gesehen hätt.«

»Er ist Ihnen in die Quere gekommen, ich versteh schon.« Frau Ehrensteins Ton war so trocken wie die Weihnachtskekse ihrer Mutter.

»Halt den Mund«, zischte Else. Sie hatte damit eindeutig die gnä' Frau gemeint, doch Maximilian bezog den Tadel offensichtlich auf sich.

»Jetzt hör amal. Nur wegen dir bin ich überhaupt in den Schaß reingeraten. Wir ham ausg'sorgt, hast g'sagt. Nur die eine Sache noch, hast g'sagt!«

Else fuhr wutentbrannt herum und keifte: »Ich hab nie g'sagt, dass du ihn hochjagen sollst!«

Er brüllte zurück: »Du hast g'sagt, nichts soll von ihm übrig bleiben für eine Identifizierung! Genausowenig wie die Heiratsurkunde.«

»Wenn das Oaschloch Siggi nicht auf die rasche Hochzeit bestanden hätte, hätt ich auch noch die Zeit g'habt, mich scheiden zu lassen!«

Frau Ehrenstein und Marie machten gleichzeitig einen Schritt nach vorn, um nach Else zu greifen. Es war dumm und weder durchdacht noch ausgemacht, doch beide Frauen hatten offensichtlich den Impuls gehabt, die abgelenkte Else zu überrumpeln. Die Braut bemerkte die Bewegung und wirbelte herum. In ihren Augen loderte Feuer.

»Vielleicht wäre es wirklich das Beste, wenn Sie beide einfach verschwinden. Die Gendarmerie wird nämlich früher oder später hier eintreffen. Nehmen Sie eins der Autos, und nutzen sie den Vorsprung.« Oskar war neben seine Frau getreten, seine tiefe Stimme klang seriös und sachlich. Doch Frau Ehrenstein kannte ihn gut genug, um das Zittern darin herauszuhören.

»Ja, sag ich ja die ganze Zeit! Komm, lass uns …«

»Nein!«, unterbrach Else ihren Bruder. »Vorher muss ich noch etwas erledigen. Gib sie mir. Gib schon her!« Sie riss ihm die Pistole förmlich aus der Hand und richtete sie auf Frau Ehrensteins Kopf.

Es war nicht das erste Mal, dass die gnä' Frau mit einer Waffe bedroht wurde. Sie würde sich nie daran gewöhnen, sicherlich nicht, aber es hatte etwas von dem ursprünglichen Schrecken verloren. Sie meinte zu hören, wie ihr Herzschlag immer langsamer wurde. Eine seltsame Ruhe breitete sich in ihr aus.

»Du hast mir alles genommen, meine liebe, süße Helene. Wenn du deine Nase nicht in meine Angelegenheiten gesteckt hättest. Dann hätte ich mir nie mehr Sorgen ums Geld machen müssen. Hätte mir nie mehr die Hände dreckig machen müssen und im Schlamm nach Würmern wühlen, die ein paar Schilling einbringen.«

»Siggi war der größte aller Würmer, ich versteh schon«, sagte die gnä' Frau leichthin.

Else riss für einen Moment die Augen auf, dann lachte

sie. Ein tiefes und kehliges Lachen, das von Herzen kam. Unglücklicherweise ließ sie ihre Waffe dabei nicht sinken.

»Ach Helene, meine Helene. Vom ersten Augenblick hast mir gefallen. Ich weiß gar nicht, soll ich dich einfach einpacken und mitnehmen, damit wir's uns gemeinsam gut gehen lassen können? Irgendwo am Strand in Italien? Oder bring ich dich lieber gleich um, damit du mir nie wieder Schwierigkeiten machst?«

Oskar und Marie rückten näher an Frau Ehrenstein heran, doch sie hielt die beiden mit den Händen zurück. Das hier war eine Sache zwischen Else und ihr. Und sie wollte nicht, dass ihre Gefährten in die Schusslinie gerieten.

»Ein Mord mehr oder weniger macht jetzt auch keinen Unterschied mehr, oder?«, fragte sie. Diese kaltschnäuzige Stimme klang nicht wie die ihre. Ihr Körper fühlte sich fremd an. Als träumte sie. »Du hast Joe erschlagen, weil du befürchtet hast, er könnte verraten, dass du eigentlich noch verheiratet bist, nicht wahr? Glaubst du wirklich, du hättest von da an deine Ruhe gehabt? Wärst glücklich bis ans Ende deiner Tage die Frau Trentner gewesen? Nein, und zwar nicht aufgrund der Gewissensbisse. Verzeih, wenn ich das so sage, aber die traue ich dir nicht zu. Aber früher oder später wäre jemand anders aufgetaucht. Alte Bekannte oder die Beamten vom Standesamt, die dabei waren, als du deinen unglücklich verstorbenen ersten Ehemann geheiratet hast. Oder Dokumente wären aufgetaucht oder irgendjemand, der dein Geheimnis kennt. Du hättest nie deinen Frieden gehabt, Else. Niemals.«

Man hätte eine Stecknadel auf den Marmorboden fallen hören können. Elses Hand zitterte, die Belustigung war aus ihren Zügen gewichen. Sie sah plötzlich verhärmt aus, nicht mehr die glamouröse junge Frau in ihren Zwanzigern.

»Und wie, denkst du, wird es jetzt weitergehen?«, fuhr

Frau Ehrenstein mit erbarmungsloser Ruhe fort. »Du und dein Bruder fahren in deinem schicken Cabrio in den Sonnenuntergang? Wohin? Wovon wollt ihr leben? Dein Bruder konnte die Polizei und die Gendarmerie vielleicht in die Irre führen, weil er sich hier versteckt hat. Durch die Suchaktion und die Ausgangssperre war er hier erst mal am sichersten, nehme ich an. Aber so unfähig die Polizei auch sein mag, lange hätte es nicht mehr gedauert, bis sie draufgekommen wäre, dass du deinen Nachnamen geändert hast und seine Schwester bist. So ein angenehmes Platzerl werdet ihr beide allerdings nicht so schnell wiederfinden. Die Ordnungshüter werden euch quer durchs Land jagen, und wenns sein muss, quer durch ganz Europa. Und ganz ehrlich, wenn sie euch erst mal haben, wird es bei der Verurteilung durchaus einen Unterschied machen, ob du nur einen Mord begangen hast oder mehrere.«

Die gnä' Frau warf einen pointierten Blick auf die Pistole, die auf sie gerichtet war. Ein Kichern drohte wieder in ihr hochzubrodeln. Die ganze Situation kam ihr fast lächerlich vor. Als würde sie die Hauptrolle in einem Thriller spielen und sich selbst dabei beobachten. Wie Alain Delon oder Steve McQueen der Gefahr furchtlos ins Auge blickend. Warum waren eigentlich so selten Frauen in diesen Rollen zu sehen? Ihre Gedanken sprangen von einem Thema zum nächsten, und sie musste sich zwingen, nicht vollständig abzudriften.

Wie aus weiter Entfernung nahm sie das Klackern ihrer Stöckelschuhe auf dem Boden der Eingangshalle wahr, während sie bedächtig auf Else zuging. Sie stand jetzt so dicht vor ihr, dass der Lauf beinahe ihre Stirn berührte.

»Oder gehst du davon aus, dass sie dich ohnehin nicht lebend kriegen? Dass du dir einen Showdown lieferst und im Kugelhagel stirbst wie *Bonnie und Clyde* oder *Butch Cassidy und Sundance Kid*? Ein heroischer, spektakulärer, sinnloser und vermutlich äußerst schmerzhafter Tod.« Sie hörte, wie Maximilian aufstöhnte, blickte aber weiterhin unverwandt in Elses Augen. Sie erkannte darin Wut, aber auch Verzweiflung. »Also fein, Else. Dann erschieß mich jetzt. Ich geb dir nur schnell vorher einen Tipp. Mein Blut, das aus diesem Abstand ohne Zweifel reichlich auf dir landen wird, kannst du aus dem hübschen Seidenkleid nicht so leicht rauswaschen. Da war dein Kleid aus Autoreifen praktischer. Die Frage ist natürlich auch, ob mein tragisches Ableben die anderen dazu animieren wird, dich zu überwältigen? Erschießt du sie dann auch? Sind genug Kugeln in der Pistole?«

Elses Hand zitterte immer stärker. Sie öffnete den Mund, sagte aber nichts. Ihre verquollenen Augen füllten sich mit Tränen.

Plötzlich schoss der gnä' Frau ein Bild aus ihrer Kindheit durch den Kopf. Zwei Nonnen und die Mutter Oberin in der katholischen Privatschule, alle drei mit dem gleichen verzweifelt-amüsierten Gesichtsausdruck. Frau Ehrenstein wusste nicht einmal mehr, warum sie damals in Schwierigkeiten geraten war. Aber sie hatte zu einer Verteidigungsrede angesetzt, die vom Hundertsten ins Tausendste geführt hatte. »Wenn du jetzt sofort still bist, kommst du mit einer Verwarnung davon, Helene!«, hatte die Mutter Oberin mit einem Seufzen gesagt. »Aber in Gottes Namen, hör bitte auf, uns um den Verstand zu schwafeln!«

Sie schüttelte kichernd den Kopf.

»Wwwas? Was jetzt?«, fragte Else mit brüchiger Stimme. Sie erwartete scheinbar, dass Frau Ehrenstein ihr ein weiteres grausliches Bild ihrer Zukunft malte.

»Else, es reicht jetzt. Wir gehen«, sagte Maximilian in forderndem Ton, doch weder seine Schwester noch die feine Dame nahmen ihr wahr.

»Es ist nur«, begann die gnä' Frau und musste kurz innehalten, weil das Kichern zu stark wurde, »es ist nur, weil ich gesagt habe, »Mir schießt ein Bild durch den Kopf«, was ja ein blöder Wortwitz ist, wenn du mir gleich tatsächlich durch den Kopf schießen wirst. Warte, oder habe ich das nur gedacht?«

Elses Miene verriet einen Hauch von Angst und Verwirrung, vermutlich über die Frau, die vor ihrer Nase wie verrückt kicherte, während sie bedroht wurde. Die Bald-nicht-mehr-Frau-Trentner ging einen zögerlichen Schritt rückwärts und ließ die zitternde Hand mit der Pistole sinken. Frau Ehrenstein stürzte sich auf sie.

Was dann geschah, nahm sie wie in Zeitlupe wahr. Im Nachhinein wurde sie darüber belehrt, dass sich alles in weniger als ein paar Sekunden abgespielt hatte.

Die beiden Frauen landeten mit einem dumpfen Knall auf dem Boden. Frau Ehrenstein schaffte es, die Schultern der wild um sich schlagenden Else hinunterzudrücken, bekam die Pistole aber nicht zu fassen. Plötzlich kniete Marie an ihrer Seite, die kurz taumelte, nachdem sie die Waffe gegen die Schläfe bekommen hatte. Mit einem wütenden Schrei warf sich das Dienstmädchen daraufhin auf Elses Arm und konnte sie schließlich entwaffnen.

Frau Ehrenstein war immer noch nicht in der Lage, den Blick von Else abzuwenden. Die Dame saß auf der jungen Frau und sah in das verzerrte, verzweifelte Gesicht mit den schönen Augen. Wie in Trance nahm sie ihre eigene Anstrengung dabei gar nicht wahr. Sie hörte Geschrei und Getrampel, sah Rollstuhlräder aus dem Augenwinkel. Zuckte zusammen, als es neben ihr schepperte und etwas Heißes auf ihren Armen und in ihrem Gesicht landete.

Sie leckte sich vorsichtig die Lippen ab. Ein starker, bitterer Geschmack legte sich auf ihre Zunge. Bis sie ihn zuordnen konnte, vergingen ein Herzschlag oder drei Stunden, sie hatte längst jegliches Zeitgefühl verloren.

»Kaffee«, dachte sie, oder vielleicht verkündete sie es auch laut. »Das ist genau das, was ich jetzt brauche.«

32

Mörderischer Typ

Montag, 7 Uhr
Küche

Sie saßen in der Küche und hielten dampfende Kaffeetassen umklammert. Marie, Oskar und Ladislaus erzählten der gnä' Frau abwechselnd, was vorgefallen war, weil sie sich nur lückenhaft erinnern konnte. Alle waren überrumpelt gewesen, als sie sich plötzlich auf Else geworfen hatte. Maximilian wollte seiner Schwester zu Hilfe kommen, aber Ladislaus war ihm mit dem Rollstuhl in die Knie gefahren, und Oskar hatte den Bombenleger daraufhin zu Boden gerungen. In der Zwischenzeit hatten die Zwillinge die Pistole an sich genommen, die Marie aus Elses Hand geschlagen hatte, wagten sie aber nicht zu benutzen, aus Angst, in dem Gerangel Unschuldige zu treffen.

»Ich muss zugeben, ich habe keinerlei Erfahrung mit Prügeleien. Bisher war es auch noch nie nötig gewesen. Offenbar ganz im Gegensatz zu meiner Frau und meinem Dienstmädchen«, sagte Oskar mit einem vielsagenden Seitenblick auf die beiden. »Ich hatte also meine liebe Mühe, diesen Kriminellen in Schach zu halten und wäre trotz Ladislaus' Hilfe fast überwältigt worden. Da kam mir der junge Mann zu Hilfe.«

»Er heißt Erwin Delpke, Oskar«, sagte Frau Ehrenstein und prostete dem jungen Mann, der zusammengesunken am Eck des Tisches saß, mit ihrer Tasse zu. Ständig war er übersehen und vergessen worden, weil er so unscheinbar und ruhig war. Letzten Endes würde er sich für immer in ihre Erinnerung brennen, weil er den amoklaufenden Bombenleger von Wien mit einer Kaffeekanne aus dem Verkehr gezogen hatte.

»Ich … ich hab wirklich gedacht, er wär ein Inspektor. Wie ich dann mit dem Kaffee nach oben gehen wollt, da … da hab ich gesehn, wie sie gekämpft haben. Und … die arme Else am Boden. Ich hab nicht alles verstanden, aber irgendwie hab ich dann nimmer geglaubt, dass er ein Inspektor ist.« Delpkes Stimme war leise und zaghaft, dennoch war ein Hauch Stolz daraus zu hören.

»Und Sie kannten Elses Bruder wirklich nicht?«, fragte die gnä' Frau. Der Kaffee und die gebannte Gefahr hatten ihre sieben Sinne wieder zurückgeholt.

»Nein, ich schwör's! Ich hab die Else in Wien kennengelernt, ja, beim Fischen am Donaukanal. Sie hat sich gut mit Ködern ausgekannt. Wenn man so lang am Ufer sitzt, ist es schön, jemanden zum Plaudern zu haben, wissen Sie? Kurz darauf ist sie aber schon nach Traiskirchen gegangen zu … zum Siggi. Ich … ich hab nicht einmal gewusst, dass sie schon vorher verheiratet gewesen ist. Ich hab's nett gefunden, dass Sie mich zur Hochzeitsfeier eingeladen hat. Obwohl wir uns gar nicht so gut gekannt haben.«

Frau Ehrenstein war höflich genug, ihn nicht zu fragen, ob er es jetzt immer noch nett fand, nachdem er das Wochenende in diesem mörderischen Haus voller Fremder verbracht hatte.

Ab diesem Zeitpunkt wurde ihre Erinnerung wieder klarer. Jolanthe war mit stoischem Gesichtsausdruck am Arm der verschreckten Köchin in die Eingangshalle geschritten und hatte vorgeschlagen, die Übeltäter zu fesseln. »Am besten mit ein paar Ledergurten und Riemen aus dem Stall«, hatte sie ohne einen Hauch von Ironie hinzugefügt. Jetzt saßen Else und Maximilian gefesselt in der Bibliothek und beschimpften sich gegenseitig. So laut, dass man es bis in die Küche hören konnte.

Die Köchin schenkte Frau Ehrenstein nach, und die bedankte sich überschwänglich. Im Moment war Kaffee für sie sogar noch essenzieller als Whisky. Ihre Finger zitterten, als sie sich eine Zigarette anzündete. Aber ob das am Schlafentzug oder der Aufgekratztheit lag, konnte sie schon nicht mehr unterscheiden. Oskar war so guter Dinge, dass er sich nicht einmal über den Zigarettenrauch mokierte. Oder passiv-aggressiv anmerkte, dass es sich für eine feine Dame nicht ziemte, in Gesellschaft zu rauchen. Erst jetzt fiel ihr auf, dass er auch gar nicht protestiert hatte, als sie sich alle an den Küchentisch gesetzt hatten. Unter normalen Umständen hätte er darauf bestanden, dass sie ordentlich aufgefädelt an der großen Tafel im Esszimmer saßen und mit Sicherheit nicht Seite an Seite mit dem Personal. All das, worüber er sich früher so schrecklich echauffiert hatte, schien ihm jetzt nichts mehr auszumachen. Seine Frisur war durcheinandergeraten, und die oberen Knöpfe seines Hemdes standen offen, während er die Details seines Kampfes mit leuchtenden Augen noch einmal durchlebte. Vielleicht war Detektivarbeit wirklich ansteckend. Fast ängstigte sie der Gedanke, dass er jetzt genauso hinter Abenteuern herjagen würde wie sie. Aber nein, Oskar war Oskar. Er brauchte seine Stabilität und seine Ordnung. Es tat ihm jedoch offensichtlich gut, auch mal zwischendurch die Etikette zu vergessen.

Der berauschende Duft von gebratenem Speck, Eiern und aufgebackenen Brötchen ließ Frau Ehrenstein das Wasser im Mund zusammenlaufen. Das Gespräch am Tisch verstummte, als ihr Magen laut grummelte.

»Schon recht, gnädige Frau. Das Frühstück ist schon fertig. So ein gutes finden Sie in Wien nirgends!«, verkündete die Köchin vergnügt, stand auf und ging wieder zum Herd. Alle lachten herzhaft, und Frau Ehrenstein lächelte über die Peinlichkeit hinweg. Wenn selbst ihr Mann so entspannt war, schaffte sie das ja wohl auch.

»Vielen Dank, Frau Lendlinger. Habt ihr eigentlich schon mal darüber nachgedacht, dass die beiden Frauen in Siggis Leben, also diejenigen, mit denen er ernsthafte Beziehungen geführt hat, Mörderinnen sind?«, fragte die gnä' Frau, weil ihr das gerade einfiel, und ganz und gar nicht, weil sie den Fokus von ihrem knurrenden Bauch ablenken wollte.

»Bisher ist mir der Gedanke noch gar nicht gekommen. Aber du hast recht. Was sagt uns das?«, fragte Oskar mit zusammengezogenen Augenbrauen.

»Dass er an Typ hat?«, warf Marie ein. »An mörderischen, offensichtlich.«

Else und Victoria waren Frau Ehrenstein von Beginn an so gegensätzlich vorgekommen. Eigentümlich, dass sie gerade diese eine Gemeinsamkeit hatten.

»Dass er kein besonders gutes Händchen bei der Partnerwahl hat?«, versuchte es Simone. Ihre Zwillingsschwester kritzelte währenddessen unberührt die verschiedenen Straftaten, die an diesem Wochenende begangen worden waren, auf einen Block. Samt dem möglichen Strafmaß. Die beiden wollten eine Arbeit darüber schreiben und malten sich schon die besten Noten dafür aus, wie sie Frau Ehrenstein mitgeteilt hatten. Die Köchin servierte das Frühstück, und alle griffen hungrig nach dem Besteck.

»Dass er endlich erwachsen werden muss«, sagte Ladislaus mit trauriger Endgültigkeit. »Und bevor du etwas sagst, Mutter, ich weiß, dass es an mir liegt. Ich hab ihn zu sehr verhätschelt, nicht wahr? War nicht bestimmt genug. Er hat so früh seine Mutter verloren, und ich hab ihm alles durchgehen lassen. Aber … aber da muss sich jetzt was ändern.«

Zu keinem der Gespräche am Küchentisch hatte Jolanthe bisher ihren Senf dazu gegeben, wie es sonst ihre Art war. Doch jetzt räusperte sie sich. »Ich bin beileibe keine Expertin in diesen Dingen. Aber vielleicht würde es dem Jungen guttun, eine Zeit lang keine Freundin zu haben. Er hat sich immer verbogen, um den Frauen zu gefallen. Hat sein Wesen nach ihnen verändert. Ich habe gedacht, aufrichtig gedacht, dass es gut wäre, wenn Victoria ihm den Weg weist. Aber vielleicht hat er sich's damit nur bequem gemacht, wenn ihm immer jemand sagte, was er tun musste.«

Oskar stand auf und strich sich die Haare glatt. Es war eine ganz automatische Geste, die kaum etwas an seinem ramponierten Aussehen änderte.

»Was hast du vor?«, fragte die gnä' Frau zwischen zwei Bissen von der köstlichen Eierspeis.

»Als sein Freund werde ich jetzt da hinaufgehen und ihn am Ohrwaschl herziehen, damit er Verantwortung übernimmt. Die Gendarmerie sollte bald eintreffen, er hat immer noch Gäste im Haus, und als zukünftiger Hausherr ist es seine Pflicht, sich um alles zu kümmern. Und wenn er Probleme damit hat, muss ich ihm vielleicht in den Allerwertesten treten. Als sein Freund.«

Voller Elan rauschte er ab. Die gnä' Frau schnappte sich ein knuspriges Stück Speck von seinem Teller und erstarrte schuldbewusst, als er keine Minute später wieder in der Küchentür auftauchte.

»Da fahren gerade Autos vor!«

33

Ein Händchen für Verbrechen

Montag, 7 Uhr 30
Vor dem Anwesen der Trentners

Die Gendarmen stiegen gemütlich aus dem Einsatzfahrzeug und streckten sich der Sonne entgegen. Die Insassen des Leichenwagens zündeten sich indes gegenseitig ihre Zigaretten an. Ihre Mienen wirkten wenig begeistert, vermutlich konnten sie sich Besseres vorstellen, als sich um diese Uhrzeit wegen einer Lappalie vor einem Herrenhaus einzufinden.

»Die ham ka Ahnung, was da auf sie wartet, oder?«, sagte Marie, die mit verschränkten Armen am Türrahmen lehnte.

»No, sicher nicht. Fast hab ich Mitleid mit ihnen«, antwortete die gnä' Frau neben ihr.

»Als Erstes werden sie Verstärkung anfordern müssen, nicht wahr?«, fragte Ladislaus, der seinen Rollstuhl vor den anderen platziert hatte.

»Auf jeden Fall! Sie brauchen einen weiteren Leichenwagen, jemanden, der die Spuren sichert, Beamte aus dem Sicherheitsbüro in Wien, vielleicht das Terrorkommando wegen dem Maximilian. Weil er ja ein Bombenleger ist und so. Hab ich was vergessen, Susanne?« Simone stand mit in die Hüften gestemmten Händen neben der Eingangstür. Ihre Schwester, in exakt derselben Pose, antwortete mit einem Schulterzucken: »Ich glaub nicht. Aber wir werden denen auf die Finger schauen, dass sie auch keinen Schas bauen. Damit die Anklagen sitzen, gell?«

Frau Ehrenstein und Marie warfen sich einen amüsierten Blick zu. Die armen Gendarmen hatten wirklich keine Ahnung, was auf sie zukam. Aus dem oberen Stockwerk konnte sie Oskars strenge Stimme hören. Sie zweifelte nicht daran, dass er Siggi gerade die Leviten las. Am Samstag hatte sie ihrem Mann noch dazu geraten, verständnisvoller und unterstützender seinem alten Freund gegenüber zu sein. No, vielleicht konnte er ja ein Mittelmaß finden.

»Hätten wir den Maximilian früher gesehen …« Susanne ließ den Gedanken in der Luft hängen, und ihre Schwester seufzte.

»Dann hätte es auch keinen großen Unterschied gemacht«, sagte die gnä' Frau. »Er hatte die Pistole immer bei sich, es wäre so oder so zu diesem Kampf gekommen. Er wollte übrigens nicht in den Salon kommen, als ihr wach wart. Um genau das zu verhindern. Erst als ihr schlafend auf der Chaiselongue gelegen seid, ist er mit uns hineingegangen, weil ihm klar war, dass ihr ihn sonst enttarnen würdet. Und er hat es nie unbemerkt zu Elses Zimmer geschafft, deswegen hat er abgewartet, bis ich es ihm praktisch erlaubt habe. Er wollte einer Konfrontation aus dem Weg gehen. So lange bis, nun ja, bis sie unausweichlich war.«

»Net schlecht«, sagten die Zwillinge unisono, und Simone fügte hinzu: »Du solltest das öfters machen, Helene. Du hast a Händchen für Verbrechen.«

Die gnä' Frau wusste nicht recht, was sie darauf antworten sollte, und war froh, als Ladislaus die Aufmerksamkeit wieder auf die vier gerade angekommenen Männer lenkte.

»Jetzt kommen sie endlich, nicht wahr?«

Der gelangweilte Gesichtsausdruck der Männer änderte

sich schlagartig, als sie ihr Empfangskomitee richtig wahrnahmen. Als ob ihnen dämmerte, dass es sich bei diesem Einsatz vielleicht doch nicht nur um eine Lappalie handelte.

34

Schrecklich mutig

Montag, 9 Uhr 30
In der Einfahrt der Trentners

Er macht sich doch ganz gut«, sagte Frau Ehrenstein, und Oskar schnaubte.

»Ich bitte dich, wie er sich zuerst hinter den Zwillingen versteckt hat und ihnen die Erklärungen an die Gendarmerie überlassen hat!«

»Was ehrlich gesagt auch besser war, denn er hat ja kaum was mitgekriegt …«

»Und wie Ladislaus ihn vom Frühstück wegholen musste, damit er den restlichen Gästen die Lage erklärt!«

»Ja, ich muss zugeben, das war amüsant. Ich hab den alten Herrn noch nie so erlebt, aber ich muss sagen, es gefällt mir. Jedenfalls scheint's funktioniert zu haben. Als ich in der Küche war, hat Siggi grad dem Personal erklärt, was sie als Nächstes zu tun haben und dass er sich schnellstens um einen neuen Butler kümmern wird.«

Oskar verzog zweifelnd den Mund, doch sein Blick verriet auch Erleichterung und vielleicht einen Hauch von Stolz.

Er wischte ein für sie nicht sichtbares Staubkorn von seiner Reisetasche. Das Ehepaar stand vorm Anwesen der Trentners und wartete auf die Ankunft ihres Chauffeurs. Als die Telefonleitungen wieder funktionierten, hatten sie in Hietzing Bescheid gegeben, dass sie abgeholt werden wollten. Eigentlich hätte der Fahrer ja schon um neun hier sein sollen. Aber da er nichts von den Ehrensteins gehört und erst zu spät von der aufgehobenen Ausgangssperre erfahren hatte, mussten sie noch warten. Dafür gab es sicherlich bequemere Orte als den Vorplatz des Anwesens. Doch im Haus herrschte eine schreckliche Unruhe, durch die vielen Polizisten und die anderen Gäste, die ebenfalls ihre Abreise vorbereiteten. Im Garten beim Pavillon feierten die Professorenwitwen und der alte Griesgram lautstark ihren Abschied. Die gnä' Frau musste gestehen, dass sie dieses Durchhaltevermögen bewunderte, doch sie hatte kein Bedürfnis, daran teilzuhaben.

Marie hatte ihre kleine Reisetasche auch schon herausgestellt, war allerdings wieder hineingegangen, um dem Rest des Personals noch etwas unter die Arme zu greifen. Mit einigen hatte sie sich angefreundet und sogar Telefonnummern ausgetauscht.

Also hatten die Ehrensteins hier für die paar Minuten ihre Ruhe. Die gnä' Frau ließ einen wehmütigen Blick über ihre drei Koffer gleiten. »Ich hab grad einmal die Hälfte meiner Garderobe anziehen können.«

»Da ergeben sich andere Gelegenheiten«, sagte Oskar geistesabwesend. Mit Ankunft der Gendarmerie hatte er sich wieder mehr um sein Auftreten und die Etikette bemüht. Es war vermutlich leichter, sich vor Menschen gehen zu lassen, mit denen man gerade eine lebensgefährliche Situation durchlebt hat. Vor allen anderen wollte er den Status Quo aufrechterhalten.

»Ich habe …«

»Woran denkst …«

Sie hatten gleichzeitig zu sprechen begonnen, und er bedeutete ihr mit einer Geste anzufangen.

»Ich hab eigentlich nur fragen wollen, woran du grad denkst. Du hast so abwesend gewirkt.«

Er musste lächeln. »Und ich wollte sagen: Ich habe nachgedacht.«

Sie lachte und nickte ihm auffordernd zu.

»Ich … Hmmm, im Kopf hatte ich mir die Worte gut zurechtgelegt, aber jetzt scheinen sie wieder durcheinander gekommen zu sein.«

»No, nach den letzten zwei Tagen kein Wunder. Red einfach, wie's rauskommt. Ich werd dich schon verstehen.«

Die Falten um seine Augen wirkten tiefer als sonst. Waren da an seinen Schläfen graue Haare? Auch das würde sie nach diesem Wochenende nicht wundern.

»Ich habe noch mal Revue passieren lassen, was alles geschehen ist. Soweit mir das möglich ist, natürlich. Jedenfalls, bei allen brenzligen Situationen, da war sie an deiner Seite, hat sich mit dir sogar in den Kampf geworfen. Das Dienstmädchen, mein ich. Also, Marie ist ihr Name. Marie Muskat, nicht wahr? Eine außergewöhnliche junge Frau, mutig und klug. Ich kann verstehen, warum du ihre Gesellschaft so schätzt.« Er hielt inne, und Frau Ehrenstein versuchte, flach zu atmen, um ihn ja nicht abzulenken. Seinem in sich gekehrten Blick entnahm sie, dass er mit seiner Ansprache noch nicht fertig war.

»Ich kann auch verstehen, warum sie so an dir hängt. Du bist nämlich auch ungeheuer mutig, mehr als mir manchmal lieb ist. Und deine Klugheit hast du dieses Wochenende mehr als einmal unter Beweis gestellt. Du bist auch noch schrecklich anständig und hast einen Sinn für Gerechtigkeit, und … und du bist im Grunde viel zu gut für mich.«

»Oskar …«

»Nein, nein, bitte, lass mich ausreden. Weil sonst find ich nie wieder den Mut dazu. Ich hab viel nachgedacht über das, was du in der Bibliothek gesagt hast. Über diesen einen Menschen, der einen glücklich macht, nur weil er einfach da ist. Und … ach, Herrgottnocheinmal, ich dachte nicht, dass das so schwer wird. Ich … ich will nicht, dass du mich hasst. Aber ich will das auch nicht mehr länger vor dir verbergen. Es gibt so jemanden in meinem Leben. Und du kennst ihn. Ja, es ist ein Er. Ich … ich weiß gar nicht, wie ich dir das erklären soll. Es ist Felix. Felix Hall. Wir treffen uns seit mittlerweile vier Jahren.«

Seine Stimme war am Ende leiser geworden, er blickte zu Boden. Sein Gesicht war nicht mehr die Maske, mit der er seine Gefühle all die Jahre erfolgreich verborgen hatte. Es zeigte Angst und Unsicherheit.

»Ich weiß.« Frau Ehrenstein hatte die Luft angehalten, und jetzt platzte dieser Satz praktisch aus ihr heraus. Er hob den Blick. Er glaubte sichtlich nicht, dass sie wusste, wovon sie sprach. Also sprudelte die Erklärung aus ihr heraus. »Ich habe euch beide beobachtet, damals im Theater, nach der Premiere. Nicht absichtlich, es ist einfach passiert, dass ich gesehen habe, wie ihr zwei … Ich wollt es dir schon lang sagen, dass ich's weiß, aber ich wusste nicht wie. Und … es tut mir leid, ich wollte dir nicht hinterherschnüffeln.«

Mit Schrecken sah sie, wie er schlagartig blass wurde. Einen Moment lang fürchtete sie, er könnte in Ohnmacht fallen.

»Du hast es die ganze Zeit gewusst?«

»Ja.«

»Und?«

»Und … was?«

»Was … was sagst du dazu?« Seine Stimme zitterte, er sah sie unverwandt an, auch wenn er vermutlich lieber den Blick abgewandt hätte. Er ist auch schrecklich mutig, dachte sie und griff nach seiner Hand. Sie lächelte sanft und sagte: »Ich finde es wunderbar, dass du jemanden gefunden hast, der dich so glücklich macht. Und ich finde, Felix ist ein fabelhafter Mann. Er kann froh sein, dich zu haben. Und noch etwas, Oskar: Danke, dass du dich mir anvertraut hast.«

Einige Sekunden vergingen, er starrte sie ungläubig an. Dann seufzte er, und seine Züge wurden weich. Er umarmte sie stürmisch, und ihr wurde betroppezt bewusst, dass sie sich seit Jahren nicht mehr so nah gewesen waren. Körperlich, wie auch emotional.

Glossar

abschasseln *abwimmeln*

allanig *allein*

angefressen *verärgert*

angranteln, granteln *unmutig, ärgerlich, übel gelaunt sein*

aufhussen *aufwiegeln*

Bahöl *Lärm, Wirbel*

Beserl *Handbesen*

betroppezt *überrascht, sprachlos, bestürzt*

bumpern *klopfen, schlagen*

büseln *ruhen, schlafen*

deppat, deppert *einfältig, blöd*

Eierspeis *Rührei*

entrisch *unheimlich, gruselig*

Euzerl *ein klein wenig, ein kleines Stück*

fad *langweilig*

fesch *flott, schneidig, hübsch*

Fetzenschädel *Dummkopf*

Funsn *unangenehme, hochmütige Frau*

Gatsch *Schlamm, Matsch*

Gelse *Stechmücke*

Gendarmerie *bis 2005 Wachkörper in Österreich außerhalb der Bundeshauptstädte*

g'fladert – fladern *stehlen*

g'hackelt, hackeln *arbeiten*

gneißen *verstehen, kapieren*

grantig *übellaunig, verärgert*

Grantscherben *schlecht gelaunter Mensch*

Greißler *Krämer*

g'schmust, schmusen *küssen, knutschen*

Häfn *Gefängnis*

hamdrahn *umbringen*

Hatscher *langer, mühseliger Marsch*

keppeln *schimpfen*

Kieberer *Polizist, Wachkörper*

Kreisky *österr. Bundeskanzler*

kudern *kichern, lachen*

leiwand *cool, toll, super*

marod *kränklich, kaputt*

miachtln *schlecht riechen, stinken*

Mistschauferl *Kehrichtschaufel*

motschkern *nörgeln*

Nachtkastl *Nachttisch*

Oide *Alte*

Pantscherl *Affäre, Flirt*

Paradeiser *Tomate*

Patschen strecken *sterben*

patschert *unbeholfen*

Polster, der *Kissen*

Puffn *Handfeuerwaffe*

Schmäh *Scherz, Spruch*

schmähstad *sprachlos, erstaunt*

Schmarrn *Unsinn*

sich schleichen *weggehen, verschwinden*

Stamperl *Schnapsglas*

Trafik *Tabakladen*

Trottoir *Bürgersteig*

Tuchent *mit Federn gefüllte Bettdecke*

untertags *tagsüber*

verwortaktelt *aus der Form geraten*

Wappler *Trottel*

Watsche *Ohrfeige*

wengerl *ein bisschen*